atb aufbau taschenbuch

ELLEN BERG, geboren 1969, studierte Germanistik und arbeitete als Reiseleiterin und in der Gastronomie. Während dieser Zeit beschäftigte sie sich mit erotischer Küche und kreierte unter anderem »Bergs Gipfelstürmer«, einen lustanregenden Cocktail mit Holunder und Rosenwasser. Sie lebt mit ihrer Tochter auf einem kleinen Bauernhof im Allgäu.

Bei atb lieferbar: »Du mich auch. Ein Rache-Roman«, »Das bisschen Kuchen. (K)ein Diät-Roman« und »Den lass ich gleich an. (K)ein Single-Roman«.

Beim ersten Mal ist es noch ein Versehen: Statt Pfeffer landet Rattengift im Gulasch – und schon ist Vivi ihren Haustyrannen Werner los. Als sie wenig später vom schönen Richard übel enttäuscht wird, greift sie erneut zum Kochlöffel. Fortan räumt Vivi all jene Fieslinge, die es nicht besser verdient haben, mit den Waffen einer Frau aus dem Weg – ihren Kochkünsten. Dann trifft sie Jan, der ihr alles verspricht, wovon sie immer geträumt hat. Vivi beschließt, dass jetzt Schluss sein muss mit dem kalten Morden über dampfenden Töpfen. Als ihr aber mehrere Unfälle passieren, keimt ein böser Verdacht in ihr. Sollte Jan ihr ähnlicher sein als gedacht? Zu dumm, dass sie sich ausgerechnet in diesen Schuft verliebt hat. Doch Vivis Kampfgeist ist geweckt …

Die Presse zu »Du mich auch«:
»Sehr komisch und manchmal herrlich fies, jedenfalls ein Riesenspaß.« *Aachener Zeitung*

Ellen Berg

Ich koch dich tot

(K)ein Liebes-Roman

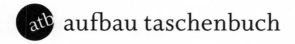

aufbau taschenbuch

FSC
www.fsc.org
MIX
Papier aus ver-
antwortungsvollen
Quellen
FSC® C083411

ISBN 978-3-7466-2931-5

Aufbau Taschenbuch ist eine Marke
der Aufbau Verlag GmbH & Co. KG

2. Auflage 2013
© Aufbau Verlag GmbH & Co. KG, Berlin
Umschlaggestaltung Mediabureau Di Stefano, Berlin
unter Verwendung einer Illustration von Gerhard Glück
Satz LVD GmbH, Berlin
Druck und Binden CPI – Clausen & Bosse, Leck
Printed in Germany

www.aufbau-verlag.de

*Allen Heldinnen am Herd, die mit Hingabe schnip-
peln, rühren, brutzeln, backen, kochen – und der Versuchung widerstehen, Dinge ins Essen zu mischen, die
nun wirklich nicht hineingehören.*

Kapitel eins

Als Vivi das Dessert ins Esszimmer trug, ein Orangenparfait mit frischen Erdbeeren, ruhte der Kopf ihres Gatten in einem See aus Bratensauce. Wie angewurzelt blieb sie stehen. Werners Oberkörper lag nach vorn gekippt über der Tischkante, sein Gesicht war seitlich auf dem Teller gelandet. Ein paar Saucenspritzer hatten das Tischtuch besprenkelt. Nanu, war Werner etwa eingeschlafen?

Auf Zehenspitzen näherte sie sich ihm. Beugte sich über die reglose Gestalt. Sah die starren, weit aufgerissenen Augen. Dann ließ sie die Dessertschüssel fallen. Scheppernd zerbrach sie auf dem Natursteinboden. Werner atmete nicht. Er würde nie wieder atmen. Werner war tot.

Vivi rang nach Luft. Das konnte doch nicht sein. Werner war ein Baum von einem Mann, vital, kräftig und erst Mitte fünfzig. Da gab man nicht einfach mitten beim Essen den Löffel ab. Panisch musterte sie sein Gesicht. Es hatte sich bläulich gefärbt und wirkte eigentümlich verzerrt. Kein Zweifel: Er hatte sich lautlos aus dem Leben verabschiedet, das sie nun schon seit fast fünfzehn Jahren miteinander teilten.

Heiße Tränen schossen ihr in die Augen. Noch vor zehn Minuten hatten sie gestritten, weil Vivi endlich einmal wieder ausgehen wollte. In ein schönes Restaurant zum Beispiel. Werner hingegen wühlte in Chipstüten, als wären Diamanten drin, und meinte allen Ernstes, dass stundenlanges Fernsehen und literweise eisgekühltes Bier die genialsten Erfindungen der modernen Zivilisation seien. Seine Vorstellung von einem gelungenen Abend war simpel: vorher keinen Plan, hinterher keine Erinnerung.

Das war Vivi mächtig auf den Zeiger gegangen. Sie wollte auch mal was erleben, ins Kino oder essen gehen, Spaß haben. Deshalb der Streit. Die letzten Worte, die Werner gehört hatte, waren gewesen: »Ich hänge hier nicht jeden Abend auf der Couch rum und kraule dir die Klöten!« Erbittert hatte Vivi ihm den Satz entgegengeschleudert. Nun war Werner damit ins Jenseits gesegelt.

Schuldbewusst sank sie auf einen Stuhl. Mit zitternden Fingern griff sie zu ihrem Rotweinglas und stürzte den Rest darin auf einen Zug hinunter. Hatte der Streit ihn getötet? Hatte er sich womöglich so aufgeregt, dass sein chronischer Bluthochdruck zu Herzversagen geführt hatte? War er sozusagen an gebrochenem Herzen gestorben?

»Wo nix ist, kann auch nichts brechen«, flüsterte sie vor sich hin.

Nein, ein Herz, das diesen Namen verdiente, konnte man Werner beim besten Willen nicht nachsagen. Er war in den vergangenen Jahren immer mehr zum Haustyrannen geworden – schimpfend, missgelaunt und völlig charmefrei. Woran also war er dann gestorben?

Eine siedend heiße Welle überlief sie, als sie den Pfefferstreuer auf dem Tisch entdeckte. Vivi war eine exzellente Köchin, Salz und Pfeffer duldete sie nicht an ihrer Tafel. Mehr als ein Gast hatte ihre eisige Verachtung zu spüren bekommen, wenn er auf eigene Faust nachwürzen wollte. Kochen ist Kunst, sagte sie immer. Man nimmt ja auch keinen Kugelschreiber und malt damit auf der Mona Lisa rum.

Doch es war nicht gekränkte Köchinnenehre, die ihr jetzt das Blut in den Adern stocken ließ. Noch am Morgen hatte sie den alten Pfefferstreuer, den sie schon länger durch eine Hightech-Pfeffermühle ersetzt hatte, gefüllt – allerdings nicht mit Pfeffer, sondern mit Rattengift. Eine Maus hatte sich in die Küche verirrt, und sie hatte dem ungebetenen Tier das finale Festmahl bereitet: ein Stückchen Brot, eine Käserinde und ein paar Nüsse. Das Ganze hatte sie großzügig mit Rattengift gewürzt. Aus dem Pfefferstreuer. Genau dem Pfefferstreuer, der jetzt neben Werner stand.

Die Erkenntnis traf sie wie ein Fausthieb in den Magen: Sie hatte Werner vergiftet! Sie hatte ihren eigenen Mann umgebracht!

Vivi fing an zu schluchzen. Das war eine Katastrophe. Wenn alles mit rechten Dingen zuging, würde sie den Rest ihres Lebens im Gefängnis zubringen. Wer würde ihr schon glauben, dass dies ein bedauerlicher Unfall war? Die Indizien sprachen gegen sie. Das hier sah nach Mord aus, nach kaltblütig geplantem Mord. Ihre Hände krallten sich am Tischtuch fest.

»Ich bin verloren«, murmelte sie mit Grabesstimme.

Schon fast eine Stunde hockte Vivi nun am Esstisch, unfähig, auch nur einen kleinen Finger zu bewegen. Inzwischen war es fast dunkel geworden. Wie im Dämmerschlaf lag das Esszimmer da. Man konnte kaum den Tisch erkennen, eingedeckt mit feinstem Damast, edlem Silberbesteck und geschliffenen Kristallgläsern. An den Wänden hingen scheußliche Ölgemälde, wie überall im Haus, Erbstücke ihres Mannes. Der Kronleuchter über dem Tisch funkelte matt im letzten Abendlicht, das durchs Fenster fiel.

Noch immer lag Werners Gesicht im Teller. Dies war ohne Frage der schlimmste Moment in Vivis Leben – gefolgt von der Hochzeitsnacht und der letzten Krampfaderverödung. Und sie hatte nicht die leiseste Ahnung, wie es weitergehen sollte.

Das Klingeln des Telefons riss sie aus ihrer Erstarrung. Sie zuckte zusammen. Was jetzt? Sollte sie abheben? Oder zuerst einen Notarzt bestellen? Das hättest du sofort machen müssen, schoss es ihr durch den Kopf. Vielleicht wäre Werner ja noch zu retten gewesen. Warum hatte sie nichts unternommen?

Das Telefon hörte gar nicht mehr auf zu klingeln. Und falls nun jemand ihren Mann sprechen wollte? Was sollte sie dann sagen – »Sorry, den habe ich gerade vergiftet, rufen Sie später noch mal an«?

Denk nach, ermahnte sie sich. Wenn du jetzt einen Fehler machst, kannst du den Rest deines Lebens die Gitterstäbe einer Einzelzelle zählen. Du brauchst einen Schutzengel. Oder besser, einen Schutzteufel.

Sie gab sich einen Ruck. Dann rannte sie ins Wohnzimmer, wo das Telefon stand. Eilends machte sie Licht, bevor sie abhob und sich steif auf die Couch setzte.

»Sylvia Bernburg«, sagte sie so kontrolliert wie möglich. »Wer ist da, bitte?«

»Hallo Vivi«, hörte sie die fröhliche Stimme ihrer besten Freundin Ela. »Ich bin gerade in der Stadt. Was hältst du von einem Aperol Spritz in Hugos Bar? Oder hält dich dein Werner wie üblich im Eheknast gefangen?«

Beim Wort Knast spürte Vivi einen Stich im Magen.

»Ähäää, i-ich, w-wir«, stotterte sie, »wir haben's uns gerade gemütlich gemacht. Ein andermal vielleicht. Und nur, damit das mal klar ist: Ich bin hier nicht im Knast.« Sie schluckte. »Ich liebe meinen Mann.«

Das hatte sie seit Jahren nicht mehr gesagt. Auch deshalb, weil es nicht die geringste Veranlassung dazu gab. Sie hatte Werner irgendwie gemocht. Vertraut waren sie gewesen, eingespielt. Na gut, im Grunde hatte sie ihn zuletzt nur noch ertragen. Doch man konnte nicht vorsichtig genug sein. Am Ende würde man auch Ela befragen, wenn es zum Prozess kam. Da machte sich eine Liebeserklärung gut.

Am anderen Ende der Leitung war ein Kichern zu hören.

»Allerliebste Vivi«, gluckste Ela. »Nach drei Ehemännern kann ich es dir schriftlich geben: Die Ehe *ist* ein Gefängnis. Der einzige Vorteil besteht darin, dass man Sex mit dem Gefängniswärter haben kann.«

Vivi runzelte die Stirn. Das Gespräch nahm eine Wendung, die ihr bei weitem zu heikel war.

»Hm. Sehr lustig«, sagte sie. »Ich schmeiß mich dann später weg. Tut mir leid. Heute passt es nicht.« Damit legte sie auf.

Für Ela war das Leben eine einzige Party. Für Vivi dagegen fühlte sich das Leben eher wie eine Tupperparty an: außen spießig, innen hohl. Ihre Freundin lebte in Frankfurt, gut fünfzig Kilometer entfernt von dem Wiesbadener Vorort, wo Vivi hängengeblieben war. Mit Werner.

Seufzend lehnte sie sich auf der Couch zurück. Im dunkelbraunen Samt der Sitzfläche zeichneten sich zwei Kuhlen ab, eine tiefere und eine flachere. Hier hatten sie Abend für Abend gesessen. Stumm, den Blick auf den Fernsehschirm gerichtet. Die einzige Abwechslung hatte darin bestanden, dass Werner ab und zu »noch 'n Bier« grunzte. Vivi hatte es immer betreutes Fernsehen genannt.

Die Couch fliegt als Erstes raus, durchfuhr es sie plötzlich. Und dann sind die grässlichen Ölgemälde dran. Jetzt richte ich das Haus so ein, wie ich es will!

Einen Augenblick später erschrak sie über ihre Gedanken. War sie wirklich so gefühllos, dass sie schon über eine neue Inneneinrichtung nachdachte, obwohl Werner noch nicht einmal kalt war? Angestrengt horchte sie in sich hinein. Nein, da waren keine Gefühle. Keine Trauer, kein Bedauern. Hm, da war doch etwas: grenzenlose Erleichterung. Sie konnte es selbst kaum fassen.

Hätte man sie noch am Morgen gefragt, ob sie glücklich sei, so hätte sie vermutlich geantwortet: ja, irgendwie. Jetzt wurde ihr bewusst, dass die letzten zehn Jahre ihrer Ehe nur noch ein staubtrockenes Grauen gewesen waren. Die übliche Mischung aus Bequemlichkeit, Gedankenlosigkeit und Desinteresse. Ein Leben ohne Zärtlichkeit. Und ohne Sex. So viel zum Thema Gefängniswärter.

Vivi schaute an sich herab. Unter ihrer Kochschürze trug sie eine Caprihose aus grüner Seide und ein weit ausgeschnittenes weißes T-Shirt. Für ihre fünfunddreißig Jahre war sie noch ganz ansehnlich. Gut, sie war vielleicht ein wenig in die Breite gegangen, aber nicht schlecht proportioniert. Ihr volles dunkles Haar trug sie schulterlang. Und sie hatte noch immer die intensiv leuchtenden grünen Augen, die Werner einst den Kopf verdreht hatten.

Das war lange her. Obwohl Werner selbst zu Leibesfülle neigte, hatte er dauernd an Vivis Figur rumgemeckert. »Du, das Geschwabbel kann man neuerdings auch mit Strom wegzappen« oder »Nicht alles, was wächst, ist gutartig« waren noch die netteren Kommentare gewesen. Männer eben. Konnten vor lauter Bierbauch ihre eigenen Füße nicht mehr sehen, stellten aber Ansprüche, als hätten sie eine Miss Universum verdient.

Sie stöhnte auf. Unter ihrer Schürze verbarg sich ein verwaister Körper. Werner hatte sie irgendwann nicht mehr angerührt. Und sie hatte die ehelichen Pflichtübungen auch nicht sonderlich vermisst. Wie denn? Das bisschen Gerödel zwischen Spätnachrichten und Schnarchkonzert war nicht gerade das gewesen, was eine Frau insgeheim erträumt. Die Wahrheit hätte niederschmetternder nicht sein können: Sie war Mitte dreißig und seit Jahren ein erotisches Neutrum.

Nachdenklich betrachtete sie die bräunlich tapezierten Wände, die Nussbaumschrankwand, die Stehlampe mit den Troddeln, den Ohrensessel, in dem Werner immer Zeitung las. Gelesen hat, korrigierte sie sich innerlich. Entsetzt sprang sie auf. Im Zimmer nebenan lag eine Leiche! Die Leiche ihres Mannes!

Vivis Magen krampfte sich zusammen, als sie zurück ins Esszimmer ging. Sie schaltete den Kronleuchter an, und nun traf sie der Anblick des Desasters in aller Schonungslosigkeit. Werners Augen standen immer noch weit offen. Die Augäpfel waren zur Zimmerdecke hin verdreht, als hätte er im Moment seines Ablebens nachgeschaut, ob sich auch die Himmelstür für ihn öffnete. Es sah grässlich aus.

Sie hatte mal irgendwo gelesen, dass man Toten mit sanfter Geste die Augen schließt. Aber sie war nicht in der Lage dazu. Fassungslos musterte sie das verzerrte Gesicht, den reglosen Körper, die schlaff herunterhängenden Arme. Dieser Mann, der aussah, als wäre er in seiner eigenen Bratensauce ertrunken, war ein völlig Fremder. Sein Anblick gruselte sie. Um nichts in der Welt hätte sie ihn angefasst.

Während ihr ein Schauer nach dem anderen über den Rücken lief, wanderte ihr Blick zum Pfefferstreuer. Den musste sie schleunigst entsorgen, so viel stand fest.

Missbilligend schüttelte sie den Kopf. Hätte Werner sich an ihre Regel gehalten, bei Tisch nicht nachzuwürzen, säße er jetzt vor seinem geliebten Fernseher. Aber er hatte die Regel gebrochen. Hatte heimlich den ollen Pfefferstreuer aus der Küche stibitzt, eine Extraportion Sauce nachgeladen und sich ins Nirwana gebeamt. Was für eine grausame Strafe.

Vivi zog die Gardinen zu. Die Nachbarn in der Reihenhaussiedlung starben vor Langeweile und deshalb vor Neugier. Nicht selten hatte Vivi erlebt, dass jemand draußen auf dem Weg stehen blieb und ungeniert durch ihre Fenster starrte. Viel Abwechslung gab es ja auch nicht hier. Der Baumarkt nebenan, der Supermarkt ein paar Straßen weiter, davor eine trostlose Imbissbude, das war alles. Ein typischer Vorort eben.

Nachdem sie noch die Jalousien heruntergelassen hatte, nahm Vivi den Pfefferstreuer, ging damit in die Küche und warf ihn in die Abfalltonne. Die Dose mit Rattengift flog gleich hinterher. Dann nahm sie den Müllbeutel und öffnete die Verbindungstür, die direkt von der Küche zur Garage führte. Zögernd blieb sie stehen. Werners dunkelblauer Mercedes war sein Allerheiligstes. Tja – gewesen. Er liebte Dumpfsprüche über Frauen, die nicht einparken können, deshalb hatte er Vivi den Wagen immer nur unter größtem Protest überlassen.

»Sorry, Werner, ich brauch die Karre«, flüsterte sie, als sie einstieg.

Sie war ein bisschen aus der Übung. Deshalb brüllte der Motor wie ein angeschossenes Tier auf, als sie mit einem Kavalierstart aus der Einfahrt rauschte.

Wie wohltuend es doch war, nicht von Werners üblichen Kommentaren belästigt zu werden: »Wusstest du, dass Frauen in Saudi-Arabien nicht Auto fahren dürfen? Na, die Saudis werden schon wissen, warum.« Oder: »Wieso guckst du zu Hause dauernd in den Spiegel, und beim Autofahren vergisst du es?« Sie konnte Werners entnervte Stimme förmlich hören. Die Krönung war gewesen: »Man sollte nicht schneller fahren, als man denken kann. Also schööön langsam.«

Vivi gab Gas. Heute saß Werner nicht auf dem Beifahrersitz. Er würde nie wieder dort sitzen, und diese Erkenntnis überwältigte sie wie ein Sechser im Lotto. Vielleicht war dieser tragische Unfall ja ein Wink des Schicksals. Vielleicht hatte eine gute Fee beschlossen, dass sie nicht bis ans Ende ihrer Tage verkümmern sollte wie eine Topfpflanze, die man vergessen hatte zu gießen. Wenn alles gutging, wartete die absolute Freiheit auf sie. Es fühlte sich himmlisch an.

»*Über den Wolken*«, fing sie an zu singen, »*muss die Freiheit wohl grenzenlos sein!*«

Singen im Auto war bei Werner streng verboten gewesen, doch Vivi liebte es. Überhaupt sang sie gern, nein, sie war besessen davon. Sie besaß eine umfangreiche Sammlung von CDs mit Schlagern, Songs und Chansons für alle Lebenslagen, für Trauer, Freude, Langeweile. Sogar für diesen sehr speziellen Anlass. Und sie konnte die meisten Texte auswendig.

»*Alle Ängste, alle Sorgen, sagt man, blieben darunter verborgen, und dann ...*« Sie klopfte den Rhythmus auf dem Lenkrad mit und ließ alle Scheiben herunter. Ihr Haar flatterte im warmen Fahrtwind des Sommerabends. »... *würde, was uns groß und wichtig erscheint, plötzlich nichtig und* –«

Nur eine Vollbremsung bewahrte sie davor, einen älteren Herrn umzunieten, der seelenruhig mit seinem Rollator über die Kreuzung zuckelte. Die Fußgängerampel zeigte Rot, was diesen Mann allerdings überhaupt nicht störte.

Erschrocken schlug sich Vivi an die Stirn. Fast wäre die nächste Leiche fällig gewesen! Offenbar war sie neuerdings eine Gefahr für die Menschheit. Sie sah dem älteren Herrn nach, der, ohne aufzublicken, die Straße überquerte. Er erinnerte sie an jemanden. Vivi kam nicht gleich darauf, dann aber fiel es ihr ein: Der Mann ähnelte Doktor Köhnemann, dem leicht zerstreuten Hausarzt, auf den Werner immer geschworen hatte. Doktor Köhnemann war bereits jenseits der siebzig. Er konnte nicht mehr richtig sehen, hörte schwer und hatte seine Blase nicht immer im Griff, trotzdem praktizierte er noch.

Wie ein flammender Blitz zuckte eine Idee in Vivis Hirn auf. Eine ziemlich gute Idee, wie sie fand. Nachdem sie die Mülltüte am anderen Ende der Stadt in einem Abfalleimer versenkt hatte, raste sie mit Höchstgeschwindigkeit nach Hause.

Als Vivi die Haustür aufschloss, flogen ihre Hände. Was sie vorhatte, war gewagt, möglicherweise sogar Wahnsinn. Doch besondere Umstände erforderten eben besondere Maßnahmen. Sie hatte keine Wahl. Eilig lief sie ins Wohnzimmer, wo der Schreibtisch stand, und blätterte in Werners Notizbuch. Der Schweiß brach ihr aus, während sie nach dem Namen suchte. Katzenbach, Kehlmann – Köhnemann. Da war er. Mit klammen Fingern griff sie zum Telefonhörer und wählte die Nummer.

Das Tuten des Freizeichens dröhnte in ihren Ohren wie eine Totenglocke. Geh ran, beschwor sie den Arzt innerlich. Oder wach auf, wenn du schon schläfst! Immerhin war es schon fast zehn Uhr abends.

»Köööhnemann?«, meldete sich endlich eine mürbe Altmännerstimme.

Vivi musste sich gar nicht verstellen. Ihre Aufregung hatte sich zu nackter Angst gesteigert. Alles hing jetzt von diesem greisen Mediziner ab.

»Herr Doktor!«, sprudelte es aus ihr heraus. »Sylvia Bernburg hier! Es geht um Leben und Tod! Mein Mann ist zusammengebrochen. Vielleicht ein Herzinfarkt! Ich weiß, dass es spät ist, doch Sie müssen unbedingt kommen! Ich bin völlig verzweifelt!«

Stille. Offenbar musste der alte Herr die brisanten Informationen erst einmal sortieren. Er räusperte sich.

»Gnädige Frau, sind Sie sicher, dass es sich nicht einfach um eine Ohnmacht handelt? Bei dieser schwülen Wetterlage kommt das häufiger vor.«

Vivi hätte ihn am liebsten angebrüllt. Doch sie zügelte sich.

»Herr Dok-tor Köh-ne-mann!« Sie sprach jede Silbe überdeutlich aus. »Dies ist kein falscher Alarm. Wenn Sie nicht auf der Stelle herkommen, könnte es vielleicht zu spät sein. Ich will keinen Notarzt, verstehen Sie? Das sind dann irgendwelche Gynäkologen, die einen mit Aspirin abspeisen. Ich vertraue Ihnen, nur Ihnen. Und mein Mann hat Ihnen auch immer vertraut, wie Sie wissen.«

»Tja.« Es folgte eine quälende Pause. »Dann muss ich mich ja wohl auf den Weg machen.«

Eine halbe Stunde später klingelte Doktor Köhnemann an der Haustür. Sein schütteres weißes Haar stand nach allen Seiten ab, das blauweißgestreifte Hemd unter der verfilzten Strickjacke war zerknittert. In seiner rechten Hand schwenkte er eine altmodische Arzttasche aus braunem Leder.

»Wie ist sein Zustand?«, fragte er statt einer Begrüßung.

Vivi nahm ihm die Tasche ab. »Unverändert.«

Sie führte den Arzt ins Esszimmer. Noch immer lag Werner so da, wie Vivi ihn gefunden hatte. Als sei er infolge des Essens und des schweren Rotweins nur kurz eingenickt. Sobald Doktor Köhnemann die Bescherung sah, schlug er die Hände über dem Kopf zusammen.

»Um Himmels willen, Frau Bernburg!«, rief er vorwurfsvoll.

Vivi setzte ihre unschuldigste Unschuldsmiene auf. »Wieso? Was habe ich denn getan?«

»Na, eben nichts! Sie haben ihn einfach so liegen lassen! Schon mal was von stabiler Seitenlage gehört?«

»Vor hundert Jahren vielleicht«, druckste Vivi herum. »Als ich für meinen Führerschein den Erste-Hilfe-Kurs gemacht habe.«

Ungehalten kniff der Arzt die Augenlider zusammen. »Also gut, dann wollen wir uns den Patienten mal näher ansehen.«

Mit umständlichen Bewegungen holte er ein Stethoskop aus seiner Tasche. Als Nächstes ging er zu Werner und fühlte den Puls. Nachdem er eine Weile vergeblich getastet hatte, wurde er bleich.

»Ogottogott ...«

Vivi schlang ihre Finger ineinander. »Wie geht es ihm? Muss er in eine Klinik? Soll ich einen Krankenwagen bestellen?«

»Wohl besser ein Beerdigungsunternehmen«, sagte der Arzt dumpf. »Ihr Mann ist tot.«

Zu ihrer eigenen Überraschung brach Vivi in Tränen aus. Werner leblos aufzufinden, war das eine. Doch die offizielle Bestätigung, dass er wirklich tot war, mausetot sozusagen, erschütterte sie mehr, als sie erwartet hatte.

»Nun beruhigen Sie sich doch«, sprach Doktor Köhnemann ihr gut zu. Väterlich legte er einen Arm um ihre Schulter. »Mein Beileid, gnädige Frau. Ich weiß, das ist ein entsetzlicher Verlust für Sie.«

»Ja, ist es«, schniefte Vivi. »Er war mein Alles, mein Leben. Ohne ihn ist alles so sinnlos ...«

Das war eine ziemlich dreiste Lüge, aber Vivi hoffte, dass man sie ihr dereinst vergeben würde. Schließlich musste sie jetzt ihre Haut retten. Und das ging nur, wenn sie die untröstliche Witwe gab.

Der Mediziner ächzte, als er aus seiner Tasche ein Formular holte. »Ich werde jetzt den Totenschein ausstellen. Am besten, ich gebe in der Tat einen Herzinfarkt an. Was auch immer die Todesursache war, jetzt ist das nicht mehr von Bedeutung. Ich habe Respekt vor den Toten. Eine Obduktion ist eine scheußlich blutige Angelegenheit, glauben Sie mir ...«

»Das möchte ich auf keinen Fall«, sagte Vivi schnell. Keine Obduktion, durchfuhr es sie, bloß nicht! Ich könnte Sie küssen, Doktor Köhnemann!

Der Arzt setzte sich auf den nächstbesten Stuhl und begann, das Formular auszufüllen. Vivi sah, dass seine Hände bebten. Mit zerknirschter Miene blickte er auf.

»Falls es Nachfragen gibt … Ich meine, wir sind natürlich der Wahrheit verpflichtet … aber Sie sollten besser nicht …«

Vivi hörte ihm irritiert zu. Was meinte er bloß?

»Na jaaa«, sagte der Mediziner gedehnt, als Vivi nicht reagierte. »Sie wissen ja, diese Rezepte. Ihr Gatte hatte darauf bestanden. Er wurde von mir über die Risiken aufgeklärt, jedoch …«

Noch immer verstand Vivi kein Wort. »Risiken?«

Nun sah Doktor Köhnemann richtig unglücklich aus. »Tja, es ist bekannt, dass Viagra einige Nebenwirkungen hat. Kreislaufprobleme zum Beispiel, Schwächung des Herzmuskels. Deshalb haben wir ja vorher die Untersuchungen gemacht – Kreislauftest, EKG, Blutbild. Rosig sind die Werte nicht gewesen, aber Ihrem Gatten war das egal. Als Mann«, er hüstelte verlegen, »als Mann konnte ich ihn natürlich verstehen. Und Sie haben, wenn ich so sagen darf, ja auch von seiner wiedererstarkten Manneskraft profitiert.«

Wie Geschosse rasten die Worte durch Vivis Hirn. Herzmuskel? Viagra? Äh – Manneskraft?

Doktor Köhnemann hob die Augenbrauen. »Ich würde vorschlagen, dass das unser kleines Geheimnis bleibt, gnädige Frau. Wir sollten keine schlafenden Hunde wecken. Die Ärztekammer ist äußerst streng, was die Verschreibung von Viagra betrifft. Und im Grunde habe ich mir ja auch nichts zuschulden kommen lassen.«

Noch hatte sich Vivi nicht ganz von dem Schock erholt. Fieberhaft versuchte sie, ihre Gedanken zu ordnen. Punkt eins: Werner hatte sich Viagra verschreiben lassen. Punkt zwei: Also war er sexuell aktiv gewesen. Punkt drei: Fragte sich nur, wo. Im ehelichen Schlafzimmer jedenfalls nicht.

»Ich bin ganz Ihrer Meinung«, sagte sie mit brüchiger Stimme. »Wecken wir keine schlafenden Hunde. Und danke noch mal für das Viagra. Werner war wie ausgewechselt, wissen Sie. Wir standen uns sehr nahe, bis zuletzt. Auch im …« Sie schluckte. »… na ja, im Bett.«

Der Arzt nickte verständnisvoll. »Lassen wir die Toten ruhen und die Lebenden leben.«

Er überreichte Vivi den Totenschein. Ihr Ticket in die Freiheit. Keine Polizei, kein Prozess, kein Gefängnis. Sie wäre dem älteren Herrn am liebsten um den Hals gefallen.

»Danke!«, rief sie mit einem Schluchzer der Erleichterung. »Darf ich Ihnen etwas anbieten? In der Küche habe ich noch einen Rest Rinderfilet mit einer vorzüglichen Sauce.«

Sprachlos sah Doktor Köhnemann erst Vivi, dann den Toten an, dessen Gesicht noch immer in der Bratensauce ruhte. Er verzog den Mund.

»In Anbetracht der Todesumstände würde ich lieber davon absehen. Rufen Sie mich jederzeit an, wenn Sie Beistand brauchen. Meine Nummer haben Sie ja.«

Vivi hob entschuldigend die Hände. »Oh, Verzeihung, wie pietätlos von mir. Und herzlichen Dank für Ihr Angebot. Ich komme gern darauf zurück.«

Sie begleitete den Arzt zur Tür und schaute ihm nach, wie er schweren Schritts zu seinem Auto ging. Viagra, dachte sie. Verdammt, wofür hat Werner Viagra gebraucht?

Ungewohnt still war es im Haus. Werner war eine nie versiegende Geräuschquelle gewesen. Den Fernseher hatte er immer so laut gestellt, dass Vivi fast der Knorpel aus dem Ohr gefallen war. Und wenn er nicht gerade wie hypnotisiert vor irgendeiner Serie hing, hatte er gehustet, gerülpst, geschnarcht oder Vivi mit seinen Wünschen auf Trab gehalten. Jetzt war Ruhe.

Sie beschloss, systematisch vorzugehen. Als Erstes durchsuchte sie die Schubladen seines Schreibtischs. Allerdings fand sich darin nur uninteressantes Zeugs: Quittungen, Zeitungsausschnitte, sinnfreier Krempel. Typisch Werner, dachte sie. Musste alles aufheben.

Die unterste Schublade war verschlossen, ein Schlüssel blieb unauffindbar. Vivi holte ihr größtes Fleischmesser aus der Küche und hebelte ein bisschen damit herum. Splitternd gab das Holz nach.

»Ach, so hast du dir das gedacht«, zischte sie, als sie das Dokument las, das in der Schublade gelegen hatte.

Es war der Ehevertrag, säuberlich getippt. Vivi erinnerte sich dunkel daran, dass sie ihn einst unterschrieben hatte, einen Tag vor der Hochzeit. Gelesen hatte sie ihn damals nicht. Wozu auch? Sie waren verliebt gewesen, und Werner hatte ihr versichert, es sei alles nur zu ihrem Besten. Jetzt dämmerte ihr, dass sie schnöde ausgetrickst worden war. Der Vertrag regelte Werners Hinterlassenschaft in einer Weise, die einfach nur empörend war. Das meiste sollte nämlich an seine beiden erwachsenen Kinder gehen, die sich schon seit Jahren nicht mehr hatten blicken lassen. Ihretwegen hatte Vivi sogar auf eigene Kinder verzichten müssen, Werner hatte es so gewollt. Eine Entscheidung, die Vivi zutiefst verletzt hatte.

Sie las weiter. Ein nicht geringer Teil des ehelichen Vermögens sollte an seinen Kegelclub gespendet werden, damit Werner posthum in den Genuss einer Ehrenplakette im Vereinslokal kam. Dabei war er seit vielen Jahren nicht mehr dort erschienen, aus purer Antriebsschwäche. Der Gipfel jedoch war, dass er auch das Reihenhaus seinen Kindern vermacht hatte.

Es war Vivis Elternhaus. Unvorsichtigerweise hatte sie es mit dem verdammten Ehevertrag auf Werner überschreiben lassen, als sie geheiratet hatten. Über Werners Motive konnte sie nur spekulieren. Vermutlich hatte er ihr das Haus abgeluchst, weil er ein Kontrollfreak war und nicht wollte, dass sie als finanziell unabhängige Frau auf dumme Gedanken kam. Deshalb hatte er ihr auch verboten, einen Job anzunehmen. Vivi hätte sich gern etwas dazuverdient, aber Werner hatte immer getönt, seine Frau müsse nicht arbeiten. Wobei die Hausarbeit in seinem Universum natürlich nicht zählte.

Bleich wie die Wand überflog Vivi den Rest. Nur Werners lachhaft geringe Rente war für sie vorgesehen. Er war der Meinung gewesen, dass man die Rentenversicherung nicht unnötig mästen sollte, weil man ja nicht sicher sein konnte, was später dabei herauskam. Als selbständiger Steuerberater hatte er auf private Vorsorge gesetzt. Ha, Vorsorge! Nun stand Vivi quasi ohne einen Cent da! Mit der mickrigen Rente konnte sie kaum die Butter fürs Frühstücksbrötchen bezahlen.

Entrüstet tippte sie sich an die Stirn. Frechheit! Und dafür hatte sie ihn all die Jahre bedient wie seine persönliche Sklavin? Seine Hemden gebügelt, seine Schuhe geputzt? Und das exquisiteste Essen gekocht? Sie war vielleicht nicht die hellste Kerze auf der Torte, aber solch eine bodenlose Ungerechtigkeit ließ sie sich nicht gefallen.

Wütend zerriss Vivi den Ehevertrag. Dann legte sie die Schnipsel in einen Aschenbecher und hielt ein brennendes Streichholz daran.

»So nicht«, flüsterte sie. »Nicht mit mir, Werner Bernburg!«

Zufrieden sah sie zu, wie sich der schändliche Schrieb in ein
Häufchen Asche verwandelte. Nun war sie schon mal einen
bedeutenden Schritt weiter. Das Viagrageheimnis jedoch
hatte sie noch immer nicht gelüftet.

Sie stand auf. Vielleicht half Werners Handy ja weiter. Er
hatte es immer in der Hosentasche getragen und nachts sogar
mit ins Bett genommen. Weil es etwas zu verbergen gab? Möglich war's.

Es kostete Vivi allergrößte Überwindung, sich dem Toten zu nähern. Wie ein nasser Sack hing er über dem Tisch,
eingezwängt in seine unvermeidliche graue Strickweste. Ihr
Herz klopfte laut, als sie eine Hand in seine Hosentasche
steckte. Immer tiefer wühlte sie darin herum. Werners mas-
siger Körper begann zu schwanken. In Zeitlupe rutschte er
vom Stuhl und plumpste mit einem dumpfen Geräusch auf
den Boden.

Unwillkürlich schrie Vivi auf. Sie schloss die Augen und
schlug die Hände vors Gesicht. Erst als sie sich ein wenig beruhigt hatte, wagte sie, die Augen wieder zu öffnen. Jetzt ruhte
ihr Gatte in etwa so, wie sie sich die stabile Seitenlage vor-
stellte. Noch immer waren seine Augen weit aufgerissen. Es
roch streng nach postmortaler Darmentleerung. Aber in ihrer
Hand lag Werners Handy.

Sie wechselte auf die Couch im Wohnzimmer. Dann klickte
sie die Anrufliste an. Aufs Geratewohl entschied sie sich für
die Nummer, die Werner zuletzt gewählt hatte. Gebannt wartete sie, wer sich wohl melden würde.

»Wernerchen«, gurrte eine heisere Frauenstimme. »Na, mein

geiler Hase? Bleibt es bei morgen früh, wie immer um Viertel nach sieben? Aber vergiss nicht: Bargeld lacht.«

Es war schon weit nach Mitternacht, aber Vivi brauchte jetzt dringend einen kleinen Imbiss. Sie holte eine Packung Krebsfleisch aus dem Kühlschrank, schnitt mit geübten Bewegungen eine Avocado in kleine Stücke, pellte eine Grapefruit und löste das Fruchtfleisch aus den Häutchen. Eine Vinaigrette war schnell gerührt.

Sie richtete den Salat auf einem tiefen Teller an und setzte sich an den Küchentisch. Wie ein Corpus Delicti lag Werners Handy darauf. Vivi hatte das Gespräch völlig entgeistert weggedrückt. In ihre Verblüffung hatte sich erst Abscheu gemischt, dann kalte Wut.

Mechanisch begann sie zu essen. Schon länger hatte sie sich gewundert, warum Werner manchmal so früh zur Arbeit fuhr. Seine Steuerberatungskanzlei war nicht gerade das gewesen, was man als Stress bezeichnete. Doch nicht im Traum wäre Vivi auf die Idee gekommen, dass er zwischen Frühstücksei und Aktenbergen eine schnelle Nummer schob – noch dazu mit einer Professionellen.

»Du Schuft«, presste sie kauend hervor. »Du mieser, elender Schuft. Hast mir das Haushaltsgeld centweise abgezählt. Und bist dann fröhlich zu einer Prostituierten spaziert, die wahrscheinlich so viel kostet wie eine Kiste Champagner! Oder hundert Gramm weiße Trüffel!«

Grimmig gabelte sie den Salat in sich hinein, während sie durch die offene Küchentür ins Esszimmer schaute, wo Werner friedlich auf dem Boden lag. So einen angenehmen Tod hat er eigentlich gar nicht verdient, überlegte sie. Rattengift wirkte schnell, wie der Verkäufer im Baumarkt ihr versichert hatte. Ein Bissen, und schon werden die Lichter ausgeknipst. Ein langsamer, qualvoller Tod wäre weit angemessener gewesen, fand Vivi.

Nachdem sie den Salat verspeist hatte, wählte sie zwei weitere Nummern aus dem Speicher an. Beide Male meldeten sich aufreizende Frauenstimmen mit eindeutigen Angeboten. Offenbar hatte Werner über einen ganzen Harem williger Damen verfügt. Aber jetzt war Schluss mit lustig.

Nachdenklich drehte Vivi das Handy hin und her. Was sollte sie damit tun? Falls es doch noch zu einer polizeilichen Untersuchung kam, würde man es sicher konfiszieren. Und die Anrufliste checken. Das würde einige unangenehme Fragen aufwerfen, die zu beantworten sie überhaupt keine Lust hatte.

»Abschied ist ein scharfes Schwert«, summte sie vor sich hin. Der alte Roger-Whittaker-Song passte wie Deckel auf Topf. *»Du bist getroffen und kannst dich nicht wehren«*, sang sie etwas lauter, *»Worte sind sinnlos, du willst sie nicht hören.«*

Sie ließ ihren Blick durch die Küche schweifen, bis er an der Brotschneidemaschine hängenblieb. Es war ein Hightech-Gerät, mit dem man sogar tiefgekühltes Fleisch zersäbeln konnte. So sahen sie aus, die Waffen einer Frau.

»Abschied ist ein scharfes Schwert«, schmetterte Vivi aus Leibeskräften. Zwei Sekunden später durchschnitt ein kreischendes Geräusch die Stille des Hauses, und das Handy war Geschichte.

Kapitel zwei

Die Beisetzung von Werners sterblichen Überresten wurde mit allem gebührenden Pomp begangen. Ein Berg weißer Lilien lag auf dem geschnitzten Eichensarg, mit dem sich sechs schwarzgekleidete Männer abschleppten. Dahinter bewegte sich eine umfangreiche Trauergemeinde über den Friedhof.

Heiß schien die Sonne auf Buchsbaumhecken und Blumenschmuck, als sie das frisch ausgehobene Grab erreichten. Vivi hatte bereits ein Marmordenkmal mit einem süßlichen Engel aufstellen lassen, in das Werners Name eingemeißelt war. Daneben saß eine Harfenistin. Sie klimperte eine getragene Version von *Ein Stern, der deinen Namen trägt*. Vivi hatte das passend gefunden. Auf der Harfe gespielt, war es ein echter Tränendrücker.

Sie trug ein schwarzes Kostüm und dazu einen kleinen Hut mit Schleier. Ihre Augen wurden zusätzlich von einer riesigen dunklen Sonnenbrille verdeckt. Das war auch nötig, um die eine oder andere Lachträne zu verbergen. Sie musste nämlich feststellen, dass nirgends so schamlos gelogen wird wie bei einer Beerdigung.

Hätte man den Nachrufen am Grab geglaubt, wäre Werner ein selbstloser Freund, ein geistreicher Gesprächspartner und ein hingebungsvoller Ehemann gewesen. Keiner erwähnte, dass Vivis Mann in den letzten Jahren unausstehlich geworden war. Und keiner gab zu, dass sich alle deshalb systematisch von Werner ferngehalten hatten.

Längst vergessene Kegelbrüder waren aufgetaucht, einige Freundinnen von Vivi, dazu ein paar entlegene Verwandte, die das Ereignis als willkommene Abwechslung betrachteten. Auch Werners Kinder hatten sich eingefunden. Mit erwartungsvoller Miene sprachen sie Vivi ihr Beileid aus. In ihren Augen standen Dollarzeichen. Wie Aasgeier umkreisten sie das Grab, in denen ihr Erzeuger seine letzte Ruhe finden sollte.

Als der Sarg in die Grube hinuntergelassen wurde, brachte Vivi einen filmreifen Schluchzer fertig. Sofort eilte Doktor Köhnemann ihr zur Seite und hakte sie unter.

»Wenigstens hatten Sie noch ein paar sinnliche Stunden«, raunte er ihr verschwörerisch zu.

»Ja, es ging rund bis zuletzt. Das ist ein echter Trost, Herr Doktor Köhnemann.« Vivi schnäuzte sich. »Sie bleiben doch zum Essen?«

»Selbstverständlich«, erwiderte der Arzt.

Das war nicht weiter erstaunlich. Vivi hatte in das beste Restaurant Wiesbadens eingeladen. Niemand sollte sagen, dass sie ihren geliebten Werner stillos unter die Erde brachte. Und niemand wollte diesen exquisiten Leichenschmaus verpassen.

Gerade näherte sich der Sarg dem Boden des Grabs, begleitet von schmachtenden Harfenklängen. Die Träger schwitzten jämmerlich in ihren schwarzen Anzügen. Gut hundertfünfzig Kilo Körpermasse und der schwere Eichensarg waren selbst für sechs ausgewachsene Männer eine Herausforderung.

Durch die schweigende Beerdigungsgesellschaft drängte sich jetzt Ela heran. Vivis Freundin trug ein großzügig dekolletiertes gelbes Kleid und schwindelerregend hohe Lackpumps in Pink. Auf ihrem roten Haar schwebte eine neckische cremefarbene Pillbox.

»Sag mal, Ela, musste es zur Beerdigung ausgerechnet ein gelbes Kleid sein?«, raunte Vivi ihr zu.

»Die grünen waren gerade aus«, erwiderte Ela schelmisch. »Sorry, Schwarz steht mir nun mal nicht.«

Typisch Ela, dachte Vivi. Die würde auch zum Großreinemachen ein Ballkleid anziehen. Aber genau das mochte sie an ihrer Freundin.

»Du bist sooo tapfer, mein armer Hase«, sagte Ela leise. »Dabei kam alles ja ziemlich plötzlich.«

Vivi beschränkte sich auf einen weiteren Schluchzer.

»Der Herr hat's gegeben, der Herr hat's genommen«, salbaderte Doktor Köhnemann. »Mitten im Leben sind wir vom Tod umfangen. Unbegreifliches Schicksal …«

Der hat es nötig, dachte Vivi. Verschreibt Werner Viagra bis zum Penisbruch und spricht dann von Schicksal.

»Ich habe einen Freund mitgebracht«, flüsterte Ela. »Ich hoffe doch, du hast nichts dagegen?«

Sie winkte einem Mann zu, der in seinem schwarzen Anzug einfach nur hinreißend aussah. Vivi erspähte ein attraktiv gealtertes, gebräuntes Jungsgesicht, funkelnde Augen hinter einer schweren Hornbrille, dunkle Haartolle, breite Schultern. Genau der Typ Mann, an den man sich auf der Stelle anlehnen wollte. Was ihr als trauernder Witwe natürlich verboten war.

»Ist es ernst mit euch beiden?«, erkundigte sie sich.

»Nö, der ist nur zum Üben – und zwar für dich.« Ela grinste. »Wenn ich es richtig sehe, ist er der ideale Witwentröster.«

Das war ein starkes Stück. Werners Sarg war noch in Sichtweite, und Ela wollte sie schon verkuppeln? Gut gemeint, aber voll daneben, fand Vivi. Unauffällig boxte sie ihrer Freundin den Ellenbogen in die Seite.

»Hallo? Schon mal was von Trauerzeit gehört? Ich muss den Verlust erst mal verwinden. Und vielleicht werde ich nie wieder …«

»Spar dir den Betroffenheitsquark«, wurde sie von Ela unterbrochen. »Mir brauchst du nichts vorzumachen. Werner war ein Ekel auf zwei Beinen. Jetzt solltest du dir mal was Nettes gönnen.«

Was Nettes? Vivi wusste nicht, was sie darauf sagen sollte. Stumm sah sie zu, wie der Pfarrer eine Schaufel Erde auf den Sarg rieseln ließ. Zum Glück war Doktor Köhnemann so schwerhörig, dass er nichts von diesem reichlich frivolen Gespräch mitbekommen hatte.

»Jetzt sind Sie dran«, sagte er zu Vivi.

Sie schrak zusammen. Was meinte er bloß? Verhaftung? Witwenverbrennung? Oder sollte sie gleich zu Werner ins Grab springen?

»Ich meine, mit der Schaufel«, erklärte er. »Soll ich Sie stützen?«

»Das wäre mir eine große Hilfe«, hauchte sie. »Ohne Sie hätte ich das Ganze sowieso nicht durchgestanden.«

Und das war zur Abwechslung mal die Wahrheit und nichts als die Wahrheit.

Das Bona fide war ein elegantes Restaurant in einem weitläufigen, gepflegten Park. Die Küche wurde ebenso gerühmt wie das edle Ambiente und der perfekte Service. Ein einziges Mal war Vivi heimlich mit Ela hierhergegangen, um sich kulinarische Anregungen zu holen. Werner hatte sich nämlich geweigert, »in so einem überteuerten Neppdings Geld zu verbrennen«, wie er es formulierte. Wenn er seine Frau überhaupt

einmal ausgeführt hatte, dann in irgendwelche rustikalen Eck-
kneipen, wo man unförmige Jägerschnitzel mit Fertigsauce
für eine Delikatesse hielt.

Heute wurde nach Vivis Regeln gespielt. Zufrieden betrachtete sie die festlich gedeckte Tafel mit den silbernen Kande-
labern. Mattgrau gewischte Wände und dunkelgraue Seiden-
gardinen bildeten einen aparten Kontrast zum lila Teppich.
Beflissen huschten Ober mit langen weißen Kellnerschürzen
umher.

Vivi staunte nicht schlecht über ihre Gäste, denn deren
pietätvolle Zurückhaltung verwandelte sich schon während des
Aperitifs in lärmende Schwatzhaftigkeit. Gerade noch Trauer-
stimmung und schon wieder im Feiermodus, dachte sie, das
ging aber schnell.

Alle redeten aufgekratzt durcheinander. Sogar ihre vierund-
neunzigjährige Tante Elfriede, die eigens aus Koblenz ange-
reist war, amüsierte sich prächtig. Sie saß neben Doktor Köhnemann, der Anekdoten aus seinem langen Arztleben zum
Besten gab. Kegelbrüder, die sich kaum noch an Werner erin-
nerten, erzählten von seinen Heldentaten. An manchen Ab-
schnitten des Tisches hörte man sogar Gelächter. Von Trauer
keine Spur. Wie auch? Werner vermisste hier keiner. Im Gegenteil. Er hätte nur gestört.

Vivi residierte an der Stirnseite der Tafel. Rechts und links
von ihr saßen Werners Kinder, so wie es sich gehörte, was bedeutete, dass sie sich die spitzen Kommentare von Inge-Gundula und die nervtötenden Fachsimpeleien von Hans-Peter
anhören musste.

Werners Tochter Inge-Gundula war Ende zwanzig, eine
früh verhärmte Buchhalterin in einem verfilzten schwarzen

Wollkleid. Ihre Theorien über den Vorteil verschiedenfarbiger Heftklammern übten eine ausgesprochen einschläfernde Wirkung auf Vivi aus. Hans-Peter, ein früh vergreister Dreißiger, war übergewichtig wie sein Vater und hatte wie dieser eine Laufbahn als Steuerberater eingeschlagen. Gnadenlos langweilte er Vivi mit den neuesten Entwicklungen des Steuerrechts.

Sie aß stumm ihre Vorspeise, einen Salat aus Wildkräutern mit gerösteten Haselnüssen und gebratenen Wachtelbrüsten. Ab und zu sah sie zu Richard hinüber. So hieß Elas Bekannter. Er saß am anderen Ende der Tafel, doch sie konnte deutlich seine sonore Stimme hören, mit der er die Umsitzenden unterhielt. Es schien amüsant zu sein, was er erzählte. Immer wieder brach man dort in Lachen aus.

»Hörst du mir überhaupt zu?«

Die vorwurfsvolle Miene von Inge-Gundula war so erfreulich wie eine Darmspiegelung und appetitanregend wie Fußpilz.

»Verzeihung, ich bin noch ganz durcheinander«, zirpte Vivi. »Wo waren wir stehen geblieben?«

»Bei der erbärmlichen Bezahlung von Buchhaltern«, giftete Werners Tochter. »Ich denke doch, dass Vater uns großzügig in seinem Testament bedacht hat. Das hat er jedenfalls bei unserem letzten Telefonat angedeutet.« Sie musterte Vivi mit einem abschätzigen Blick. »Blut ist dicker als Saft. Du warst nur eine Episode.«

Eine Episode, die immerhin fast fünfzehn Jahre gedauert hatte. Vivi war außer sich. So also wurde sie gesehen? Wie eine nützliche Idiotin, die Werner den Rundum-Service geboten hatte? Und nun abserviert werden sollte?

Hans-Peter legte sein Besteck beiseite. »Tja, meine Liebe, man muss den Tatsachen ins Auge sehen. Wir Kinder kamen immer an erster Stelle, daran hat sich nie etwas geändert. Wann wird denn das Testament eröffnet? Meine Verpflichtungen erlauben es nicht, länger als bis zum Abend zu bleiben.«

Ihr gierigen Geier, grollte Vivi. Habt euren Vater nie besucht und wollt jetzt absahnen. Sie hob ihre Sonnenbrille an, die sie auch im Lokal aufbehalten hatte, und strich sich mit einer müden Geste über die Augen.

»Ach, herrje«, ächzte sie. »Müssen wir denn wirklich jetzt schon über solche Dinge sprechen?«

Sie hatte angenommen, dass diese feine Brut wenigstens das Kresseschaumsüppchen mit Garnelen, den Kalbsrücken an geschmortem Radicchio und das Champagnersorbet nebst frischen Feigen abwarten würde. Doch weit gefehlt.

»Ich muss wissen, was auf mich zukommt, zumal die Erbschaftssteuer empfindlich erhöht wurde«, erklärte Hans-Peter. Seine ölige Stimme erinnerte Vivi unangenehm an ihren verflossenen Gatten.

»Nun«, erwiderte sie, »wenn ihr darauf besteht, können wir gleich im Anschluss ans Essen zum Notar gehen. Ich werde ihn fragen, er ist hier. Entschuldigt ihr mich einen Augenblick?«

Ohne eine Antwort abzuwarten, stand sie auf, steuerte jedoch zunächst die Toilette an. Im goldgerahmten Spiegel über dem Waschbecken begutachtete sie ihr blasses Gesicht. Sie nahm die Sonnenbrille ab, holte einen Lippenstift aus der Handtasche und tupfte ein wenig Rot auf ihre Lider. Vorsichtshalber. Nun sah sie aus, als hätte sie eine Woche lang durchgeheult.

Heute also war der Showdown. Danach würde sie erst einmal zwei Tage durchschlafen, denn die Beerdigungsvorbereitungen hatten ihre letzten Energien verschlungen. Es war ungewohnt, alles allein meistern zu müssen. Fünfzehn Jahre Ehe, das waren fünfzehn Jahre Bevormundung gewesen. Werner hatte immer alles geregelt. Sosehr sein plötzliches Verschwinden Vivi auch befreite – irgendwie fühlte sie sich schutzlos ohne ihn.

Als sie zurück ins Restaurant ging, kam Elas Begleiter ihr entgegen. Ausgerechnet Richard. Ob das Zufall war? Es sah nicht danach aus. Zielstrebig marschierte er auf sie zu und blieb mit ausgebreiteten Armen vor ihr stehen. Als wollte er sie an sich drücken wie einen Welpen, der sich verlaufen hatte. Und genau das tat er auch.

»Gnädige Frau, darf ich Ihnen mein Beileid aussprechen?« Er deutete rechts und links Wangenküsschen an, wobei seine warmen Lippen wie absichtslos ihre Haut streiften. »Und darf ich Ihnen meine Bewunderung für Ihre untadelige Haltung zu Füßen legen?«

Vivi lächelte gezwungen. Die Umarmung und die flüchtige Berührung seiner Lippen hatten sie in einen Zustand versetzt, der nicht recht zu einer verzweifelt trauernden Witwe passte. Richard war ein Knaller, wie Ela gesagt hätte. Und so sexy, dass er ihr den Atem nahm.

»Verbindlichsten Dank«, murmelte sie. »Es freut mich sehr, dass meine Freundin Ela einen so sensiblen Bekannten hat.«

Es klang saudämlich, und das sollte es auch. Schließlich konnte sie ihm schlecht sagen, dass sie ihn am liebsten zwischen Salat und Suppe vernascht hätte. Aber war es nicht bekannt, dass ausgerechnet im Angesicht des Todes erotische Begierden aufflammten?

Er holte eine Visitenkarte aus der Innentasche seines Jacketts. Sie hatte einen zarten Fliederton. »Hier, nehmen Sie. Bestimmt brauchen Sie in der nächsten Zeit einen Gesprächspartner. Man sagt, ich sei ein guter Zuhörer.«

Nun kam auch noch Ela angestöckelt. Wie peinlich! Hastig steckte Vivi die Visitenkarte ein und stürzte auf ihre Freundin zu.

»Es ist alles so hoffnungslos«, rief sie.

Ungerührt löste sich Ela aus Vivis Umklammerung. »Das finde ich ganz und gar nicht. Ihr beiden solltet euch treffen. Ich glaube, ihr hättet euch eine Menge zu erzählen.«

Vivi schoss das Blut ins Gesicht, dann lief sie einfach davon. Sie fühlte sich schuldig. Hatte sie denn komplett den Verstand verloren, die Visitenkarte anzunehmen? Egal, wie dumpfbackig Werner gewesen war, sie würde sich eisern zurückhalten, was Männer betraf. Wie eine Nonne. Das war sie ihrem Gatten schuldig. Und ihrem Ruf.

Als sie zu Berthold Seitz ging, dem Rechtsanwalt, Notar und langjährigen Kegelbruder von Werner, hatte sie das Gefühl, auf Zuckerwatte zu laufen. Ob das am Wein lag oder an diesem verwirrend attraktiven Richard, war nicht mit Sicherheit zu sagen.

Berthold Seitz war ein rüstiger Herr Anfang sechzig, der sich ein paar schüttere Resthaare über die Halbglatze geklebt hatte. Wie immer war der Jurist die Würde in Person. Kein Stäubchen bedeckte seinen gut geschnittenen schwarzen Anzug, eine perlgraue Krawatte schimmerte mit seinem Siegelring um die Wette.

Er erhob sich und deutete einen Handkuss an, als Vivi ihn ansprach. Nun ja, unter Umständen sei er bereit, die Familie

des teuren Verblichenen noch am selben Tag zur Testamentseröffnung zu empfangen, sagte er leicht herablassend. Falls
sein wohlgefüllter Terminkalender es erlaube, fügte er blasiert
hinzu.

Er zog ein Notizbuch mit einem Einband aus Krokoleder
hervor und blätterte eine Weile darin. Schließlich klappte er
das Notizbuch zu. Um vier Uhr, aber bitte pünktlich, seine
Zeit sei kostbar. Vivi war alles recht. Hauptsache, sie brachte
diese Dinge schnell hinter sich.

»Ich hoffe, es schmeckt Ihnen?«, fragte sie, weil sie sich immer für das leibliche Wohl ihrer Gäste verantwortlich fühlte,
selbst hier, im Restaurant.

»Nun ja«, Berthold Seitz verzog den Mund. »Das Lokal entspricht in etwa meinem kulinarischen Niveau.«

Hallo? In welchem Universum lebt der denn?, dachte Vivi.
Tafelt der sonst in Sterneschuppen, oder was?

»Auf den Genuss der Vorspeise musste ich jedoch verzichten, denn es waren Haselnüsse darin«, fuhr der Anwalt fort
und hob leicht theatralisch die Hände. »Ich leide unter einer
schweren Haselnussunverträglichkeit, ein allergischer Schock
könnte mich töten!«

Vivi war perplex. »Wie furchtbar! Hätte ich das geahnt …«

»Nun, darüber müssen Sie sich nicht Ihr hübsches Köpfchen zerbrechen«, versicherte Berthold Seitz. »Dank meiner
Geistesgegenwart habe ich mich zurückgehalten.«

»Gott sei Dank«, seufzte Vivi. »Dann muss ich mir also keine
Sorgen machen?«

Der Notar betrachtete sie leicht von oben herab. Er war bekannt für seine Arroganz, denn er bildete sich mächtig was
darauf ein, Abkömmling einer ebenso alteingesessenen wie

vermögenden Wiesbadener Familie zu sein. Da trug man die Nase eben etwas höher als Normalsterbliche.

»Durchaus nicht, meine Liebe. Also um vier, man sieht sich.«

Vivi nickte ihm zu, dann machte sie sich auf den Weg zu ihrem Platz. Komischer Kauz, dieser Seitz. Ziemlich abgehoben. Er war einer der ältesten Freunde von Werner gewesen. Fragte sich nur, wie belastbar diese Freundschaft war, wenn es um das Testament ging. Soweit Vivi wusste, war die Kumpanei mit Werner eher eine Zweckgemeinschaft gewesen, die Berthold Seitz eine Menge Steuern erspart hatte. Damit war es nun vorbei.

Bevor sie sich setzte, machte sie halt bei ihrer Tante Elfriede. Die alte Dame wirkte leicht exzentrisch mit ihren lilafarbenen Haaren und dem schwarzen Spitzenkleid, das mit mehreren Perlenketten behängt war. Sie hatte rote Bäckchen vor Aufregung.

»Danke für die Einladung, mein Kind«, sagte sie und tätschelte Vivis Wange. »Sehr bedauerlich, Werners Tod – auch wenn er mir, wie du weißt, nie sonderlich sympathisch war. Aber du wirst darüber hinwegkommen. Schau mich an: Ich habe vier Männer überlebt und bin erst mit dem fünften glücklich geworden. Auch auf dich wartet das Glück. Du musst es nur beim Schopfe packen.«

Vivi fragte sich zum ersten Mal, ob Tante Elfriedes Männer wohl alle eines natürlichen Todes gestorben waren. Selbst jetzt, mit vierundneunzig, sah sie aus, als hätte sie es faustdick hinter den Ohren.

»Geht es dir gut?«, fragte Vivi.

Ihre Tante lächelte wehmütig. »Du weißt ja, in meinem Alter hat man nicht mehr viel Abwechslung. Besuch mich doch einmal, wenn du Lust hast. Koblenz ist nur einen Katzensprung entfernt.«

»Mach ich, ganz bald«, versprach Vivi.

Tante Elfriede war immer ihre Lieblingstante gewesen. Werner hatte sie nicht gemocht, und so war der Kontakt über die Jahre fast eingeschlafen. Das würde sich jetzt ändern, beschloss Vivi. Wie so vieles, was sie längst schon hätte ändern sollen.

»Und?«, empfing sie Hans-Peter am Kopfende des Tisches, der sich inzwischen seine Serviette in den Kragen des Oberhemds gestopft hatte. Schlürfend löffelte er das Kresseschaumsüppchen in sich hinein.

Vivi schlug die Augen nieder, um nicht in Versuchung zu kommen, zum anderen Ende des Tisches zu schielen. Dahin, wo Richard wieder Platz genommen hatte.

Sie nahm ihre Brille ab. »Der Testamentseröffnung steht nichts entgegen«, sagte sie matt. »Um vier.«

Dann widmete sie sich der Suppe. Die Garnelen waren köstlich, sie harmonierten bestens mit dem zarten Kressearoma. Vivi beschloss, dieses Gericht in ihr Repertoire aufzunehmen. Aber für wen sollte sie eigentlich kochen, jetzt, da Werner tot war?

»Werte Familie Bernburg, wir haben uns aus traurigem Anlass versammelt, um die Erbschaftsangelegenheiten in Sachen Werner Karl Horst Bernburg zu regeln«, verkündete Berthold Seitz.

Sein Büro atmete die gediegene Atmosphäre schwerer Bücherregale aus Palisanderholz. Wandlampen aus Messing und Stühle mit Sitzflächen aus rotem Leder vervollständigten den Eindruck größter Seriosität.

»Schön, dass Sie so kurzfristig einen Termin ermöglichen konnten«, sagte Hans-Peter. Aufgeregt fingerte er an seinen Manschettenknöpfen herum. »Vermutlich wird alles schnell vorbei sein, oder?«

»Nun, eine Testamentseröffnung folgt gewissen Regeln«, antwortete Berthold Seitz ungehalten. Er warf einen vernichtenden Blick auf Hans-Peters schlecht sitzenden Anzug, dann deutete er ein Lächeln in Vivis Richtung an. »Zunächst bitte ich um die Ausweispapiere. Beginnen wir mit Ihnen. Sie sind also Sylvia Maria Gerlinde Bernburg?«

»Höchstpersönlich«, antwortete Vivi und reichte ihm ihren Ausweis.

»Muss das sein?« Inge-Gundula hielt es kaum auf ihrem Stuhl. Wie eine Dreijährige rutschte sie hin und her und kratzte sich aufgeregt am Schienbein. Ein Aroma von Imbissbude und schlechter Laune ging von ihrem struppigen Strickkleid aus, während ihr Bruder penetrant nach Rasierwasser aus dem Schnäppchenmarkt duftete.

Der Gesichtsausdruck des Anwalts wurde noch etwas strenger. »Das sind mehr als Petitessen. Ich lege größten Wert auf Korrektheit, das erfordert schon meine Berufsehre.«

Nachdem die Formalitäten erledigt waren, setzte er sich sehr gerade hin. Mit abgezirkelten Bewegungen holte er seine randlose Brille aus einem Futteral, putzte sie eine Weile und setzte sie schließlich auf. Inge-Gundula platzte fast. Ein eisiger Blick von Hans-Peter genügte, um sie vorerst ruhigzustellen.

»Werner Bernburg war ein ganz besonderer Mensch«, erklärte Berthold Seitz. »Er wird mir immer in allerbester Erinnerung bleiben. Als guter Kamerad. Als fröhlicher Kegelbruder. Als ...«, seine Stimme brach fast, »Freund.«

Hans-Peter sah auf seine Armbanduhr. »Äh, wenn wir dann zur Sache kommen könnten ...«

Berthold Seitz räusperte sich. »Ich muss doch sehr um die Einhaltung der juristischen und nicht zuletzt auch der gesellschaftlichen Konventionen bitten. Zumal Sie es hier mit Ihrem verstorbenen Herrn Vater zu tun haben. Er hat mit sehr viel Liebe von seinen Kindern gesprochen, mit sehr viel Stolz.«

»Ja, das hat er«, bestätigte Vivi seufzend. »Es sind ja auch wahre Prachtexemplare. Und ihrem Vater so ähnlich.«

Das stimmte sogar. Sie waren genauso geldgierig, genauso geizig und genauso rücksichtslos wie Werner. Wegen dieser beiden hatte sie keine eigenen Kinder haben dürfen. Das war eine Wunde, die nie heilen würde.

»Bestimmt hat er uns nicht vergessen in seinem Testament«, krähte Inge-Gundula, die unverwandt zu dem großen weißen Umschlag starrte, der auf dem Schreibtisch lag.

Darin befand sich das Testament. Vivi hatte es in den frühen Morgenstunden auf Werners Computer getippt. Seine Unterschrift zu fälschen war eine Kleinigkeit gewesen. Gleich nach dem Frühstück hatte sie es Berthold Seitz gebracht, mit der Bitte um absolute Diskretion. Sie freute sich schon auf die Gesichter der Aasgeier, wenn der Notar ihnen eröffnete, dass Werner Karl Horst Bernburg die gesamte Hinterlassenschaft seiner über alles geliebten Frau vermacht hatte.

Mit monotoner Stimme verlas Berthold Seitz nun das Dokument. Je länger er las, desto blasser wurde Inge-Gundula. Hans-Peter dagegen lief puterrot an, als er erfuhr, dass er den verpupsten Ohrensessel erben würde und seine Schwester die scheußlichen Ölgemälde. Sonst nichts.

»Verehrte Frau Bernburg«, schloss der Notar, »abgesehen

von den persönlichen Erinnerungsstücken, die Ihr Gatte seinen Kindern zugedacht hat, sind Sie damit Alleinerbin des Reihenhauses sowie des Barvermögens. Das mag Ihnen im Moment unwichtig erscheinen angesichts des unwiederbringlichen Verlustes, den das Hinscheiden Ihres Ehemanns bedeutet. Doch seien Sie gewiss: Ihre Existenz ist damit gesichert.«

»Nein!«, kreischte Inge-Gundula. Mit ihrem mageren Zeigefinger stach sie in Vivis Richtung. »Du Hexe! Wie hast du ihn dazu gebracht?«

»Das wird ein juristisches Nachspiel haben«, erklärte Hans-Peter hasserfüllt. »Ein sehr unerfreuliches Nachspiel.«

Berthold Seitz faltete das Testament zusammen. »Dies ist der Letzte Wille Ihres Herrn Vaters, den es zu respektieren gilt.«

»Ich respektiere ihn«, hauchte Vivi. »Werners Wunsch ist mir Befehl, auch über den Tod hinaus.«

Kapitel drei

Die Beerdigung war schon zwei Wochen her, aber Vivi war weit davon entfernt, ihre neue Freiheit zu genießen. Manchmal schreckte sie abends auf, weil sie dachte, dass Werner gleich nach Hause käme. Dann wieder brütete sie stundenlang vor sich hin, ob sie seinen Tod hätte verhindern können.

Nachts plagten sie Alpträume. Dann erschien Werner in seiner verfusselten Strickweste und jagte ihr einen Schrecken nach dem anderen ein. Ganze Salven von Schuldgefühlen feuerte ihr Unterbewusstsein auf sie ab und erfand immer neue, perfide ausgeklügelte Horrorfilme. Wenn sie dann schweißgebadet hochschreckte, weinte sie sich erst nach Stunden in den Schlaf und wachte am nächsten Morgen mit Kopfschmerzen auf.

Erschwerend kam hinzu, dass sie unter permanenter Beobachtung stand. Seit der Trauerfeier klingelten dauernd unangemeldete Gäste an der Tür, um ihr einen Beileidsbesuch abzustatten. Unablässig kochte sie Kaffee, servierte Schnittchen und ließ jede Menge verlogener Geschichten über Werner über sich ergehen. Er genoss mittlerweile den Ruf eines Heiligen. Vermutlich würde man ihr demnächst erzählen, dass er über Baggerseen gelaufen war und Wasser in Wein verwandelt hatte.

Stoisch nahm sie alles hin. Die Rolle der untröstlichen Witwe war ihr in Fleisch und Blut übergegangen. Niemand zweifelte daran, dass sie einen schweren Schicksalsschlag erlitten hatte, von dem sie sich nur langsam erholen würde, wenn überhaupt. Niemand ahnte, was Werner wirklich mit Anlauf ins Jenseits gekickt hatte.

Vivi war auf der sicheren Seite. Dennoch fühlte sie sich wie ein Vogel, der aus dem Nest gefallen war. Sie hatte keinerlei Erfahrung mit dem Alleinleben, dafür hatte sie zu früh geheiratet. Auf Werners Schreibtisch stapelten sich Briefe von Versicherungen, Anwälten und Banken. Das meiste schickte Vivi ungeöffnet an Berthold Seitz weiter. Sie war schlicht überfordert.

Einmal in der Woche besuchte sie den Notar, der Vivi in seiner Eigenschaft als Rechtsanwalt auch in dem Prozess vertrat, den Hans-Peter inzwischen losgetreten hatte. Beklommen stellte sie fest, dass der reichlich arrogante Jurist ein Auge auf sie geworfen hatte. Nie verließ sie die Kanzlei, ohne dass er ihr ein Glas Sherry aufgedrängt hätte. Die Gespräche mit ihm dauerten länger und länger, und je ausgiebiger Berthold Seitz ihr die Rechtslage erläuterte, desto weniger verstand Vivi. Sie begriff nur, dass er weit mehr als ein professionelles Interesse an ihr hatte, dem sie betont kühl begegnete.

Durch diese Besuche wurde ihr allerdings klar, dass sie keinen Schimmer von der Realität hatte. Das machte ihr Angst. Anfangs hatte sie gedacht, ein Leben ohne Mann sei wie ein Hochseilakt ohne Netz. Jetzt stellte sie fest, dass es nicht einmal ein Seil gab. Ihre einzige Strategie bestand darin, sich zu verbarrikadieren. Sämtlichen Freunden, Verwandten und Bekannten schickte sie vorgedruckte Karten mit der Bitte, von weiteren Beileidsbesuchen freundlichst abzusehen. Telefonate beschränkte sie auf ein Minimum. Nur mit Ela sprach sie von Zeit zu Zeit.

Immerhin hatte Vivi sich nach und nach die Umgestaltung

des Reihenhauses erlaubt. Statt der durchgesessenen braunen Couch stand mittlerweile ein lachsfarbenes Ledersofa mit passenden Sesseln im Wohnzimmer. Die Ölgemälde hatte sie Inge-Gundula schicken lassen und durch duftige Blumenaquarelle ersetzt. Auch das Ehebett war rausgeflogen. Jetzt stand im Schlafzimmer ein Himmelbett, das einer Prinzessin würdig gewesen wäre. Na ja, eher einer Barbiepuppe. Aber genau das war immer Vivis Traum gewesen: ein rosa Bett mit einer halbmeterhohen Matratze, rosa Bettwäsche, einem geblümten Vorhang und mindestens zwanzig kleinen Kissen aus rosa Satin.

Und schließlich hatte sie sich einen männlichen Mitbewohner ins Haus geholt. Er hieß Tiger, stammte aus dem städtischen Tierheim und war ein kastrierter Kater mit schwarzgraugetigertem Fell. Tiger schien heilfroh zu sein, ein Frauchen mit Zärtlichkeitsbedarf erwischt zu haben. Schnurrend schmiegte er sich an Vivi, wenn sie sich auf die Couch setzte, maunzend strich er um ihre Beine, wenn sie kochte – wobei er Vivis selbstgemachte Thunfischmousse bevorzugte –, und sobald sie ins Bett ging, rollte er sich neben ihr zusammen.

Das Tier tröstete Vivi über manche Stimmungsschwankung hinweg, auch wenn Tiger gleich am ersten Tag eine Gardine zerfetzt hatte und ihre Nerven mit halsbrecherischen Akrobatikeinlagen um ihre besten Blumenvasen herum auf die Probe stellte. Doch wenn sie sein weiches Fell streichelte, fühlte sie sich nicht ganz so allein. Sie wollte für jemanden da sein, ein fühlendes Wesen um sich haben. Mit Tiger verstand sie sich ohne Worte. Er schien es bislang nicht besonders gut gehabt zu haben, schreckhaft, wie er war. Schon beim kleinsten Geräusch stob er davon und versteckte sich. Ein Grund mehr, ihn nach Strich und Faden zu verwöhnen.

Das war's dann aber auch an Neuerungen. Vivi hatte keinen Plan. Ihre Zukunft war ein einziges großes Fragezeichen. Manchmal hatte sie das Gefühl, dass sie langsam, aber sicher in ein tiefes, schwarzes Loch kippte.

Zum Zufluchtsort wurde ihre Küche. Kochen war im Grunde das Einzige, was sie am Leben erhielt, obwohl es überhaupt keinen Spaß machte, nur für sich selbst zu brutzeln und dann mutterseelenallein am Esstisch zu sitzen. Da half es auch nichts, dass Tiger artig auf einem Stuhl Platz nahm und seine Milch vom Teller leckte, während sie ihr Essen in sich hineingabelte. Zwar hatte Berthold Seitz sie schon mehrfach überreden wollen, gemeinsam mit ihm auszugehen, doch sie weigerte sich standhaft.

»*Allein, allein – allein, allein*«, summte sie manchmal vor sich hin. Mit der Männerwelt hatte sie vorerst abgeschlossen.

Der einzige Ausflug, den sie sich gestattete, war der versprochene Besuch bei ihrer Tante Elfriede. Zwei Tage verbrachte sie in Koblenz, im stillen Haus ihrer Tante, in dem die meisten Möbel mit Tüchern verhängt waren und wo es penetrant nach Mottenpulver roch. Den größten Teil der Zeit hielten sie sich im Wohnzimmer auf, das Tante Elfriede »Salon« nannte, und stöberten in alten Fotoalben. Nicht weniger als fünf Hochzeitsfotos befanden sich darin.

»Ja, fünfmal habe ich mir einen Ring anstecken lassen, und erst beim fünften Mal war es der Richtige«, seufzte Tante Elfriede.

Vivi nahm einen Schluck vom Holunderblütensekt, den ihre Tante zum Mandelgebäck auf den Tisch gestellt hatte. »Und was hast du mit den anderen vier gemacht?«

Die alte Dame lächelte unergründlich. »Manche gehen von

selber, und wenn sie es nicht tun, muss man eben ein bisschen nachhelfen.«

»Tante Elfriede!« Vivi richtete sich kerzengerade auf. Hatte sie richtig gehört?

»Kein Grund zur Aufregung«, beschwichtigte Tante Elfriede ihre Nichte. »Ich gehöre einer Generation an, für die Emanzipation – so sagt man doch? – ein Fremdwort war. Aber man hat ja immer noch die Waffen einer Frau.«

Verständnislos sah Vivi sie an. »Was soll das denn heißen?«

»Mein Kind, mir ist nicht entgangen, dass deine Ehe mit Werner nicht sonderlich glücklich war. Auch zu mir war er mehr als abweisend. Was immer du getan hast – du hast das Richtige getan.«

»Ich habe gar nichts getan!«, protestierte Vivi. Stimmte ja auch. »Aber, Moment mal, was meintest du vorhin, mit ›nachhelfen‹?«

Das Lächeln der alten Dame erstarb. »Sei auf der Hut, meine Kleine. Sonst nehmen dir die Männer erst die Butter vom Brot und essen dann den Rest auf.« Mehr verriet sie nicht.

Als Vivi wieder abfuhr, stand Tante Elfriede winkend vor ihrem Haus und wirkte plötzlich sehr, sehr einsam. So wirst du auch enden, dachte Vivi, während sie im Rückspiegel einen letzten Blick auf ihre Tante warf. Du wirst als einsame alte Frau sterben, und du hast es nicht besser verdient, nach allem, was passiert ist.

Am folgenden Nachmittag pürierte Vivi gerade ein Forellenfilet für ihre berühmte Fischpastete, als ihr Handy klingelte. Bis sie es endlich aus ihrer Handtasche herausgeangelt hatte, war es verstummt. Dafür fiel eine fliederfarbene Visitenkarte aus der Tasche. Richard von Hardenberg, las Vivi,

Unternehmensberater. Sie drehte die Visitenkarte in ihren Händen hin und her. Der zarte Fliederton war ziemlich ungewöhnlich – so wie der Mann, der ihr die Karte überreicht hatte. Heldenhaft warf sie das Ding in den Abfalleimer. Eine Affäre konnte sie sich nicht leisten.

Eine Stunde, zwei Portionen Forellenpastete und drei Gläser Weißwein später wühlte sie die Visitenkarte wieder aus dem Müll heraus. Vorsichtig entknitterte sie das Stückchen Pappe.

»Richard von Hardenberg«, las sie flüsternd. »Richard.«

Ihr Herz begann wild zu klopfen, als sie daran dachte, wie er sie umarmt und wie gut er gerochen hatte. Aber waren ihr solche Gedanken überhaupt gestattet, ihr, der trauernden Witwe?

Schnell legte sie die Visitenkarte in den Küchenschrank, neben die Zuckerdose. Dies schien ihr der angemessene Platz zu sein. Nur, dass sie sich leider nicht traute, dieses unwiderstehliche Zuckerstückchen von einem Mann jemals anzurufen.

»Also, Vivi, jetzt reicht's aber mal!«, rief Ela.

Sie hatte fünf Minuten lang Sturm geklingelt, bevor die Tür sich öffnete. Mit tropfnassen Haaren und in einen babyrosa Bademantel eingewickelt, stand Vivi vor ihr.

»Tut mir leid, ich war unter der Dusche.«

»Das meine ich nicht«, schnaubte Vivis Freundin. »Ich spreche von Schockstarre im Endstadium. Über vier Wochen ist die Beerdigung jetzt her, aber du hängst immer noch im Koma. Zieh dir sofort was an, und dann nichts wie raus ins pralle Leben!«

Ohne weitere Aufforderung rauschte sie an Vivi vorbei ins

Wohnzimmer, wo sie abrupt stehen blieb. Anerkennend pfiff sie durch die Zähne. »Hey, da hat aber jemand ausgemistet.«

Nicht nur das braune Sofa war verschwunden, auch der Ohrensessel, die Stehlampe mit den Troddeln und die Nussbaumschrankwand. Neugierig, aber aus sicherem Abstand heraus beobachtete Tiger, wie Ela das Mobiliar in Augenschein nahm und schließlich auch ihn entdeckte.

»Hallooo, wen haben wir denn da?«

Sie lockte ihn mit schmatzenden Luftküsschen an, doch er floh zu Vivi, die ihn auf den Arm nahm und sein seidiges Fell streichelte.

»Mein neuer Mitbewohner«, erklärte sie. »Ein Kater.«

»Freut mich«, erwiderte Ela knapp. »Männlich, handlich, keine blöden Sprüche. Aber das kann's doch wohl nicht gewesen sein, oder?«

Sie ließ sich auf die neue Ledercouch fallen und schlug die Beine übereinander. »Ich mach's kurz. Heute ist der erste Tag vom Rest deines Lebens. Betrachte mich einfach als eine Art Bewährungshelferin.«

Vivi krallte ihre nackten Zehen in den neuen hochflorigen Teppich. Ein hübsches Teil in Orange-, Lachs- und Terrakottatönen.

»Ich bin noch nicht so weit«, wehrte sie ab.

»Du bist überreif«, konterte Ela. »Ein unbemanntes Vollweib mit Charmebedarf. Und wenn du es ganz genau wissen willst: In einer halben Stunde wird Richard in Hugos Bar einfliegen. Also komm bloß nicht auf die Idee, dich in eine schwarze Kutte zu hüllen.«

Richard. Richard von Hardenberg. Vivi wurde heiß und kalt zugleich. Sie setzte ihr coolstes Pokerface auf.

»Und wer war noch mal Richard?«

Entnervt schnippte Ela mit den Fingern. »Fünfundachtzig Kilo Sex. Der Mann ist heiß wie Frittenfett. Zeit für neue Erfahrungen, würde ich sagen. Vollkontakt-Ehesport mit Werner ist nicht das Maß aller Dinge. Mensch, Vivi, du bist hübsch, sehr hübsch sogar. Du könntest Lover ohne Ende haben!«

Tiger sprang von Vivis Arm auf den Teppich und verzog sich miauend unter die Couch. Als ahnte er, dass es hier auch um seine Zukunft ging. Vivi dagegen war vollkommen überrumpelt. Hübsch? Nein, sie fand sich nicht sonderlich anziehend, eher durchschnittlich.

»Also, bitte, Ela!«, protestierte sie. »Du kannst doch nicht einfach einen Mann für mich ordern. Wie stellst du dir das vor? *Eine neue Liebe ist wie ein neues Leben, nana nana nanaaa?*«

»Okay«, sagte Ela. »Probieren wir's mal so: Richard steht gut in den Schuhen, schaut nett durch die Brille und winkt, wenn man es ihm sagt. Ein echt guter Typ. Du kannst mir dankbar sein, wenn er dich auf andere Gedanken bringt. Was hast du schon zu verlieren?«

»Meine Selbstachtung und meinen guten Ruf. Als Witwe kann ich nicht durch irgendwelche Betten hüpfen ...«

Nein, Vivi gefiel die Sache ganz und gar nicht. Sicher, sie sehnte sich nach einer starken Schulter. Aber wenn sie sich überhaupt den Gedanken an einen Mann gestattete, dann nicht so. Sie wollte erobert werden, nicht verkuppelt. Später natürlich. In zwei oder drei Jahren vielleicht.

Trotzig zog sie den Gürtel ihres Bademantels zu. »Ich ... ich fühle mich sowieso nicht besonders heute.«

Ela erhob sich. Sie trug ein glänzendes smaragdgrünes Kleid, dessen geraffter Stoff ihre schlanke Figur zur Geltung brachte.

Ihre nackten Füße steckten in grünen Sandaletten mit Strassbesatz, das rote Haar leuchtete wie ein Feuermelder.

Aufgebracht stemmte sie die Arme in die Hüften. »Schatzi, ich sehe mir das nicht länger an. Du gehst hier ein wie eine Primel in der Wüste. Würde mich nicht wundern, wenn du inzwischen Spinnweben an den Beinen hättest. Wie lange willst du dich denn noch einbunkern? Bis du mumifiziert bist?«

Vivi zuckte mit den Schultern. »Okay, ich komme mit. Aber nur eine Stunde. Mir ist so flau, ich glaube, ich muss drei Espresso trinken, um überhaupt zu Bewusstsein zu kommen.«

»Du solltest es vielleicht mal mit Atmen probieren«, zischte Ela. »Wie kann man nur so verpeilt sein!«

Eine halbe Stunde später saßen sie in Elas Cabrio und ließen sich den Wind um die Nase wehen. Vivi hatte gegen den Widerstand ihrer Freundin ein hochgeschlossenes schwarzes Etuikleid gewählt. Ihr Haar war zu einem braven Knoten aufgesteckt, sie war fast ungeschminkt. Um nichts in der Welt wollte sie aussehen wie ein wandelndes Flirtangebot.

»Und? Was macht die liebe Familie von Werner?«, erkundigte sich Ela, während sie mit Vollgas eine rote Ampel überfuhr. Sie nannte es Dunkelgelb.

»Das Gute an dem Altersunterschied ist, dass sich das Schwiegermutterthema erledigt hat«, antwortete Vivi. »Nur die Kinder stressen. Haben das Testament angefochten und bombardieren mich mit irgendwelchen Anwaltsschreiben. Zum Glück ist Berthold Seitz an meiner Seite, er erledigt den ganzen Papierkram. Ein echter Gentleman.«

Ela bog in eine kleine Nebenstraße ein. »Pass auf, dass der

Typ dich nicht um den Finger wickelt. Ohne Knete keine Fete. Du bist jetzt eine gute Partie.«

So hatte es Vivi noch gar nicht gesehen. Wie angeschweißt saß sie auf ihrem Sitz. Eine gute Partie? Sie wollte erwidern, dass Berthold Seitz, verglichen mit ihr, ein geradezu absurd reicher Mann war. Doch Ela hatte schon eingeparkt und stieg aus, während Vivi noch ihren Gedanken nachhing.

»Komm schon«, rief Ela, die inzwischen den Wagen umrundet hatte und die Beifahrertür aufriss. »Let's fetz!«

Es kostete Vivi ihren letzten Rest Willenskraft, um auszusteigen. Außer zum Einkaufen und für die Anwaltsbesuche war sie seit Wochen nicht mehr aus dem Haus gewesen. Und jetzt gleich ein Date? Mit – Richard? Trotz der sommerlichen Temperaturen spürte sie eine Gänsehaut, als sie Ela folgte.

Hugos Bar war die Sorte Lokal, in dem man sich auf Anhieb wohlfühlte. Die ochsenblutrot gestrichenen Wände und das gedämpfte Licht, das durch Holzjalousien auf Ledersessel und niedrige Marmortische fiel, gaben dem Ganzen die Atmosphäre einer gemütlichen Wohnhöhle. Über der Bar hing ein Flatscreen, auf dem leise ein Nachrichtensender lief.

Ela war hier wie zu Hause, auch wenn sie nur sporadisch hereinschneite. Lässig nickte sie dem Barkeeper zu, der hinter dem Tresen Gläser polierte.

»Zweimal wie immer«, bestellte sie.

»Keinen Alkohol«, sagte Vivi warnend, »es ist erst früher Nachmittag! Für mich nur einen doppelten Espresso.«

Doch Ela ließ sich nicht beirren. »Dies ist keine Kaffeefahrt. Und Werner wird auch nicht wieder lebendig, wenn du dich kasteist.«

Die beiden Freundinnen hatten sich kaum gesetzt, als zwei große Gläser Aperol Spritz mit Eiswürfeln vor ihnen standen.

»Auf dich«, prostete Ela Vivi zu. »Willkommen im Leben!«

Während sie tranken, regte sich ein seltsames Kribbeln in Vivis Sonnengeflecht. Auf einmal fühlte sie sich wieder wie damals, als sie Ela kennengelernt hatte. Sie hatten beide eine Lehre in einem Wiesbadener Hotel absolviert, Ela in der Direktion, Vivi in der Küche. Abends waren sie oft zusammen ausgegangen und hatten alles geteilt: ihren kärglichen Lohn, ihre hochfliegenden Träume, ihre kleinen Abenteuer.

Aber konnte man einfach noch mal von vorn anfangen? Alles auf null setzen? Es war so viel passiert seither. Nun ja, Vivi musste sich eingestehen, dass Elas bewegtes Leben Stoff für einen mehrbändigen Roman hergab, während ihr eigenes locker auf einen Bierdeckel gepasst hätte. Ela war in der Welt herumgekommen, hatte Hoteljobs in Asien und Südamerika gehabt. Mittlerweile arbeitete sie im Management eines Frankfurter Luxushotels und kam nur noch selten in ihre gemeinsame Heimatstadt. Vivi hatte geheiratet. Punkt. Jetzt war sie Witwe. Schon das Wort ließ sie erschauern. Es roch nach Gruft und lebenslänglicher Einsamkeit.

»So schweigsam, die Damen?«

Vivi drehte sich um und schnappte nach Luft. Richard von Hardenberg, der Unternehmensberater mit der fliederfarbenen Visitenkarte, die daheim neben ihrer Zuckerdose lag, war ein Naturereignis. Hatte er im schwarzen Anzug schon ausgesehen, als sei das Teil ihm auf den Leib geschneidert, so wirkte er in seiner Designer-Jeans, dem hellblauen Polohemd und den braunen Slippern, als sei er damit auf die Welt gekommen. Es hätte Vivi nicht gewundert, wenn er mit einer weißen Yacht nach Wiesbaden geschippert wäre.

»Richard!« Ela schoss von ihrem Sessel hoch und umarmte den Neuankömmling.

Vivi dagegen blieb sitzen und streckte ihm kühl die Hand entgegen. Nur keine Gefühle zeigen. Nur nicht preisgeben, dass sie seit Wochen an ihn dachte.

»Störe ich?«, fragte er höflich.

»Aber wie!«, grinste Ela.

Mit einem gutgelaunten Lächeln ließ er sich in den Sessel neben Vivi fallen. »Na, das nenn ich aber mal 'ne Begrüßung.«

Vivi zog die Schultern hoch und kniff die Lippen zusammen. Auf keinen Fall würde sie sich verkuppeln lassen. Doch so verspannt sie auch war, schon nach fünf Minuten entkrampfte sie sich. Richard war wunderbar. Er erzählte kaum von sich, stattdessen erkundigte er sich in allen Einzelheiten nach Vivis Wohlergehen. So aufmerksam und so interessiert, dass sie sich nach und nach öffnete. Nach zehn Minuten lachte sie das erste Mal. Und nach weiteren zehn Minuten fand sie es nicht weiter dramatisch, dass Ela etwas von einem dringenden Termin erzählte.

Als Ela ihr Portemonnaie herausholte, drohte Richard ihr scherzhaft mit dem Finger. Er bestand darauf, sie einzuladen. Ein echter Ritter, staunte Vivi. Und das Beste war: Jetzt hatte sie Richard ganz für sich allein.

Bis zum Abend saßen sie beisammen. Vivi erzählte ihm Dinge, die sie sonst für sich behielt. Vom tödlichen Autounfall ihrer Eltern, als sie noch ein kleines Mädchen gewesen war. Von ihrer Heirat mit einem deutlich älteren Mann, bei dem sie Schutz und Sicherheit gesucht hatte. Von ihrem vergeblichen Wunsch nach Kindern.

Eine unerklärliche Vertrautheit verband sie beide, eine herrliche Leichtigkeit. Es fühlte sich an, als hätte Vivi monatelang im Kühlfach gelegen und würde endlich aufgetaut.

Die folgenden zwei Wochen gehörten zu den glücklichsten, die Vivi jemals erlebt hatte. Richard machte einfach alles richtig. Er schickte ihr Blumen, lud sie zum Essen in gute Restaurants ein, überraschte sie mit Konzertkarten. Vivi blühte auf. Und was sie sehr zu schätzen wusste: Richard wurde überhaupt nicht zudringlich. Eine flüchtige Umarmung zur Begrüßung, ein angedeuteter Kuss zum Abschied, mehr passierte nicht.

Aber genau das wurde langsam zum Problem. Nur widerstrebend gestand sich Vivi ein, dass sie bis über beide Ohren in Richard verliebt war. Hilflos wie ein Backfisch und leidenschaftlich wie eine reife Frau. Eine gefährliche Kombination. Sie glühte. Sie schmachtete. Sie verzehrte sich nach Richard.

Nachts lag sie in ihrem Prinzessinnenbett und fand keinen Schlaf. Warum zeigte er keinerlei erotisches Interesse? Waren seine Aufmerksamkeiten am Ende nur ein Freundschaftsdienst? Handelte er in Elas geheimem Auftrag, als bestellter Witwentröster? Oder war da mehr?

Angestrengt starrte sie auf die rosa Bespannung des Betthimmels, während sich Tiger in das leere Kopfkissen neben ihr kuschelte. Wer war Richard von Hardenberg überhaupt? Sie wusste nur, dass er in Hamburg wohnte und sich vorübergehend in Frankfurt aufhielt. Aus geschäftlichen Gründen. Er war Ende vierzig und ledig. Ziemlich spärliche Informationen.

Ein Anruf bei Ela am nächsten Morgen brachte sie nicht wesentlich weiter. Ela hatte ihn bei einem Hotelkongress kennengelernt. Ein paarmal war sie mit ihm ausgegangen, ohne dass mehr daraus geworden war, deshalb hatte sie ihn prompt an Vivi weitergereicht. Richard sei sehr erfolgreich, offenbar vermögend und beruflich viel unterwegs. Mehr konnte Ela nicht über ihn berichten. Doch sie freue sich, dass Vivi und er sich so gut verstünden, meinte sie. Das habe sie ja gleich gewusst.

Auch eine Recherche am Computer blieb ergebnislos. Es gab im Internet mehrere Richard von Hardenbergs. Einer war ein junger Graffitikünstler, ein anderer Oberförster im Thüringer Wald, der dritte war Rentner und arbeitete ehrenamtlich im städtischen Seniorenbeirat von Winsen an der Luhe. Richard blieb ein Rätsel. Immerhin das schönste Rätsel der Welt.

Nach ein paar weiteren durchwachten Nächten fasste Vivi einen Entschluss. Sie würde aufs Ganze gehen. Nein, sie musste aufs Ganze gehen! Sie wollte endlich wissen, woran sie mit ihm war. Es war halb acht Uhr morgens, als sie ihn anrief und zu einem Candle-Light-Dinner zu sich nach Hause einlud. Noch am selben Abend. Er sagte sofort zu.

Den Vormittag verbrachte Vivi in Feinkostläden, bei einem hervorragenden Metzger, in diversen Boutiquen und in der Wäscheabteilung eines Wiesbadener Damenausstatters. Der Nachmittag war der Vorbereitung des Festmahls gewidmet. Wie sich der Abend gestalten würde? Darüber hatte sie nur vage Vermutungen. Und jede Menge Phantasien, die alles andere als jugendfrei waren.

Hundertmal hatte sie sich gefragt, ob sie zu alt, zu durchschnittlich oder zu unattraktiv für ihn war. Heute würde sie es erfahren. Männer können kein Begehren vortäuschen, sagte Ela immer, Frauen ja. Die stöhnen und kreischen, als ob es einen Orgasmus-Oscar zu gewinnen gäbe. Aber seinen Mann zu stehen, wenn man eine Frau nicht begehrte? Unmöglich.

Vivi hatte ihre raffiniertesten Kochbücher gewälzt und Rezepte ausgewählt, die eine aphrodisische Wirkung versprachen: Austern, Eierspeisen, Artischocken, Rinderfilet, Vanillesoufflé. Nach dem Dessert würde Richard vor Testosteron triefen. Wenn er sich dann immer noch in vornehmer Zurückhaltung übte, konnte sie ihn abhaken. Das Dinner war ein Test. Nicht mehr, nicht weniger.

Als zusätzlichen Brandbeschleuniger hatte sie sich fliederfarbene Spitzenunterwäsche geleistet. Ein Nichts von einem BH und einen Tanga, den man unter dem Mikroskop suchen musste. Ganz sicher war sie sich allerdings nicht. Es bestand akuter Beratungsbedarf – ein klarer Fall für Ela. Zum Glück ging sie gleich ans Telefon.

»Hallo? Gibt es etwas, das ich wissen sollte?«

»Richard kommt heute Abend zum Essen«, erzählte Vivi mit heiserer Stimme. »Ich habe mir neue Dessous gekauft, vorsichtshalber.«

»Er wird sie dir vom Leib reißen«, bemerkte Ela trocken. »Ist das alles? Oder benötigst du eine Anleitung, wie du ihn auf Betriebstemperatur bringst?«

Vivi druckste etwas herum. »Hm, ich weiß nicht, ob die Wäsche vielleicht albern wirkt.«

Oder nuttig oder billig oder schlicht lächerlich, fügte sie in Gedanken hinzu. In der weiblichen Disziplin des Selbstzweifels war Vivi olympiareif.

»Pass auf, du ziehst das Zeugs jetzt an, machst ein Handyfoto und schickst es mir«, schlug Ela vor, wie immer äußerst praktisch veranlagt. »Dann sage ich dir knallhart, was ich davon halte.«

»Mach ich.«

Fünf Minuten später rief Ela an. »Gähn. Also, im neunzehnten Jahrhundert hättest du die Männer damit um den Verstand gebracht.«

Vivis Laune sank unter den Gefrierpunkt. »Ist es so spießig?«

»Quatsch!« Ela lachte los. »War nur ein Scherz. Das ist Verführung pur. Dazu scharfe High Heels, und Richard wird entzückt sein, versprochen!«

»Na ja, die High Heels werden mich vermutlich schon umgebracht haben, bevor ich überhaupt die Haustür erreiche. Trotzdem danke, Ela.«

Seelisch entknittert legte Vivi auf. Dann widmete sie sich den weiteren Essensvorbereitungen. Sie umfassten so komplizierte Tätigkeiten wie Austern öffnen, Zander entgräten und Vanilleschoten auskratzen. Für so etwas brauchten Profiköche ein halbes Dutzend Assistenten. Vivi hatte nur ihre zwei Hände, dafür eine Megadosis Motivation.

Aber bitte mit Sahne!«, sang sie, während sie die Zanderfüllung anrührte und reichlich Sahne hinzugab. Sie war in ihrem Element. Endlich durfte sie wieder für einen Mann kochen! Und nicht für irgendeinen, nein, für Richard, das Zuckerstückchen.

Natürlich fiel auch eine gute Portion Zanderfüllung für Tiger ab, der ihr nicht von der Seite wich. Mit großen Augen sah er den Vorbereitungen zu. Vivi kraulte sein Fell.

»Und? Was hältst du von Richard?«

Tigers Schnurren war eindeutig: guter Mann.

Um halb sieben ging Vivi unter die Dusche. Um sieben stand sie frisch gefönt vor dem Badezimmerspiegel und knöpfte sich die neue Satinbluse in verruchtem Rot zu, die sie zu einem ziemlich kurzen schwarzen Lederrock trug – ebenfalls eine neue Errungenschaft. Um halb acht klingelte Richard.

Zuerst sah sie nur den riesigen Blumenstrauß. Einen Blütenrausch in Rosa. Als hätte er geahnt, dass dies ihre Lieblingsfarbe war.

»Danke für die Einladung«, sagte er artig. »Ich weiß diese Geste sehr zu schätzen. Und dein Vertrauen.«

Hoffentlich weißt du auch noch ein paar andere Sachen zu schätzen, seufzte sie innerlich. Zum Beispiel hemmungslosen Sex. Sie war so ausgehungert, dass sie an nichts anderes mehr denken konnte. Mit klopfendem Herzen nahm sie ihm die Blumen ab.

Richard trug einen hellen Leinenanzug und ein graues T-Shirt darunter. Sehr edel. Und sicher sehr teuer. An seinem Handgelenk blitzte eine goldene Uhr.

Vivi zitterte vor Aufregung. Ein neuer Mann! In ihrem Reihenhaus! Das war eine Premiere. Vor lauter Lampenfieber stolperte sie in ihren High Heels, als sie ihn hereinließ. Galant fing Richard sie auf, und den Bruchteil einer Sekunde atmete sie sein Rasierwasser ein. Da war er wieder, dieser herrliche Taumel, so wie damals beim Leichenschmaus.

Sie machte sich verlegen los. »Komm doch erst mal rein.«

Im Wohnzimmer angelangt, sah er sich um. »Was für ein kultiviertes Zuhause du hast. Sehr geschmackvoll.«

Vivi war gerührt. Welch ein Gleichklang der Seelen. Sie hatte befürchtet, dass er ihr Reihenhaus zu bieder und ihren Stil zu feminin finden könnte. Jetzt aber schien es ihr plötzlich, als hätte sie das alles für Richard ausgesucht: die Couch, den Teppich, die Aquarelle. Als hätte sie ein gemütliches Nest gebaut, nur zu dem Zweck, dass er sich darin wohlfühlte.

Zutraulich rieb Tiger seinen Kopf an Richards Hosenbein, als er sich auf die Couch gesetzt hatte. Und natürlich hatte Richard auch an ihn gedacht: Lächelnd holte er eine Gummimaus aus seiner Hosentasche und hielt sie Tiger hin. Der war völlig aus dem Häuschen. Aufgekratzt spielte er mit der armen Maus herum und schien nur darauf zu warten, dass sie sich endlich bewegte.

Nach einem Glas Prosecco mit Holundersirup bat Vivi ihren Gast zu Tisch. Zu ihrem größten Entsetzen steuerte Richard Werners Stuhl an. Genau den Stuhl, auf dem ihr Gatte seinen letzten Atemzug getan hatte. Sie konnte es nicht verhindern. Mit welchem Argument denn? *Hey, nicht den Stuhl bitte, dort ist mein Mann an Rattengift verendet!* Ging's noch krasser?

Bloß nicht dran denken, sagte sie sich, als sie in die Küche lief und die Vorspeisenplatte holte, zwölf Austern auf gestoßenem Eis. Dennoch geisterte Werners Gesicht in der Bratensauce durch ihren Kopf. Sie gab sich einen Ruck. Das sind die Gespenster von gestern, sagte sie sich. Ab jetzt wird alles anders werden. Werner war nur noch ein Schatten, der langsam verblasste, nun wartete das pralle Leben, wie Ela so schön gesagt hatte.

Der Abend verging wie im Flug. Richard war restlos begeistert von Vivis Kochkünsten. Kein einziges Mal verlangte er nach Pfeffer oder Salz, sondern vertilgte hingerissen alles, was sie ihm vorsetzte. Und wie er aß! Sinnlich schlürfte er die Austern, hingebungsvoll saugte er an den fleischigen Artischockenblättern, verzückt schloss er die Augen, als er sich die Crêpes mit Zanderfüllung auf der Zunge zergehen ließ. Vivi sah ihm erbebend dabei zu. Himmel, war der Mann erotisch!

Als sie zwischendurch ins Bad ging, zog sie sich die Lippen knallrot nach. »*Rote Lippen soll man küssen, denn zum Küssen sind sie da*«, sang sie leise vor sich hin. Ob Richard die Botschaft verstehen würde?

Offensichtlich wirkte die Beschwörungsmagie, denn zum Fleischgang und zum Dessert kam es nicht mehr. Während Vivi das Rinderfilet in Blätterteig aus dem Ofen holte, stand Richard plötzlich hinter ihr. Sanft legte er seine Hände um ihre Hüften. Sie drehte sich um, und dann versank sie auch schon in seinen Armen. Behutsam glitt seine Zunge in ihren Mund und erkundete ihren Gaumen, ihre Zunge, ihre Zähne. Sein Kuss elektrisierte sie derart, als hätte sie aus Versehen an einer Steckdose geleckt.

»Ich möchte dich nicht bedrängen«, murmelte er, während er ihre Bluse aufknöpfte und mit seinen Lippen die zarte Haut zwischen ihren Schlüsselbeinen streifte.

Vivi stand längst in Flammen. Lichterloh. Das Begehren fegte sie fast von den Füßen. Sie riss die letzten Knöpfe ihrer Bluse auf und legte seine Hände auf ihre Brüste. Alles prickelte in ihr. Die Stromstöße wurden heftiger. Triumphierend spürte sie etwas Hartes in seiner Hose und griff beherzt zu. Ja, er stand. Auf sie.

»Bedräng mich«, flüsterte sie.

Er trat einen Schritt zurück. »Bist du sicher, dass du es willst?

60

Ich möchte nichts überstürzen. Du bist für mich so kostbar ...«

Vivi verglühte fast. Wortlos ergriff sie seine rechte Hand und ließ sie nicht mehr los, bis sie Richard in den ersten Stock gezerrt hatte, in das Prinzessinnenbett, in dem sie so lange und so sehnlich auf ihren Prinzen gewartet hatte.

»Also schön«, sagte Richard, während er feierlich seine Hornbrille absetzte. »Bitte schalte das Licht, das Handy und dein Schamgefühl aus.«

Ein Sonnenstrahl weckte Vivi. Vorwitzig kroch er durch einen Spalt der Gardine über ihr Gesicht. Sie schlug die Augen auf. Das Bett neben ihr war leer. Nur eine fliederfarbene Visitenkarte lag auf dem zerknüllten Satinlaken. Auf der Rückseite stand eine Botschaft:

Du bist unglaublich. Danke für die wunderbare Liebesnacht! Ich hoffe inständig, dass ihr weitere folgen werden.
Tausend Küsse,
Dein Richard

Sie drückte die Visitenkarte an ihre Lippen und ließ sich zurück in die mindestens zwanzig Satinkissen fallen. Alles an ihr fühlte sich so lebendig an. Jeder Millimeter ihres Körpers war liebkost worden. Sie erschauerte bei dem Gedanken, was dieser Mann alles mit ihr angestellt hatte. Ungekannte Wonnen hatte sie erlebt, unfassbare Ekstasen. In gewissem Sinne war sie erst durch Richard zur Frau geworden. Und hatte sich dabei so sicher, so aufgehoben gefühlt.

Während sie wieder und wieder seine Zeilen las, kam ihr

einmal mehr in den Sinn, wie wenig sie im Grunde über ihn wusste. Sie kannte weder sein Vorleben, seine Familie noch seinen Job. Was tat ein Unternehmensberater eigentlich den ganzen Tag?

Mit einem kühnen Satz sprang Tiger aufs Bett. Nachdenklich strich Vivi ihm über den Kopf. »Du magst ihn doch auch, oder? Ja, du magst ihn.«

Sagte man nicht, dass Tiere einen untrüglichen Instinkt hatten, fast so etwas wie Menschenkenntnis?

Ihr Handy klingelte. Bestimmt war das Richard!

»Jaaaa?«, hauchte sie mit ihrer erotischsten Stimme.

»Werte Frau Bernburg, hier ist Berthold Seitz.«

Enttäuscht rollte Vivi mit den Augen.

»Herr Seitz? Ist was passiert?«

»Sie sollten heute Nachmittag in die Kanzlei kommen. Ihr Stiefsohn Hans-Peter hat Dokumente vorgelegt, aus denen sich gewisse Unstimmigkeiten in Bezug auf den Inhalt des Testaments erkennen lassen. Ich erwarte Sie um halb fünf. Bringen Sie etwas Zeit mit. Wie wäre es danach mit einem kleinen Abendessen?«

»Tut mir leid, ich habe schon was vor«, schwindelte Vivi. »Bis heute Nachmittag dann.«

Sie wollte jetzt nicht an diesen leidigen Prozess denken, und schon gar nicht an den sabbernden Berthold Seitz, der sie unter immer neuen Vorwänden in sein Büro lockte. Vivi wollte nur an Richard denken, an das unfassbar gnädige Schicksal, das beschlossen hatte, das Glück gleich kübelweise über ihr auszuschütten.

Den ganzen Tag hypnotisierte sie ihr Handy, doch es blieb stumm. Richard machte es wirklich spannend. Sie wollte endlich seine Stimme hören, diese aufreizend vibrierende Stimme, die wunderbar unanständige Dinge in ihr Ohr geflüstert hatte. Wieder und wieder wählte sie seine Nummer, aber jedes Mal sprang nur die Mailbox an. Dann lauschte sie sehnsuchtsvoll seiner Ansage, mit der er auf Deutsch, Englisch und Französisch um eine Nachricht bat. Beeindruckend war das schon, zeugte es doch davon, dass Richard sich auf dem internationalen Parkett bewegte.

Sie war schon auf dem Weg zum Anwalt, als eine SMS eintrudelte:

Melde mich später, Prinzessin, eine Million Küsse, Dein R.

Wie in Trance las sie die Nachricht. Wie sie es liebte, dass er sie seine Prinzessin nannte!

Als sie das Büro von Berthold Seitz betrat, empfing er sie wie gewohnt mit einem Handkuss. Auf seinem Schreibtisch standen neben Aktenstapeln eine Flasche Wein und zwei Gläser. Widerstrebend setzte sich Vivi auf einen der geschnitzten Stühle, und Berthold Seitz nahm neben ihr Platz.

»Darf ich Ihnen ein Kompliment machen? Sie sehen heute überaus entzückend aus«, schwärmte er.

»Danke.« Vivi verschränkte die Arme. »Und was wollten Sie mir mitteilen?«

Bekümmert griff der Anwalt zu einem Aktenordner und schlug ihn auf. »Die Gegenpartei hat mir einige Briefe zukommen lassen, in denen Ihr Mann andeutet, er wolle den Großteil seiner Hinterlassenschaft an seine Kinder vererben. Auch von einem Ehevertrag ist die Rede. Ich werde Ihnen die betreffenden Stellen vorlesen.«

Schon nach einer Minute konnte sich Vivi nicht mehr konzentrieren. Die umständlichen Formulierungen und die einschläfernde Stimme von Berthold Seitz prallten an ihr ab wie Pingpongbälle an einer Gummiwand. Mit glühenden Wangen dachte sie an die vergangene Nacht mit Richard. Und an die hoffentlich zahlreichen Nächte, die noch folgen würden. Der Himmel hatte ihr diesen Mann geschickt!

»Frau Bernburg? Hören Sie mir überhaupt zu?«

Vivi hatte gerade in der Erinnerung an Richards Lippen geschwelgt, die ihre empfindlichsten Zonen in einen geradezu beängstigenden Zustand der Lust versetzt hatten. Nur ungern kehrte sie in die Gegenwart zurück.

»Ja, natürlich.« Sie legte ihrem juristischen Beistand eine Hand auf den Arm. »Tun Sie, was Sie für richtig halten. Ich verstehe sowieso nichts davon, Sie haben mein volles Vertrauen.«

Er setzte sein stets etwas überhebliches Lächeln auf. »Ja, für Sie ist das alles ein wenig zu kompliziert, das sehe ich Ihnen an der Nasenspitze an. Ich verschone Sie mit weiteren Details. Was den unschätzbaren Vorteil hat, dass wir jetzt ganz ungezwungen zum gemütlichen Teil übergehen können.«

Er brauchte eine Weile, bis er die Weinflasche geöffnet hatte, und goss die Gläser voll. Eine geschlagene halbe Stunde stand Vivi noch durch, bei einem mäßigen Spätburgunder und umständlich erzählten, vollkommen pointenlosen Anekdoten aus dem Reich der Justiz. Dann sah sie zum hundertsten Mal auf ihr Handy und stand auf.

»Ich weiß gar nicht, wie ich Ihnen danken soll. Leider muss ich jetzt gehen.«

»Wie schade.« Von einem Moment auf den anderen verschwand der hochmütige Gesichtsausdruck aus Berthold Seitz'

Zügen. »Sie sollten wissen, dass ich – wie soll ich sagen – dass ich Sie verehre.«

Überrascht und auch ein wenig erschrocken sah Vivi ihn an. Sollte sie ihm gestehen, dass schon jemand anderes ihr Herz gekapert hatte? Und dass sie so gar nicht auf diesen Herrn in den besten Jahren stand, dessen Erlebnisfülle sich auf papierne Monologe beschränkte? Nein, sagte sie sich. Das wäre unnötig grausam. Er wird schon merken, dass ich ihn so attraktiv wie Toastbrot aus dem Supermarkt finde.

»Wie gesagt, Sie haben mein vollstes Vertrauen«, wiederholte sie und verließ, so schnell sie konnte, das Büro, bevor sie mit weiteren emotionalen Geständnissen beglückt wurde.

Als sie in ihren Wagen stieg, klingelte ihr Handy. Es war Richard, seine Stimme gurrte vor Zärtlichkeit. »Hallo Prinzessin, ausgeschlafen?«

Vivi bekam eine Gänsehaut. Obwohl sie sich fest vorgenommen hatte, nie, aber auch wirklich niemals diese verhängnisvolle Frage zu stellen, die alles über ihre Gefühle verriet, fragte sie: »Wann sehen wir uns wieder? Heute Abend vielleicht?«

»Oh, es tut mir so leid, Prinzessin, aber ich musste heute verreisen. Beruflich. In einer Woche bin ich wieder da.«

Schock! Eine ganze Woche ohne ihn! Vivi schluckte. Das hielt sie nicht aus.

»Und da kann man wirklich nichts machen?«, flehte sie.

»Leider nein«, sagte Richard so hastig, dass es ihr mitten durchs Herz schnitt. »Nächsten Freitag, ja? Ich wäre unendlich glücklich, wenn du Zeit für mich hättest.«

»Habe ich«, beteuerte sie. »Ruf mich zwischendurch an, ja?«

»Sorry, ich muss Schluss machen, die Konferenz geht gleich weiter.«

Das Gespräch war beendet. Vivi atmete schwer. Sie wollte diesen Mann. Sie wollte ihn mit Haut und Haar. Sie wollte ihn für immer.

»Er gehört zu mir wie mein Name an der Tür«, sang sie, als sie losfuhr. *»Und ich weiß, er bleibt hier!«*

Es war vorschnell, es war töricht, es war verrückt. Doch sie konnte nichts dagegen tun. Das Schicksal hatte ihr diesen wunderbaren Mann geschickt. Sie würde ihn nie wieder loslassen.

Kapitel vier

Das Wiedersehen mit Richard eine Woche später verlief stürmisch. Und das war noch eine Untertreibung. Vivi hatte ein paar Snacks vorbereitet, doch an Essen war gar nicht zu denken. Schon im Hausflur fielen sie übereinander her. Richards Hände waren überall. Er küsste Vivis Ohrläppchen, ihren Hals, ihr Kinn, bevor er ihren Mund eroberte. Sie war halb wahnsinnig vor Begierde.

Keuchend knetete er ihre Pobacken. »Du willst es quick und dirty, ja?«, fragte er ungewohnt rau.

Mit Vivis Englischkenntnissen stand es nicht zum Besten, aber sie konnte ja schlecht mal eben im Wörterbuch nachschlagen.

»Genau«, stöhnte sie. »Oder so ähnlich.«

»Super, das Vorspiel holen wir später nach.«

Seine Hände glitten unter ihren Rock, kneteten ihre Schenkel und schoben ihren Slip beiseite. Aufstöhnend lehnte sich Vivi an ihn und spürte seine Erregung unter dem dünnen Stoff der dunkelgrauen Leinenhose. Mit zitternden Fingern ertastete sie seine Erektion. Ihr Atem ging stoßweise, während er den Rock hochschob und sie zu Boden zog. Ja, sie wollte es, und sie wollte es genau so – so leidenschaftlich, so wild und spontan.

Sie taten es zwischen Fußmatte und Schirmständer, der im Getümmel ihrer Körper irgendwann krachend umfiel, so dass Tiger, der die Szene stumm beobachtet hatte, maunzend in die Küche floh. Vivi bemerkte es kaum, so tief war sie abgetaucht ins Reich der Sinne.

Anschließend trug Richard seine Prinzessin ins Schlafzimmer, wo es übergangslos weiterging. Seine elektrisierende Zunge drang in Bereiche vor, die Vivi niemals auf die Top Ten ihrer erogenen Zonen gesetzt hätte. Seiner Phantasie, was ungewöhnliche Stellungen betraf, waren keinerlei Grenzen gesetzt. Sie war nicht sonderlich gelenkig und rechnete mit einem kapitalen Muskelkater. Doch was war das schon gegen die Leidenschaft, die Richard in ihr entfachte?

Stunden später verließen sie das Bett nur, um sich etwas zu trinken zu holen. Vivi hatte einen köstlichen Chardonnay kalt gestellt, den Richard unnachahmlich elegant öffnete. Mit der Flasche und zwei Gläsern kehrten sie ins Himmelbett zurück. Es trug diesen Namen neuerdings zu Recht, war es doch Schauplatz nahezu überirdischer, ja himmlischer Freuden.

So ging es vier Wochen lang, die noch glücklicher wurden als die Anfangsphase zarten Werbens. Von fern nahm auch Ela an dem jungen Glück teil. Sie wurde von Vivi regelmäßig auf dem Laufenden gehalten und steuerte im Gegenzug sachdienliche Hinweise bei, wie man einen Mann um den Verstand brachte. Was erregende Ölmassagen und gepflegte Blow Jobs betraf, war Ela eine echte Expertin. Vivi wiederum war eine eifrige Schülerin und genoss es, sich im Bett völlig vergessen zu können.

Ein-, zweimal die Woche kam Richard nun nach Wiesbaden, und jedes Mal war es ein Fest. Er verwöhnte Vivi mit kleinen Geschenken, mit Blumen, Schokolade und Parfum. Sogar Tiger bedachte er weiterhin mit Aufmerksamkeiten, besorgte ihm einen wolligen Ball und kraulte ihn ausgiebig, wenn sie gemeinsam auf der Couch saßen. Als Richard ihr eine zarte

Silberkette mit einem Aquamarinanhänger überreichte, stand für sie fest, dass er ernsthafte Absichten verfolgte. Tag und Nacht trug sie die Kette, das Unterpfand ihrer Liebe.

Selbst als die Leidenschaft etwas abebbte, machte ihr das nichts aus. Sosehr sie ihre neu erwachte erotische Begierde berauschte, am wichtigsten war ihr das Danach. Sie war süchtig nach diesen Momenten der Nähe. Richard gehörte nicht zu der Sorte Männer, die sich nach dem Höhepunkt kommentarlos umdrehen und in der Nase bohren. Stundenlang hielt er sie im Arm, stundenlang redeten sie.

Ja, mit Richard konnte man wirklich über alles reden. Zwar wusste Vivi so gut wie nichts über Wagner-Opern, Klimawandel oder Bruttosozialprodukte, dennoch genoss sie diese Gespräche. Sie scheute sich nicht einmal, sperrangelweit klaffende Bildungslücken preiszugeben. Dafür hatte sie ja Richard. Mit seiner sonoren Stimme erklärte er ihr die Welt. Obwohl es eine schallende Ohrfeige ins Gesicht des Feminismus war: Vivi wollte einen Mann bewundern. So war sie nun mal gestrickt. Und Richard eignete sich bestens dafür.

Auch an jenem Dienstagabend im Spätsommer lagen sie wieder einmal vereint im Himmelbett und gaben sich der Konversation hin. Was hieß, dass Richard dozierte, während sich Vivi selig an ihn schmiegte. Als sie Wein nachschenkte, einen vorzüglichen Sancerre, beobachtete sie, wie sich seine Miene plötzlich verfinsterte. Besorgt sah sie ihn an.

»Was ist? Hattest du Ärger im Job?«

Er zog die Bettdecke bis zum Kinn hoch und trank einen Schluck. Ohne Brille und mit seinem verstrubbelten Haar sah er noch hinreißender aus als sowieso schon. Wie ein frecher kleiner Lausbub, fand Vivi.

»Ärger ist vielleicht, nun ja, das falsche Wort«, sagt er zögernd. »Ich muss eine Entscheidung treffen. Eine sehr schwierige Entscheidung.«

Vivi war im Nachdieseln seiner Liebeskünste schon halb weggedämmert, doch nun wurde sie hellwach.

»Erzähl«, forderte sie ihn auf. »Worum geht es?«

Seufzend zog er seine schöne Stirn in Falten. »Ich spiele mit dem Gedanken, mich in Wiesbaden niederzulassen. Es gefällt mir hier, und die Nähe zum Finanzzentrum Frankfurt ist für mich als Unternehmensberater ideal. Jetzt, wo ich dich kennengelernt habe, gibt es natürlich ein weiteres starkes Argument.«

Er beugte sich über Vivi und küsste ausgiebig ihren Bauchnabel.

»Das ist ja großartig«, sagte sie, während seine kundige Zunge ihr neues Lustzentrum umkreiste. Richard hatte es in der Nacht zuvor mit einer Entdeckerfreude gefeiert, gegen die Kolumbus ein müder Pauschalreisender war. »Wo ist das Problem?«

Er ließ von ihrem Bauchnabel ab und rieb sich die Stirn. »Dummerweise ist gestern mein Kompagnon abgesprungen. Daher fehlt das Kapital für die Verlegung meines Hamburger Büros. Meine Geschäfte in Frankfurt sind abgeschlossen. Es bleibt mir wohl nichts anderes übrig, als zurück nach Hamburg zu gehen.«

Der Schock saß. Hamburg lag gut sechshundert Kilometer entfernt. Was das bedeutete, wusste Vivi von Ela. Die hatte ihre Ehen, es waren immerhin drei gewesen, mit schöner Regelmäßigkeit in den Sand gesetzt, weil sie mit Fernbeziehungen experimentierte. Küsse per SMS, Umarmungen per E-Mail? So was ging nie gut. Und endete in nichts als Tränen.

Auch in Richards Augen standen auf einmal Tränen, die er verstohlen wegwischte. Vivi war überwältigt. Noch nie hatte ein Mann ihretwegen geweint. Er musste sehr viel für sie empfinden. Und hieß es nicht: *Tränen lügen nicht?*

»Wir schaffen das schon«, flüsterte Richard beschwörend. »Ich werde so oft zu dir reisen, wie ich kann, wenn auch nicht mehr so häufig wie bisher. Das mit uns ist keine Affäre. Ich liebe dich. Das mit uns ist für immer.«

Nun begann auch Vivi zu weinen. Völlig aufgelöst schluchzte sie an seiner Schulter. An der starken Schulter, nach der sie sich so lange gesehnt hatte und die ihr nun genommen werden sollte. Dieser Mann liebte sie! Es war hundsgemein ungerecht, dass man sie auseinanderreißen wollte!

»Ich – ich liebe dich auch«, stammelte sie. »Wir werden eine Lösung finden. Du darfst nicht gehen. Du darfst nie wieder gehen.«

Er atmete schwer. »Du bist so süß. So wundervoll. Doch ich fürchte ...«

»Pssst.« Vivi legte ihm einen Finger auf die Lippen. »Kann ich dir denn nicht irgendwie helfen?«

Traurig schüttelte er den Kopf. »Das kommt überhaupt nicht in Frage. Diese Angelegenheit muss ich allein regeln.«

Er warf die Bettdecke von sich und machte Anstalten aufzustehen.

Verzweifelt klammerte sich Vivi an ihn. »Geh nicht, bitte.«

»Wenn du magst, bleibe ich bis morgen früh«, lenkte er ein. »Dann können wir über alles reden.«

»Ja, bleib, bitte bleib«, schluchzte Vivi. »Ich mache dir zum Frühstück Toast Benedikt, ja? Und frisch gepressten Orangensaft und ...«

Lächelnd nahm er sie in seine Arme. »Selbst wenn es nur Knäckebrot und Leitungswasser gäbe, würde ich bleiben.«

Schon um sieben Uhr morgens schlüpfte Vivi aus dem Bett und ging in die Küche, wo sie ein Frühstück zubereitete, das jedem Grand Hotel Ehre gemacht hätte. Sie presste Orangen aus, briet Rostbratwürstchen und holte ihre feinsten selbstgemachten Marmeladen aus dem Kühlschrank. Doch ihr Glanzstück war der Toast Benedikt. Im Backofen taute sie Brioches auf, dann pochierte sie Eier und rührte eine Sauce hollandaise. *»Küssen kann man nicht alleine ...«*, trällerte sie. *»Denn dazu brauch ich einen anderen Mund!«*

Vivi war bester Laune. Eingeschlafen waren sie in der Löffelchenstellung, was ihr höchste Glücksgefühle beschert hatte. Auch Tiger schien glücklich zu sein, was aber auch daran liegen konnte, dass Vivi ihm zur Feier des Tages eine Extraportion Thunfischfilet genehmigte.

Als Richard schlaftrunken in die Küche tapste, mit feuchten Haaren von der Dusche und nur mit einem Handtuch um die Hüften bekleidet, verteilte Vivi gerade die Hollandaise über die pochierten Eier und den gekochten Schinken auf ofenwarmen Brioches.

»Was riecht denn hier so gut?«, fragte er. »Das musst du sein!« Zärtlich zog er Vivi an sich und vergrub seinen Mund in ihrem Haar. Unter seinem Handtuch regte sich etwas, was sich sehr männlich anfühlte. Doch Vivi hatte ihre Prinzipien.

»Toast Benedikt muss warm gegessen werden«, sagte sie streng. »Setz dich bitte, der Tisch ist schon gedeckt.«

Richard widersprach nicht, sondern ging folgsam ins Esszimmer. Endlich einmal ein Mann, der ihre kulinarischen Bemühungen respektierte. Wie hatte sie gelitten, wenn Werner das Essen kalt werden ließ, weil er die Fernsehnachrichten nicht verpassen wollte. Werner war ein Ignorant gewesen. Richard dagegen war ein Kenner, ein echter Gourmet.

Sie bereitete zwei Tassen Cappuccino zu, während sie unablässig überlegte, was zu tun war. Eine kleine, feine Alarmglocke schrillte irgendwo in ihrem Kopf, doch sie achtete nicht darauf. Sie war wild entschlossen, Richard in Wiesbaden zu halten. Für immer, hallte es wie ein Mantra durch ihr leergefegtes Hirn. Für immer, für immer.

Als sie mit den Toasts und den Cappuccinos ins Esszimmer kam, tippte Richard gerade eine SMS. Der Tisch bog sich unter Vivis Leckereien. Ein riesiger Obstkorb und ein Strauß Sommerblumen rundeten das Stillleben ab. Mit nacktem Oberkörper saß Richard am Tisch. Er passte in dieses Bild, als hätte ein Maler ihn eigens dafür ausgesucht. Wenn Vivi noch gezweifelt hatte, so waren alle Bedenken in diesem Moment wie weggeblasen. Der hier oder keiner. Dafür war sie bereit alle inneren Einwände über Bord zu werfen.

Er legte das Handy zur Seite. »Entschuldige. Ich musste mich bei einem Klienten melden.«

»Du brauchst dich nicht zu entschuldigen«, beruhigte sie ihn. »Es ist doch selbstverständlich, dass deine Arbeit vorgeht. Genau darüber wollte ich ja mit dir sprechen.«

Sie stellte Richard eine der Cappuccinotassen hin und setzte sich neben ihn, während Tiger auf ihren Schoß glitt. Ihre Finger spielten mit dem Aquamarinanhänger.

»Sehen wir der Realität ins Auge«, sagte sie. »Du willst dich hier niederlassen, richtig?«

Richard nickte.

»Und du brauchst Startkapital?«

Wieder nickte der Mann, den sie liebte. So sehr, dass fast ihr Herz zersprang.

»Aber«, sie hüstelte verlegen, »du hast doch genügend Geld, oder?«

»Mehr als genug! Der überwiegende Teil meines Vermögens ist allerdings in Aktiendepots und Immobilien angelegt«, erklärte er. »Die kann ich nicht so schnell in Bargeld verwandeln. Ich muss Räume anmieten, Büromobiliar und Computer anschaffen, eine Sekretärin einstellen. Normalerweise würde ich das aus der Portokasse bezahlen. Doch vor kurzem habe ich für meine Mutter eine Wohnung in einem sehr teuren Seniorenstift gekauft. Beste Lage, mit Alpenblick. Das hat meine Liquidität kurzfristig eingeschränkt.«

Vivi war restlos begeistert. Ein Mann, der für seine alte Mutter sorgte, das war alles, was sie mitbekommen hatte. Begriffe wie Liquidität und Aktiendepots hatten sie noch nie interessiert. Richard war vermögend, das sah man schließlich. Sein gewandtes Auftreten, seine teure Kleidung, sein exquisiter Geschmack, das alles sprach für sich. Doch auch reiche Leute waren manchmal arm dran, das hatte selbst Vivi schon mal gehört.

»Wie viel braucht man denn für so ein Büro?«

Abwehrend hob er die Hände. »Kein Wort mehr! Wer weiß, vielleicht wendet sich ja noch alles zum Guten. In einem halben Jahr wird mir eine größere Aktiendividende ausgezahlt. Damit könnte ich den Umzug nach Wiesbaden finanzieren.«

Ein halbes Jahr! Eine Ewigkeit! Da konnte viel passieren. Sechs Monate Gelegenheit für Konkurrentinnen, ihr den Mann ihres Lebens wegzuschnappen.

»Lass uns nicht so lange warten«, entgegnete sie. »Ich frage meinen Anwalt, der weiß immer Rat. Berthold Seitz ist ein echter Spezialist in Sachen Kohle und Co.«

»Bloß nicht!«, protestierte Richard. »Es wäre mir peinlich, wenn Dritte in diese Angelegenheit hineingezogen würden!«

Nun gab es kein Halten mehr für Vivi. »Dann leihe eben ich dir das Geld. Noch heute! Miete deine Büroräume, kauf die Möbel und die Computer, stell eine Sekretärin ein!« Sie gab ihm mit der Serviette einen Klaps auf den Arm. »Aber eine ganz alte, ganz hässliche Sekretärin. In einem halben Jahr gibst du mir das Geld zurück. Und inzwischen richten wir uns hier häuslich ein.«

Richard sprang auf, was Tiger zu einem erschrockenen Hechtsprung in Richtung Küche veranlasste. »Heißt das etwa, du möchtest mit mir zusammenbleiben? Richtig zusammenbleiben?«

»Natürlich, mein kleiner Dummkopf«, sagte Vivi liebevoll. »Oder hast du den Eindruck, dass ich dich wegschicken will?«

Den Rest des Morgens verbrachten sie im Bett. Vivi zerfloss unter Richards erstaunlichen Liebeskünsten wie Schokolade im heißen Wasserbad. Er war einfach das Beste, was ihr passieren konnte.

Gegen Mittag fuhren sie mit Vivis Wagen in die Wiesbadener Innenstadt, denn Richard wollte ihr das Gebäude zeigen, in dem er seine Büroräume einzurichten gedachte. Er ließ Vivi vor einem futuristischen Glaskasten halten, den man imposant zwischen die Altbaufassaden geklotzt hatte. Davor parkten lauter schwere Limousinen.

»Diese Architektur wirkt modern und zukunftsorientiert«,

erläuterte Richard. »Ein Standort mit Message. So was beeindruckt die Kunden.« Er zeigte auf die Luxuskarossen. »Und wenn ich bald ganz hierher ziehe, hole ich auch meine Autos, die noch in Hamburg stehen.«

»Deine Autos? Wie viele hast du denn?«, fragte Vivi beeindruckt.

»Den Jaguar wirst du lieben. Dunkelgrün, beigefarbene Sitze aus handschuhweichem Leder. Der BMW ist für Geschäftstermine. Und aus Spaß habe ich mir einen Smart gekauft. Du darfst sie natürlich alle drei fahren, wenn du Lust hast.«

Holla. Das klang aber ganz anders als Werner. Richard war eben kein kleinkarierter Nörgler, er war großzügig. Einer, der das Leben zu genießen verstand.

»Ich lade dich zum Lunch ein«, verkündete er. »Dann können wir Pläne schmieden. Wie man hört, soll das Bona fide ganz nett sein.« Übermütig zwinkerte er ihr zu.

Das Bona fide. Vivi verzog das Gesicht. Sicher, dort hatten sie einander kennengelernt. Doch das Restaurant erinnerte sie unangenehm an Werners flottes Ableben. Nein, nicht das Bona fide.

»Wenn du nichts dagegen hast, würde ich lieber zu Alfredo gehen«, schlug sie vor. »Ein gemütlicher Italiener mit familiärer Atmosphäre. Wird dir gefallen.«

Die Enoteca Alfredo war ihr Lieblingslokal. Noch vor ein paar Wochen wäre es schier unvorstellbar für sie gewesen, dort mit einem Mann aufzutauchen. So viel Pietät musste sein. Aber jetzt war alles anders. Sie hatten eine gemeinsame Zukunft!

Er nahm ihre Hände und küsste die Fingerspitzen. Einzeln. »Ganz, wie du willst, mein Schatz. Vorher statten wir deiner Bank einen Besuch ab, und nach dem Essen gehen wir shoppen. Ich sehe dich schon in einem wunderschönen weißen Kleid vor mir.«

Vivis Herz blieb stehen. Was meinte er? »*Ganz in Weiß mit einem Blumenstrauß?*« Ringe, Hochzeitsglocken, Flitterwochen? Hui. Ihr wurde leicht schwindelig bei dem Tempo, das Richard vorlegte. Wenn auch die Vorstellung, dass demnächst Sylvia von Hardenberg in ihrem Pass stehen würde, durchaus verlockend war.

Richard hatte ihr Zögern bemerkt. Als könnte er ihre Gedanken lesen, sagte er: »Ich meinte ein hübsches weißes Sommerkleid, nicht etwa ein Hochzeitskleid. Obwohl mir auch das gefallen würde.« Sein Gesichtsausdruck wurde träumerisch. »Und das ist nicht alles. Wir sind nicht mehr ganz jung, aber wir sind auch noch nicht zu alt für …«

In Vivi begann etwas zu jubeln und zu tanzen, bevor sie noch recht wusste, was es war. »Für was?«

»Kinder«, flüsterte er.

Vivi konnte einen Schluchzer nicht unterdrücken. Sie hatte den Gedanken an Kinder längst aufgegeben, jetzt brach er mit aller Macht wieder hervor. Der jahrelang versagte Kinderwunsch, würde er jetzt Wirklichkeit werden? Warum eigentlich nicht? In ihrem inneren Kino lief schon der Film ab. Das Gästezimmer würde sie in das schönste Kinderparadies aller Zeiten verwandeln, und im Garten hinter dem Haus würde sie einen Sandkasten aufstellen lassen.

»Du wärst eine wunderbare Mutter«, schwärmte Richard. Er legte ihr einen Arm um die Schulter. »Und meine Familie wäre entzückt, wenn ich das Geschlecht derer von Hardenberg mit unseren Nachkommen bereichern würde. Wir regeln das Finanzielle, gehen schön essen, danach könnten wir vielleicht

Ringe anschauen gehen, was meinst du? Aber das ist Zukunfts-
musik. Lass uns erst die Instrumente stimmen, bevor das Kon-
zert losgeht.«

Gab es einen zweiten Mann auf dieser Welt, der so herrlich
formulieren konnte? Und der das Timing so gut draufhatte
wie ein begnadeter Dirigent?

Wolfram Helmholtz war ein ergrauter Mittfünfziger, der das
Ehepaar Bernburg viele Jahre lang in allen Bankangelegen-
heiten betreut hatte. Er staunte nicht schlecht, als Vivi in der
Bankfiliale aufkreuzte und für ihren Begleiter eine Vollmacht
über ihre Konten beantragte.

Der Blick des Bankangestellten irrlichterte zwischen seinen
beiden Besuchern hin und her, als er mit ihnen in sein Büro
ging. Es war ein nüchternes, winziges Gelass, das von den anderen Büros nur durch Milchglasscheiben abgetrennt war.
Nervös nestelte er an seinem Krawattenknoten herum. In seinem zu engen grauen Anzug und mit seinen abgestoßenen
Hemdmanschetten war er das krasse Gegenteil von Richards
nobler Eleganz.

Mit klopfendem Herzen musterte Vivi ihren Geliebten, der
bald ihr Ehemann sein würde. Richard sah sensationell aus.
Er trug eine helle Hose, ein tadellos sitzendes dunkelblaues
Jackett mit Goldknöpfen, eine gelbe Seidenkrawatte und ein
rotgelbes Einstecktuch zum blütenweißen Hemd. Auch sie
hatte sich schick gemacht – grauer Hosenanzug, weiße Bluse,
dazu eine Perlenkette, ein Erbstück ihrer Mutter. Natürlich
reichte ihr biederes Outfit nicht im mindesten an Richards
glamouröse Erscheinung heran. Aber sie hatte sich immerhin
Mühe gegeben.

»So nehmen Sie doch bitte Platz«, sagte Wolfram Helmholtz. Nachdem sie sich an den Besprechungstisch aus hellem Holz gesetzt hatten, wandte er sich an Vivi.

»Frau Bernburg, besteht irgendeine, wie soll ich sagen, verwandtschaftliche Beziehung zwischen Ihnen und Herrn von Hardenberg?«

Er gehört zu mir wie mein Name an der Tür, erklang es glockenhell in Vivis Ohren.

»Verwandtschaftlich – nein, Beziehung – ja«, erwiderte sie fröhlich und griff nach Richards Hand. »Im Grunde handelt es sich nur um ein Darlehen. Die Vollmacht ist auf die nächsten sechs Monate begrenzt. Dann wird Herr von Hardenberg ein eigenes Konto bei Ihnen eröffnen.« Sie lächelte stolz. »Und das wird die Höhe meiner Einlagen bei weitem übersteigen.«

»Aha.«

Sichtlich widerwillig nahm der Bankberater ein Formular aus seiner Schreibtischschublade und ließ sich von Richard die persönlichen Daten diktieren, Name, Geburtsdatum, Wohnort, Straße.

»Du wohnst in der Schwanenallee?«, fragte Vivi. »Wie hübsch das klingt!«

»Beste Hamburger Lage, an einem Kanal in der Nähe der Alster«, ergänzte Richard. »Dort befindet sich unsere Familienvilla. Es gibt sogar einen Bootssteg im Garten. Wenn du willst, schippern wir demnächst mit unserem hauseigenen Motorboot durch die Hansestadt. Das habe ich schon als kleiner Junge zu gern gemacht.«

Wolfram Helmholtz verzog keine Miene. Doch sein Misstrauen war deutlich zu spüren, als er seinen beiden Klienten die Vollmacht zur Unterschrift über den Tisch schob. Nachdem Vivi und Richard unterzeichnet hatten, las ihr frischgebackener Lebensgefährte das Blatt sorgfältig durch.

Er räusperte sich. »Entschuldige, Vivi, ist das alles?«

Sprachlos sah sie ihn an.

»Bitte verzeih mir«, sagte er, »aber ich hatte doch etwas mehr erwartet. Und um der Wahrheit die Ehre zu geben: Ich brauche auch etwas mehr.«

Wie war das? Wolfram Helmholtz erdolchte Richard mit Blicken, Vivi starb vor Peinlichkeit. Da hatte sie immer gedacht, sie hätte ein hübsches Sümmchen auf der hohen Kante, aber für den Weltmann von Adel musste das natürlich schäbig wirken.

»Was ist mit einer Hypothek auf das Haus?«, fragte sie.

»Das würde ich mir sehr, ich betone: *sehr* gut überlegen«, erwiderte der Bankberater mit mühsam gewahrter Contenance. Alles Blut war aus seinem Gesicht gewichen, das allmählich einen grünlichen Farbton annahm.

»Überlegung abgeschlossen!«, strahlte Vivi. »Packen Sie eine satte Hypothek drauf.«

Der Bankmann verengte seine Augen zu Schlitzen, als er an seinem Rechner die Details des Hauskaufs aufrief und dann schweigend eine weitere Vollmacht ausfüllte.

»Ist ja sowieso bald unser Haus«, schnurrte Richard, wie Tiger es tat, wenn man ihm eine Familienpackung Thunfisch hinstellte. Zart tätschelte er Vivis Hand. »Eine Frau wie dich gibt es nicht noch einmal auf der Welt. Ich werde es dir doppelt und dreifach vergelten. Und wenn wir dann erst verheiratet sind …«

Wolfram Helmholtz bekam einen Hustenanfall.

»Selbstverständlich warten wir bis nach dem Trauerjahr«,

fügte Richard im Vollbesitz seines wundervollen Taktgefühls hinzu.

Nachdem auch die zweite Vollmacht unterschrieben war, faltete er seine Dokumente zusammen und steckte sie in die Brusttasche seines Jacketts.

»Besten Dank, Herr Helmholtz«, sagte er. »Ich denke, dass dies der Beginn einer äußerst fruchtbaren Geschäftsbeziehung ist.«

Der Bankangestellte lächelte gequält. Er nahm zwei Visitenkarten aus einer Plexiglasbox und überreichte sie Vivi und Richard.

»Sie können mich jederzeit anrufen«, sagte er, demonstrativ an Vivi gewandt. »Auch auf dem Handy. Die Nummer steht auf der Karte.«

Danach erhoben sich alle. Vivi war feierlich zumute. Damit war es besiegelt: Richard und sie waren ein Paar. Sie hatten den Grundstein für eine gemeinsame Zukunft gelegt. Jetzt wollte sie nur noch eines, nämlich einen extragroßen Schluck auf das Ereignis trinken.

Die Enoteca Alfredo lag nur zwei Querstraßen entfernt. Vivi wäre vor lauter Glück am liebsten über den Bürgersteig getanzt. Auch Richard wirkte aufgedreht. Immer wieder drückte er überschwänglich ihre Hand.

Schon nach wenigen Minuten erreichten sie Vivis Lieblingsitaliener. Das Lokal wirkte unscheinbar mit den verblichenen Tapeten und den einfachen, blankgescheuerten Holztischen, verfügte jedoch über eine ausgezeichnete Küche. Sowie über einen Patron, der Vivi ins Herz geschlossen hatte, seit sie das erste Mal mit Ela hereinspaziert war.

Der Wirt war klein und dick. Auf seinem kahlen Schädel standen Schweißperlen, die Flecken auf seiner karierten Schürze ersetzten die Tageskarte. Vivi tippte auf Spinatnudeln und Pasta mit Tomatensauce.

Alfredo begrüßte Vivi gewohnt herzlich, aber ernst. »Mein Beileid. Ich habe die Todesanzeige in der Zeitung gelesen.«

»Grazie, Alfredo«, sagte Vivi. »Ja, das war ein Schlag. Doch ich sehe wieder Licht am Ende des Tunnels. Darf ich dir Richard vorstellen?«

Daraufhin passierte etwas Seltsames. Die beiden Männer fixierten einander wie Duellanten. Innerhalb des Bruchteils einer Sekunde war klar, dass sie Feinde waren und Feinde bleiben würden. Wären sie zwei Hunde gewesen, sie hätten sich angeknurrt.

Vivi wusste, dass Alfredo ein erfahrener Menschenkenner war. Wieder schrillten die Alarmglocken in ihrem Kopf, diesmal laut und deutlich.

Es war Alfredo, der den Bann brach. Wenn auch sein Lächeln eher professionell war, wie Vivi registrierte. »Buongiorno und willkommen. Vivis Freunde sind auch meine Freunde.«

Richard hatte sich ebenfalls gefangen. »Ein ausgesprochen originelles Lokal haben Sie, Don Alfredo. Können Sie uns etwas Besonderes empfehlen?«

»Sì«, erwiderte Alfredo schmallippig. Er führte die beiden zu einem Fensterplatz. »Das Tagesgericht sind Spinatnudeln und Lasagne. Wir hätten auch ein Carpaccio mit frischen Steinpilzen. Danach würde ich Tagliatelle im Parmesanlaib mit weißen Trüffeln nehmen, dazu einen leichten Vino Rosso aus Kalabrien.«

»Fabelhaft«, sagte Richard. »Ist gebongt.«

»Und zwei Prosecco mit Eiswürfeln, bitte!«, ergänzte Vivi die Bestellung.

Sobald sich Alfredo entfernt hatte, nahm Richard ihre Hand. »Danke, dass du mich deinen Bekannten vorstellst. Das bedeutet mir viel. Bald wirst du meine Mutter kennenlernen. Ich habe ihr schon einiges von dir erzählt, und sie kann es kaum erwarten, dich in natura zu erleben.«

»Wo ist denn die Seniorenresidenz?«, erkundigte sich Vivi.

»Die – ach, so. In Köln. Meine Mutter ist eine bemerkenswerte Frau, eine Dame, wie sie im Buche steht. Sie findet, dass ich schon viel zu lange mit einer festen Beziehung gewartet habe. Nun ja«, er grinste verschmitzt, »ich bin halt wählerisch.«

Von jetzt an bestimmte er das Gespräch. Als Alfredo mit dem Prosecco einen Gruß aus der Küche brachte, Bruschetta mit Tomatenwürfeln, Basilikumblättern und Parmaschinken, war Richard bereits bei der Farbe des Teppichs angelangt, den er in seinem neuen Büro verlegen lassen wollte. Im Gegensatz zu Vivi aß er fast nichts. Nachlässig stocherte er im Carpaccio herum, die Nudeln probierte er nicht einmal. Aus dem guten Zuhörer, den Vivi kennengelernt hatte, war unversehens ein Mann geworden, der nur ein einziges wichtiges, spannendes, faszinierendes Thema kannte: sich selbst.

Sein Tonfall klang unangenehm geschäftsmäßig, während er versicherte: »Natürlich werde ich dein Konto in den nächsten Wochen nicht anrühren. Erst einmal aktiviere ich meine letzten Reserven. Doch es ist gut, solch einen Sicherheitsschirm zu haben. Danke, mein Liebling.« Er trank den Wein aus und stand auf. »Wollen wir zahlen? Wäre nett, wenn du das erledigen könntest, ich gehe inzwischen mal für kleine Jungs.«

Vivi sah ihm nach, hin und her gerissen zwischen Euphorie und dem nagenden Gefühl eines Zweifels, der sich immer heftiger in ihre Brust bohrte. Irgendetwas stimmte nicht. Doch sie kam einfach nicht darauf. Beim Dessert, einem köstlichen Tiramisu mit Waldbeeren, das Richard ebenso stehenließ wie alles andere, verkündete er seine weiteren Pläne für den Tag.

»Wenn du nichts dagegen hast, werde ich gleich heute Nachmittag den Mietvertrag für das Büro unterzeichnen. Danach kümmere ich mich um eine Sekretärin.«

Das vollmundig angekündigte Shopping zählte nicht zu den Programmpunkten, genauso wenig wie der Besuch beim Juwelier. Von Ringen war keine Rede mehr. Vivis Wangen brannten, während sie zwei Scheine auf den Tisch legte und Alfredo zuwinkte, der sie finster vom Tresen aus beobachtete. Immer wieder fragte sie sich, ob sie das Richtige getan hatte. So eine Bankvollmacht war etwas Ernstes. Hätte sie vorher besser Berthold Seitz zu Rate gezogen? Oder Ela?

Nein, dachte sie, werd endlich erwachsen, Vivi. Du kannst nicht bis ans Ende deiner Tage andere fragen, was richtig für dich ist. Folge deinem Gefühl! Dummerweise schlingerten ihre Gefühle gerade ziellos hin und her. Oder lag das am Wein? Es fiel ihr zunehmend schwer, Richards Ausführungen zu folgen.

»... und zur Büroeröffnung könnten wir eine kleine Party geben, ein richtiges Kick-off«, sagte er gerade.

»Ich muss mal für kleine Mädchen«, entschuldigte sie sich und stand auf. Schwankend steuerte sie den Gang zur Toilette an, wo sie prompt von Alfredo abgefangen wurde.

»Cara mia«, raunte er ihr zu. »Was ist das für ein grässlicher Kerl?«

Hätte Alfredo zartfühlender gefragt, sie hätte sich ihm vermutlich anvertraut. Hätte ihm ihre Zweifel gestanden, ihren mulmigen Gemütszustand. Doch Alfredos offene Verachtung für Richard machte sie zornig.

»Das ist kein Kerl, das ist der zukünftige Vater meiner Kinder«, schnaubte sie. »Er hat mich ins Leben zurückgeholt. Er hat mich aus meiner Einsamkeit errettet. Besser, du akzeptierst ihn. Sonst …«

Sie ließ den letzten Satz in der Luft hängen, während Alfredo kopfschüttelnd zurück in die Küche ging.

Als Vivi zurück nach Hause fuhr, bekam sie Bauchschmerzen. In ihrem Magen rumpelte es, als hätte sie Wackersteine gegessen. Leider konnte Richard ihr nicht beistehen. Er hatte sich vor dem Glaskasten absetzen lassen, weil er sich mit dem Vermieter treffen wollte. Abends würde sie für ihn kochen, so hatten sie es verabredet. Alles war in Ordnung. Nein, irgendetwas war hier gar nicht in Ordnung. Es gab einen Haken. Einen dicken, fetten Haken. Aber welchen?

Mit schmerzverzerrtem Gesicht raste sie über die Autobahn. Was war bloß mit ihrem Magen los? Schon kam die Ausfahrt in Sicht. Vivi bog ab und fädelte sich in den Verkehr der Straße ein, die zu ihrer Reihenhaussiedlung führte. Als ihr Handy klingelte, ahnte sie plötzlich, dass es schlechte Nachrichten geben würde.

»Süße, alles läuft glänzend!«, berichtete Richard. »Der Mietvertrag ist unterschrieben. Stell dir vor, eine Sekretärin habe ich auch schon. Der Vermieter hat sie mir vermittelt. Sie ist Ende fünfzig, wiegt locker hundert Kilo und hat eine Warze auf der Nase. Zufrieden?«

»Hmmm.«

»Leider muss ich noch heute nach Hamburg, um die Firmenverlegung mit meinem Anwalt durchzusprechen«, fuhr Richard fort. »Morgen bin ich wieder da. Dann feiern wir richtig.«

Ein kalter Schauer überlief Vivi. »Du fährst weg? Ausgerechnet heute? Wir wollten doch zusammen abendessen! Und feiern!«

»Sorry, daraus wird nichts.«

Vivi war völlig durcheinander. »Tu mir das nicht an …«

»Liebling«, seine Stimme klang weich, »wir werden noch das ganze Leben gemeinsam verbringen. Da kommt es doch auf einen Tag mehr oder weniger nicht an.«

Das klang vernünftig. Vivi hatte sowieso keine Kraft, weiter zu argumentieren. Die Wackersteine in ihrem Magen spielten Domino Day.

»Bis morgen«, stöhnte sie.

»Bis morgen«, wiederholte er. »Entschuldige, ich muss jetzt zum Flughafen. Und nicht vergessen: Ich liebe dich!«

Sie hatte das Gespräch gerade weggeklickt, als das Handy noch einmal klingelte. Vivi schrie fast. »Richard! Gott sei Dank! Du hast es dir anders überlegt, ja?«

»Äh, hier ist Helmholtz, Ihr Bankberater.«

Donnernd läuteten jetzt alle Alarmglocken auf einmal in ihrem Kopf. Vor lauter Getöse konnte sie kaum ihr eigenes Wort verstehen. »Was gibt's, Herr Helmholtz?«

Die Antwort überraschte sie seltsamerweise kaum noch. »Ich möchte Sie nur davon in Kenntnis setzen, dass Herr von Hardenberg vor zehn Minuten Ihre gesamten Ersparnisse abgehoben hat. In bar. Und sich die Hypothek Ihres Hauses hat auszahlen lassen, ebenfalls in bar. Ich dachte, das sollten Sie wissen.«

Vivi konnte gerade noch einem knallgrün angezogenen Jogger ausweichen, der federnden Schritts die Fahrbahn kreuzte. Sie trat auf die Bremse, etwas, was sie längst hätte tun sollen. Nach einigem Hinundherschleudern blieb der Wagen endlich stehen.

»Frau Bernburg? Sind Sie noch dran?«

»Ja-uah.« Eine schreckliche Übelkeit würgte Vivi.

»Noch etwas. Ich habe soeben die Adresse von Herrn von Hardenberg überprüft. Es gibt in Hamburg keine Schwanenallee. Nur eine Schwanenstraße und einen Schwanenwik.«

Die Übelkeit wurde stärker.

»Danke, Herr Helmholtz«, ächzte Vivi. »Das ist sicher nur ein Versehen.«

»Ja, so wird es sein. Einen schönen Tag noch, Frau Bernburg.«

Und jetzt, endlich, baumelte der Haken mitten vor ihrer Nase. Der Haken, den sie nur geahnt, aber nicht gesehen hatte: Köln lag nachweislich nicht in Bayern. Ein Seniorenheim in Köln mit Alpenblick, das war ein Ding der Unmöglichkeit. Es war alles erstunken und erlogen, von Anfang an. Richard hatte das Konto abgeräumt, sich die Hypothek unter den Nagel gerissen und wollte sich jetzt aus dem Staub machen. Vivi öffnete die Fahrertür und erbrach sich auf die Straße.

Es dauerte eine Weile, bis sie weiterfahren konnte. Ihre Hände zitterten, sie spürte ihre Beine nicht mehr. Noch nie hatte sie sich so elend gefühlt. Sie war gnadenlos reingefallen, auf einen miesen Betrüger. Alle Register hatte er gezogen: Blumen, Restaurantbesuche, Konzertkarten. Hatte mit ihren

Träumen gespielt, ihrer Einsamkeit, sogar mit ihrer Sehnsucht nach Kindern.

Vivi fing an zu weinen. Tränenüberströmt bog sie in die Auffahrt zum Reihenhaus ein, das ihr bald nicht mehr gehören würde. Was dann? Sie sah sich schon als Obdachlose durch die Fußgängerzone schleichen, mit einem Einkaufswagen, in dem ihre Habseligkeiten lagen.

Schluchzend schloss sie die Haustür auf. »Du dämliche Kuh«, brüllte sie die Wände an. Sie hatte alles verloren.

Das ist die Strafe, durchfuhr es sie. Die Strafe für Werners Tod. Unrecht Gut gedeiht nicht, sagte ihre Tante Elfriede immer. Entkräftet ließ sie sich einfach auf den Boden fallen. Sie konnte nur noch wimmern.

Kapitel fünf

Vivi verdämmerte ein paar Minuten im Flur, bis sie in der Lage war, sich aufzurappeln und ins Schlafzimmer zu schleppen. Tiger hatte die ganze Zeit maunzend neben ihr gesessen und sie mit seiner feuchten Nase angestupst. Jetzt schlich er betreten hinter ihr her, als hätte er etwas ausgefressen.

Eine Weile verharrte Vivi vor ihrem Prinzessinnenbett. Auf dem Nachttisch standen noch die Weingläser des vorigen Abends, die Laken waren zerwühlt von den nächtlichen Exzessen. Es hat alles keinen Sinn mehr, dachte sie. Allein bin ich eben nicht lebenstüchtig.

Mindestens so schlimm wie die Enttäuschung war die Scham. Wie sollte sie dieses Desaster ihren Freunden und Bekannten erklären? Das war's. Ihr Leben war vorbei. Und das alles hatte sie diesem widerlichen Schuft zu verdanken, der die Klaviatur des Betrugs so meisterlich beherrschte.

Sie starrte auf das Bett, in dem sie so viele Nächte lang eine Prinzessin gewesen war. Richards Prinzessin. Nun hatte er sie zum Aschenputtel gemacht. Sie war bettelarm.

»*So ein Wahnsinn*«, sang sie mit tonloser Stimme. »*Warum schickst du mich in die Hölle? Hölle, Hölle, Hölle!*«

Ohne Vorwarnung kam die Wut. Hektisch riss sie das Bettlaken von der Matratze und schleuderte es auf den Boden. Sämtliche rosa Satinkissen flogen hinterher, dann die Bettdecken. Sie würde alles im Garten verbrennen, nahm sie sich vor. Das würde ein schönes Feuer geben. Der Scheiterhaufen ihrer

Gefühle. Und nie wieder würde sie einen Mann in ihr Prinzessinnenbett lassen.

Für Tiger war es ein neues Spiel. Aufgeregt hüpfte er in die Kissen und beutelte sie, als seien es lauter große rosa Mäuse. Dann sprang er auf das Bett. Irgendetwas schien seine Aufmerksamkeit zu erregen. Vivi stutzte. Im Spalt zwischen Matratze und Nachttisch steckte etwas fest. Sie zog das Etwas heraus. Es war eine Brieftasche. Offenbar hatte Richard sie dort am Abend zuvor deponiert – und am Morgen vergessen. Kein Wunder. Die Aussicht auf Vivis Kohle musste ihn förmlich berauscht haben.

Hastig öffnete sie die Brieftasche. Sie fand darin drei Kreditkarten, die alle auf verschiedene Namen ausgestellt waren. Und einen Ausweis. André Kowalski, las sie, wohnhaft in Köln, Mathildenstraße 6. Richard von Hardenberg existierte nicht. So wenig wie seine alte Mutter im Seniorenheim und die große Liebe, die für immer sein sollte.

Vivi sank aufs Bett. Sie würde diesen Kerl anzeigen. Ihm die Polizei auf den Hals hetzen und dafür sorgen, dass er auf einer harten Gefängnispritsche bereute, was er ihr angetan hatte.

Aber war das ein guter Plan? Wie würde Vivi dastehen? Als sturzblöde kleine Hausfrau, die sich dem erstbesten Hochstapler an den Hals warf? Na, was denn sonst? Auslachen würde man sie, mit dem Finger auf sie zeigen. Vor allem Inge-Gundula und Hans-Peter würden sie mit Hohn und Spott überschütten. Horden von Reportern würden ihr Haus belagern und Fotos von der Frau schießen, der ein hundsgemeiner Hochstapler den Verstand aus dem Leib gevögelt hatte.

Schlagartig lichtete sich der Nebel in ihrem Hirn. Ganz still wurde es in ihr. Sie hatte Werner überlebt. Sie würde auch diese Katastrophe überleben. Jetzt erst recht. Glasklar stand ihr vor Augen, was zu tun war.

Als Erstes musste sie Richard anrufen, der in Wirklichkeit André Kowalski hieß. Kaum zu glauben, dass er den Verlust seiner Brieftasche noch nicht bemerkt hatte. Aber warum auch? Vermutlich gab er gerade mit vollen Händen ihr Bares aus. Dafür brauchte er die gestohlenen Kreditkarten nicht, und Geld war sowieso nicht in der Brieftasche.

Was hatte er noch gesagt? Er wollte nach Hamburg fliegen? Ihre Armbanduhr zeigte halb fünf. Vermutlich war er schon auf dem Weg zum Flughafen. Jetzt war Tempo angesagt.

In Windeseile stürzte sie die Treppe hinunter und holte ihr Handy aus der Handtasche. Tapfer zwang sie sich ein Lächeln ins verweinte Gesicht. Angeblich hörte man ja sogar am Telefon, ob jemand lächelte. Auf keinen Fall durfte sie traurig oder gar panisch klingen. Mit schweißnassen Fingern wählte sie Richards Nummer.

»Liebling«, tönte es ihr zuckersüß entgegen. »Wie nett, dass du noch mal anrufst!«

Das Lächeln tat weh, doch sie schaffte es. Stell dich blond, redete sie sich gut zu.

»Richard, mein Schatz, ich glaube, du hast deine Brieftasche bei mir vergessen. Ich wollte natürlich nicht indiskret sein und hineinschauen, aber ich vermute doch stark, dass sie dir gehört. Und dass dein Ausweis darin ist. Den brauchst du doch, wenn du fliegst, oder?«

Ein paar Sekunden lang hörte sie nur Richards Schnappatmung. Es hatte ihm doch tatsächlich die Sprache verschlagen, ihm, dem Virtuosen der schönen Worte.

»Richard? Schatzi?«

»Ähmmm, könntest du mir die Brieftasche zum Flughafen bringen? Ich bin schon unterwegs und spät dran.«

Nee, das kam überhaupt nicht in die Tüte. So nicht, André Kowalski aus der Mathildenstraße 6!

»Tut mir leid, aber seit dem Essen hänge ich nur noch über der Kloschüssel. Ich habe mir wohl den Magen verdorben. Du müsstest schon vorbeikommen, notfalls kannst du ja umbuchen.«

Wieder hörte man nichts weiter als den flachen Atem des Mannes, der ihr noch vor ein paar Stunden alles bedeutet hatte.

»Shit«, fluchte er schließlich. »In einer halben Stunde bin ich bei dir.«

»Abgemacht, mein Hase«, säuselte Vivi. »Bestimmt geht es mir später schon viel besser, und ich kann dich zum Flughafen bringen.«

Sie legte auf. Im Badezimmer gurgelte sie ausgiebig mit Mundwasser, um den schlechten Geschmack auf ihrer Zunge loszuwerden. Sie rieb sich mit einem feuchten Waschlappen die verlaufene Wimperntusche aus dem Gesicht. Dann hetzte sie los. Es gab etwas zu erledigen.

Unruhig stand Vivi hinter der Küchengardine und beobachtete die Straße. In der Mikrowelle kreiste eine Riesenportion Chili con Carne, ein Gericht, von dem es einen reichlichen Vorrat in der Tiefkühltruhe gab. Es war Werners Leibspeise gewesen.

Endlich bog ein Taxi um die Ecke und hielt mit quietschenden Reifen. Ihr gebeuteltes Herz schlug einen Salto, als Richard ausstieg und mit langen Schritten den Vorgarten durchquerte, mitten durch Vivis gepflegte Rosenbeete. Er trampelt auf meinen Rosen herum wie auf meinen Gefühlen, dachte sie erbittert. *Hölle, Hölle, Hölle!*

Er klingelte Sturm. Vivi lief zur Haustür und öffnete. »Liiiebling!« Juchzend warf sie sich in seine Arme.

»Wo ist meine Brieftasche?«, fragte er, während er sich grob losmachte. Von seinem Charme war nicht mehr viel übriggeblieben. Auch Tiger, der sich erwartungsvoll genähert hatte, würdigte er keines Blicks.

»Liegt auf dem Esstisch«, antwortete Vivi mit ihrem unschuldigsten Augenaufschlag.

Beiläufig musterte sie Richards pralle Reisetasche, die ganz ausgebeult von den vielen Geldbündeln war. Und wenn sie nun mit ihm redete? Ganz vernünftig? Ihr Instinkt sagte ihr leider, dass er das Geld nicht freiwillig rausrücken würde. Er hatte Wochen in seine Beute investiert, ganz abgesehen von den Blumen, den Einladungen und den Reisespesen. Richard war heimtückisch und skrupellos. Man durfte ihn nicht unterschätzen.

Währenddessen war er an ihr vorbei ins Esszimmer gestürmt. Vivi folgte ihm und sah gerade noch, wie er die Geldbörse in seiner Hosentasche verschwinden ließ. Er trug einen todschicken dunkelgrauen Anzug, ein roséfarbenes Hemd und eine passende Seidenkrawatte. Das Outfit war funkelnagelneu. Offensichtlich hatte er sich zunächst einmal eingekleidet. Von ihrem Ersparten.

»So eine dumme Sache«, blaffte er. »Hab den Flieger verpasst. Der nächste geht erst um acht.«

Das war nichts Neues für Vivi. Sie hatte schon im Internet alle verfügbaren Flüge gecheckt. Die von Frankfurt nach Köln, versteht sich.

»Machen wir das Beste daraus«, sagte sie leichthin. »Bestimmt bist du hungrig, hast ja heute Mittag kaum etwas gegessen. Ich habe Chili con Carne gekocht, etwas Kräftiges und schön scharf.«

Zaudernd stand Richard vor ihr und betrachtete seine blankgewienerten, handgenähten Schuhe, die ebenfalls neu waren. Offenbar wagte er nicht, Vivi in die Augen zu sehen; am liebsten wäre er wohl auf der Stelle geflüchtet. Doch dann siegte sein diplomatisches Geschick, wie Vivi feststellte. Schließlich wähnte er sich auf der Zielgeraden. Da war es höchst unpassend, sein Opfer mit liebloser Eile zu irritieren. Keine schlafenden Hunde wecken, nannte man das. Damit kannte Vivi sich aus.

»Wie geht es dir überhaupt?«, erkundigte er sich deutlich freundlicher.

»Nicht besonders«, antwortete sie leidend. »Vorerst bleibe ich bei Tee und Zwieback. Mein Magen hängt ganz schön durch.«

»Wir hätten eben ins Bona fide gehen sollen«, beschwerte sich Richard. »Ich will dir ja nicht zu nahe treten, aber diesem schmierigen Alfredo sieht man doch schon an der Schürze an, dass seine Küche ein Tummelplatz für Keime ist. So ein Drecksladen!«

Vivi verkniff sich die Verteidigung ihres Lieblingswirtes. »Du hast recht. Das Essen war grauenhaft. Sei froh, dass du es nicht angerührt hast. Magst du ein Bier?«

Auch davon gab es dank Werner einen reichlichen Vorrat im Keller. Richards Miene hellte sich auf. Er nahm am Esstisch Platz und setzte ein gewinnendes Lächeln auf, streckte sogar die Hand nach Tiger aus, der sich allerdings nicht von ihm anrühren ließ.

»Großartige Idee.«

Wenig später machte sich Richard auch schon über das Chili con Carne her. Mit seinen Manieren gab er sich keine sonderliche Mühe mehr. Er schaufelte das Zeug in sich rein, als gäbe es kein Morgen, und wischte sich mit dem Handrücken über die fettigen Lippen. Es war nicht zu übersehen, dass der deftige Eintopf ihn weit mehr begeisterte als Austern und Artischocken. Der weltgewandte Gourmet – auch so eine Komödie, die er ihr vorgespielt hatte.

»Toll«, nuschelte er kauend. »Du solltest ein Restaurant eröffnen.«

»Besser nicht, als deine künftige Gattin muss ich dir doch den Rücken freihalten«, gurrte Vivi, darauf bedacht, ihn in Sicherheit zu wiegen. »Wenn du zurückkommst, kannst du gleich einziehen. Das Haus ist groß genug für zwei. Dann werden wir jeden Abend zusammen einschlafen.« Sie zwinkerte kokett. »Aber nicht nur das.«

Mit leicht glasigen Augen starrte er sie an. »Weißt du was? Du bist genauso scharf wie dieses Chili!«

»Geheimrezept!«, flötete Vivi.

Über die wahre Zusammensetzung der Gewürze ließ sie ihn selbstverständlich im Unklaren. Dem Mann im Baumarkt nebenan hatte sie von einer wahren Mäuseplage erzählt. Mitfühlend hatte er ihr ein extrastarkes Rattengift verkauft. Und drei Rollen Paketklebeband. Zur Abwechslung hatte Vivi nämlich mal einen echten Plan.

Wieder griff Richard zum Bierglas. Er trank es auf einen Zug aus und leerte dann weiter seinen Teller. Gespannt sah Vivi ihm zu. Ob die Dosis zu schwach war? Dabei hatte sie doch reichlich gewürzt.

»Schmeckt's dir? Du kannst gern noch mehr haben«, sagte sie.

»Ja, her damit, und dann …«

Weiter kam er nicht, denn auf einmal entgleisten ihm die Gesichtszüge. Seine Augen traten aus den Höhlen, und seine Lippen nahmen einen bläulichen Farbton an.

Gib ihm eine letzte Chance, wisperte es in Vivis Hinterkopf. Du kannst ihm immer noch den Magen auspumpen lassen, wenn er Reue zeigt.

Sie nahm all ihren Mut zusammen. »Was würdest du tun, wenn ich dir sage, dass du ein gerissener Schwindler bist und dass ich mein Geld wiederhaben will?«

Die Finger seiner rechten Hand umklammerten das Messer, während er die linke Hand auf seinen Bauch presste.

»Dir die Kehle durchschneiden«, stöhnte er. »Du kleines Miststück. Wie hast du es rausbekommen?«

»Weibliche Intuition«, antwortete Vivi. »Und die Brieftasche von André Kowalski.«

»Ich – ich bring dich um!«

»Was?«

»Ja, und wenn du jetzt abhaust, werde ich dich finden, egal wo, ich werde dich finden und abstechen wie ein …«

Beim Versuch aufzustehen warf er das Bierglas um. Wild ruderte er mit den Armen, das Messer gezückt. Ein Krampf schüttelte ihn, zusammengekrümmt sank er zurück auf seinen Stuhl.

»Elende Schlampe!«, röchelte er.

Vivi verzichtete darauf, dem letzten Akt beizuwohnen. »Ich gehe mal kurz ins Badezimmer. Bin gleich wieder da.«

Als sie eine halbe Stunde später die Treppe herunterkam, hatte sie ein Déjà-vu. Nur, dass es diesmal nicht Bratensauce war, in der ein lebloser Kopf ruhte, sondern ein wirklich rattenscharfes Chili con Carne.

Es war ein erhebendes Gefühl für Vivi, wieder Herrin über ihr Schicksal zu sein. Richard war brillant gewesen. Dummerweise nicht brillant genug. Er hatte eben nicht damit gerechnet, dass auch harmlose kleine Hausfrauen helle Momente haben. So weit, so schlecht, denn jetzt hatte Vivi ein Problem. Zwei Probleme, genauer gesagt: Transport und Entsorgung. Und in diesem sehr speziellen Fall kamen weder ein Kurierdienst noch die städtische Müllabfuhr in Frage. Diese Herausforderung musste sie ganz allein meistern. Aber sie hatte vorgesorgt.

Ohne lange zu überlegen, holte sie das abgeliebte Satinlaken aus dem Schlafzimmer und breitete es auf dem Boden neben dem Esstisch aus. Vorsichtig schubste sie den reglosen Körper an, der sich zur Seite neigte und punktgenau auf dem Stoff landete. Dann wickelte sie sich einen Zipfel des Lakens um die rechte Hand und zog.

Richard war verdammt schwer, schwerer, als sie erwartet hatte. Vivi war nie die Sportlichste gewesen, ihre Muskelmasse war begrenzt. Doch die grausigen Umstände verliehen ihr Bärenkräfte. Tiger, der diese Aktion mal wieder für ein neues Spiel hielt, hüpfte geschmeidig über Richards Leiche hinweg, als sei das eine besonders originelle Zirkusnummer.

Vivi keuchte, als sie es bis zur Küche geschafft hatte. Von dort zog sie ihre Last durch die Verbindungstür in die Garage und öffnete den rechten Wagenschlag. Mit letzter Energie hakte sie die Leiche unter, um sie auf den Beifahrersitz zu wuchten.

Nun kam das Klebeband zum Einsatz. Sie verbrauchte fast alle drei Rollen, bis Richard in aufrechter Haltung an der Rückenlehne festgezurrt war. Um keinen Verdacht zu erregen, legte sie ihm eine Wolldecke um und setzte ihm ein graukariertes Hütchen von Werner auf, das sie in der Garage gefunden hatte. Es würde eine ziemlich abgefahrene Reise werden.

Bevor sie startete, leerte sie Richards Reisetasche. Als Erstes zerriss sie die Bankvollmachten und verbrannte sie. Das Handy wurde ein weiteres Opfer der Brotschneidemaschine. Dann sortierte sie alle persönlichen Dinge aus und legte sie in die Tasche zurück. Das Geld würde sie später zählen. Sie stopfte es in drei Plastiktüten, die sie im Keller hinter einem Weinregal verstaute.

Ob das eine gute Idee war? Was, wenn Einbrecher kamen? Oder das Haus abbrannte? Sie holte die Tüten wieder hervor. Wirklich sicher war das Geld nur auf der Bank. Aber konnte sie das Wagnis eingehen? Vivi konnte. In ihrer Handtasche lag noch die Visitenkarte von Herrn Helmholtz. Sie rief ihn auf dem Handy an, denn es war mittlerweile halb sieben, und die Bank hatte schon geschlossen. Es sei äußerst dringend, beteuerte sie. Sie müsse ihn sofort sprechen. Dann stellte sie Tiger das Abendessen hin und stieg in den Wagen.

Eine Viertelstunde später parkte Vivi vor der Bankfiliale. Das Blut rauschte in ihren Ohren, ihr Herz klopfte bis zum Hals. Sie musste vollkommen wahnsinnig sein, solch ein Risiko einzugehen. Aber die Angst, ihr Geld ein zweites Mal zu verlieren, war stärker als alle Bedenken. Sie sah zu Richard. Ziemlich gerade saß er da, nur der Kopf hing seitlich herunter, und die Brille saß schief. Das Hütchen stand ihm ganz ausgezeichnet.

Vivi bekam fast einen Herzinfarkt, als Herr Helmholtz an die Windschutzscheibe klopfte. Mit weichen Knien stieg sie aus.

»Danke, dass Sie für mich da sind«, begrüßte sie ihn im Flüsterton und deutete auf Richard. »Herr von Hardenberg schläft, er hatte einen anstrengenden Tag.«

Neugierig spähte der Bankberater in den Wagen.

»Er ist sehr tüchtig, wissen Sie«, redete Vivi hektisch weiter. »Die gute Nachricht ist, dass er mein Darlehen nicht braucht. Sein Kompagnon ist eingesprungen, deshalb wollten wir Ihnen das Geld zurückbringen.«

Wolfram Helmholtz strahlte. »Offen gestanden fällt mir ein Stein vom Herzen, Frau Bernburg. Ganz wohl war mir bei der Sache nicht.«

»Ihre Sorge war vollkommen unbegründet«, erwiderte Vivi lässig, während sie zum Kofferraum ging. »Auf Richard von Hardenberg ist Verlass.«

Sie holte die Tüten mit dem Geld aus dem Kofferraum und drückte sie dem Bankangestellten in die Hand. »Könnte ich vielleicht eine Quittung haben?«

»Selbstverständlich. Wenn Sie mir bitte folgen würden …«

Mit einer Chipkarte öffnete Herr Helmholtz die Glastür der Bankfiliale sowie das Rollo, das den Selbstbedienungsbereich von den Schalterräumen abtrennte. Vivi saß wie auf glühenden Kohlen, als er ein Geldbündel nach dem anderen von der Banderole befreite und in eine Geldzählmaschine steckte. Doch das rhythmische Rattern des Apparats war Musik in ihren Ohren.

»*Money, money, money, always sunny in the rich man's world!*«, hörte sie die silberhellen Stimmen von Agnetha, Björn, Benny und Anni-Frid, auch als ABBA bekannt. Gern hätte sie mitgesungen. Stattdessen sah sie immer wieder durch die großen Fenster nach draußen zum Auto, wo die Leiche ihrer neuen Liebe wartete, die einst ein neues Leben versprochen hatte. *Nana nana nanaaa.* Niemand nahm Notiz davon. Ein paar Passanten schlenderten vorbei, ein Skater drehte seine Runden, aber keiner von ihnen fand es ungewöhnlich, dass eine vollkommen regungslose Gestalt in Vivis Wagen saß.

So was nennt man mehr Glück als Verstand, dachte sie aufatmend. Was man von ihrem Liebesleben nicht behaupten konnte. Da hatte es an beidem gehapert.

Endlich war der Bankberater fertig und stellte die Quittung aus. Flüchtig überflog Vivi den Betrag, worauf sie sich im Kopfrechnen betätigte. Der gute Richard hatte es doch tatsächlich fertiggebracht, an einem einzigen Nachmittag über viertausend Euro zu verballern. Aber was war das schon, verglichen mit der Summe, die Vivi gerettet hatte?

Die Autobahn war gepackt voll. Alle Reisebusse, Wohnmobile und Lastwagen dieser Welt schienen sich verabredet zu haben, Vivi auf ihrer Fahrt zu begleiten. An einer Tankstelle deckte sie sich mit Nussschokolade ein, was schlecht für die Figur, aber gut für ihre angeschlagene Laune war.

Sobald die Schokolade ihre Nerven beruhigt hatte, fühlte sie sich besser. Lautstark sang sie: »*Ein bisschen Spaß muss sein! Dann ist die Welt voll Sonnenschein!*« Früher Tony Marshall, ein Kracher, der unweigerlich den Mitklatschreflex auslöste. Verständlicherweise nicht bei Richard.

»Haben Sie eine angenehme Reise, Herr Kowalski, sitzen Sie auch bequem?«, fragte Vivi sarkastisch. »Wissen Sie eigentlich, was Sie mir angetan haben? Und dass das Thema Männer damit für mich durch ist?«

Notgedrungen schwieg ihr Beifahrer. Sie gab es auf. Wozu Salz in die Wunden streuen? Trauern würde sie später. Um ihre Liebe, ihre ungeborenen Kinder, ihre letzten Illusionen. Jetzt hatte sie Wichtigeres zu tun.

Immer wieder betätigte Vivi den Blinker und überholte ganze Kolonnen von Lastwagen. Nach ihren Berechnungen würde sie für die Strecke etwa zwei Stunden brauchen. Natürlich konnte man das Ganze etwas beschleunigen, wenn man es mit den Geschwindigkeitsbegrenzungen nicht so genau nahm. Sie gab kräftig Gas. Wenn alles gutging, würde sie spätestens um ein Uhr morgens wieder zu Hause sein. In ihrem Reihenhaus, das sie sich unter keinen Umständen mehr wegnehmen lassen würde. Von nichts und niemandem. Sie trat das Gaspedal bis zum Anschlag durch.

Vivi war so in Gedanken versunken, dass sie nicht das Polizeiauto bemerkte, das schon eine ganze Weile hinter ihrem Wagen herfuhr. Deshalb war sie vollkommen überrascht, als sie plötzlich überholt wurde und einen ausgestreckten Arm mit einer Kelle sah.

Polizei! Die Angst fuhr ihr in alle Glieder. Wie verrückt schlug ihr Herz gegen die Rippen. Sie bremste hart ab und brachte den Wagen auf dem Seitenstreifen zum Stehen. Dann sackte sie in sich zusammen. Leider sackte auch Richard weg. Jetzt erst entdeckte sie, dass sie vergessen hatte, ihn anzuschnallen. Das abrupte Bremsmanöver hatte den Klebeverband gelockert und seinen Körper nach vorn kippen lassen. Werners Hütchen war über seine Augen gerutscht, die Brille pendelte schräg vor seinem Gesicht.

Der Super-GAU. Sie hatte es versemmelt. Komplett.

Zitternd ließ Vivi die Seitenscheibe herunter. »Hallo?«

»Schönen guten Abend, junge Frau«, sagte ein junger Polizeibeamter, der sich mit vorwurfsvoller Miene zu ihr herunterbeugte. »Die Papiere bitte.«

Vivi konnte kaum sprechen. »Ist was nicht in Ordnung?«, krächzte sie.

»Das kann man wohl sagen«, antwortete der Polizist. »Auf diesem Abschnitt gilt Tempo hundertzwanzig. Sie waren mit knapp hundertsechzig unterwegs.« Interessiert deutete er auf Richard. »Ihr Begleiter ist wohl vor Schreck in Ohnmacht gefallen, was?«

So, jetzt erfinde mal eine gute Ausrede, Vivi! Konzentrier dich! Ihr brach der Schweiß aus. Kleine Rinnsale liefen ihren Nacken entlang, die Bluse klebte am Rücken. Hilfesuchend streifte ihr Blick das Häufchen Elend, das neben ihr mehr hing als saß. Sie drehte fast durch, als sie entdeckte, dass die Decke ein Stück heruntergeglitten war und einen Streifen Klebeband freigelegt hatte. Warum hatte sie Dämlack den leblosen Richard nicht angegurtet?

»Ich muss meinen Bekannten nach Hause fahren«, behauptete sie, während sie schnell ausstieg, um die Sicht auf den Beifahrersitz zu verdecken. »War eine Geburtstagsfeier. Er hat ziemlich geladen, wenn Sie verstehen, was ich meine. Tequila. Das knackt.«

»Soso«, sagte der Beamte.

Vivis Atem ging stoßweise. Doch sie riss sich zusammen.

»Da ich seit Jahren abstinent lebe, habe ich mich angeboten, ihn heimzubringen.« Sie zog ihre Mundwinkel auseinander. Wer sie nicht kannte, würde das hoffentlich für ein Lächeln halten. »Bin so was wie Mutter Teresa reloaded. Voll das Helfersyndrom.«

Auch der Polizist musste lächeln. »Echt jetzt?« Dann wurde er wieder ernst. »Aber das ist absolut kein Grund, so zu rasen. Sie haben zwei Möglichkeiten: Entweder Sie zahlen das Bußgeld sofort, oder wir schicken Ihnen den Papierkram nach Hause.«

Bloß keine Spuren in den Akten hinterlassen, schoss es Vivi durch den Kopf.

»Ich hasse Papierkram«, hauchte sie. »Ich zahle bar.«

Der Polizist tippte schon auf einem kleinen Tablet-Computer herum. »Eigentlich müsste ich Meldung machen und Ihnen ein paar saftige Punkte in Flensburg verpassen, aber ich lasse mal Gnade vor Recht ergehen. Macht hundertfünfzig Euro.«

Vivi fingerte ein paar Scheine aus ihrer Handtasche. Sie wollte nur noch weg. Weg vom Auge des Gesetzes, bevor es sich für ein auffallend stilles Exemplar Mann interessierte, das nur noch durch ein paar Streifen Klebeband der Schwerkraft trotzte. Es dämmerte zwar schon, doch es war noch nicht dunkel genug, um die Bescherung zu verbergen.

Nachdem der Polizist die Geldscheine entgegengenommen hatte, trat er ein Stück zur Seite. Eingehend musterte er ein weiteres Mal Vivis stummen Begleiter. Kniff die Augen zusammen. Umrundete das Fahrzeug und lugte durch die Scheibe der Beifahrertür.

»Gefällt mir ganz und gar nicht, was ich da sehe«, sagte er.

Vivi stand kurz vor einem Nervenzusammenbruch. Wenn der Polizist jetzt die Tür aufmachte, konnte sie sich den Gnadenschuss geben.

»Was denn?«, piepste sie.

»Schon mal was von Gurtpflicht gehört?«

»Herr Oberwachtmeister!« Ihre Stimme überschlug sich.
»Mein Bekannter ist so hinüber, dass er sich immer abschnallt.
Aber gleich gurte ich ihn wieder an. Ganz vorschriftsmäßig!
Ich glaube, ich – wir müssen dann mal los!«

Der Polizist rückte seine Schirmmütze gerade. »Haben Sie
es denn noch weit? Mein Kollege und ich, wir könnten hinter
Ihnen herfahren und helfen. Den Typen bekommen Sie doch
nicht allein aus dem Auto, der schläft ja wie ein Toter!«

Vivi war am Ende. Das hatte sie nun von ihren Sprüchen.
Da konnte sie sich ja gleich die Handschellen anlegen lassen.

»Die Polizei, dein Freund, hihi, und Helfer«, kicherte sie
hysterisch. »Besten Dank, aber seine Familie wartet schon auf
ihn. Die kann mit anfassen.«

»Ach so«, brummte der Polizist enttäuscht.

Vivi ritt plötzlich der Teufel. »Ich hoffe nur, seine Frau steht
nicht mit dem Nudelholz hinter der Tür und zieht es ihm über
den Schädel!«

»Mit einer Freundin wie Ihnen ist der Mann doch vor jeder
Gefahr gefeit«, versuchte sich nun auch der Polizist auf die
humorige Tour. »Na, dann noch gute Fahrt.«

»Gleichfalls!«, tirilierte Vivi.

Blitzschnell stieg sie ein und ließ den Motor an. Sie winkte
noch einmal und legte einen Kavalierstart hin. Genau das Falsche, was sollten denn die Polizisten denken? Also bremste sie
heftig wieder ab, worauf sich weitere Klebebänder lösten und
Richard kopfüber in den Fußraum plumpste. Sie konnte nur
beten, dass die Polizisten nichts bemerkt hatten.

Von jetzt an war Vivi auf der Hut. Keine Geschwindigkeitsübertretungen mehr, keine gewagten Überholmanöver. Brav schlich sie über die sich leerende Autobahn.

Um kurz nach zehn Uhr nachts erreichte sie Köln. Sie hatte sich die Wegbeschreibung nebst einer Karte aus dem Internet ausgedruckt. Alle paar Minuten hielt sie an, um sich zu orientieren. Das Navigationsgerät hatte sie noch nie benutzt, das war immer Werners Ding gewesen. Leider war ihr Orientierungssinn nicht sonderlich ausgeprägt. Wenn sie als Zugvogel wiedergeboren wurde, landete sie vermutlich in der Antarktis statt in Afrika.

Um Viertel nach elf hielt sie in der Mathildenstraße vor einem hässlichen grauen Sechziger-Jahre-Bau mit winzigen Fenstern. Von wegen Villa mit Bootssteg. Nach einem weiteren Blick auf die ausgedruckte Karte stellte sie zufrieden fest, dass in der Nähe der Rhein entlangfloss. Alles lief nach Plan.

Langsam fuhr sie weiter, bis die Kräne einer Werft in Sicht kamen. Ein paar Minuten irrte sie herum, auf der Suche nach einem passenden Platz, dann parkte sie direkt am Ufer. Inzwischen war es stockdunkel geworden. Die Gegend wirkte unwirtlich und verlassen, kein Mensch war zu sehen. Nur ein hell erleuchtetes Ausflugsschiff glitt auf dem Fluss vorbei.

Nun begann der gefährlichste Teil ihrer Mission. Streifen für Streifen löste sie die Klebebandreste von dem leblosen Körper. Sie setzte Richard die Brille auf, nahm ihm das Hütchen ab, stieg aus dem Wagen und öffnete die Beifahrertür. Mit letzter Kraft schleifte sie ihn zum Rand der Kaimauer.

Einmal noch betrachtete sie ihn. Da war keine Wut mehr, nur noch Bedauern. Wie sehr hatte sie diesen Mann geliebt. Alles hätte sie ihm gegeben, wirklich alles. Sanft strich sie ihm über das dunkle Haar. Plötzlich übermannte sie eine Welle der Zärtlichkeit.

»Das hätte was werden können mit uns«, flüsterte Vivi. »Was ganz Großes.«

Bittere Tränen rannen über ihre Wangen, Tränen der Reue und des schlechten Gewissens. Warum war ihr Leben aus den Fugen geraten? Warum tat sie schreckliche Dinge, die sie gar nicht wollte?

Sie rieb sich eine letzte Träne aus dem Augenwinkel. Dann überließ sie ihre große Liebe den Fluten des Rheins, in denen André Kowalski samt Richard von Hardenberg und seiner Reisetasche lautlos versank.

»Hinter dem Horizont geht's weiter«, sang sie mit ersterbender Stimme in die Dunkelheit hinein.

Kapitel sechs

Ein hartnäckiges Läuten an der Haustür ließ Vivi aufschrecken. Völlig zerschlagen war sie in der Nacht nach Hause gekommen und mit Tiger im Arm auf der Couch eingeschlafen. Wieder läutete es, diesmal Sturm, was Tiger dazu veranlasste, sich unter dem Sofa zu verkriechen.

Vivi rutschte das Herz in die Hose. Ogottogott. War alles rausgekommen? Verhaftete man sie jetzt? Sie sah auf die Uhr. Kurz vor zehn. Kamen Polizisten nicht im Morgengrauen?

Auf Zehenspitzen schlich sie zur Haustür und lugte durch den Spion. Doch es war nicht die Polizei, nur der Postbote. Aufatmend öffnet sie ihm.

»Guten Morgen! Ein Einschreiben für Sie, Frau Bernburg. Wenn Sie mir bitte da unten ein Autogramm geben würden ...«

Selten hatte der Anblick des Briefträgers Vivi so gefreut. Wie im Zeitraffer hatte sie alles schon vor ihrem inneren Auge gesehen: die gestrengen Polizeibeamten, die Schmach, unter den Augen der Nachbarn abgeführt zu werden, das schreckliche Gefängnisessen.

Für einen Profi wäre es sicherlich ein Leichtes, mir auf die Schliche zu kommen, überlegte sie, während sie zurück ins Wohnzimmer wankte. Vivi hatte genügend Jahre fernsehend an der Seite ihres Gatten verbracht, um sich mit allen Raffinessen moderner Ermittlungsmethoden auszukennen. Wenn die CSI-Leute ernst ihre DNA-Proben schüttelten und sich dann auf dem Computer das Bild des Täters aufbaute, hatte immer ein Hauch Zaubertrick in der Luft gelegen. Simsalabim, so sieht er aus, der Mörder.

Mit dem Umschlag in der Hand ließ sie sich auf die Couch fallen. Was ihre DNA-Spuren betraf, musste Richard alias André Kowalski eine Fundgrube sein: Speichelreste auf den Lippen und an anderen delikaten Stellen, Hautfetzen unter den Fingernägeln, mit denen er lustvoll ihren Rücken zerkratzt hatte. Und natürlich ein Cocktail aus Körpersäften rund um sein bestes Stück. Die CSI-Crew hätte aus dem Vollen schöpfen können.

Aber erstens war Vivis DNA in keiner Datenbank gespeichert, und zweitens hoffte sie, dass die Wasser des Rheins alle verräterischen Spuren fortspülen würden. Wenn Richard, wie sie ihn immer noch nannte, je wieder auftauchte, würde er rein wie ein frisch gebadetes Baby sein. So jedenfalls stellte sie sich das vor. Armer Richard. Verdammt, warum sehnte sie sich nach ihm? Und warum bedauerte sie, was sie getan hatte?

Grübelnd saß sie da, als ihr Blick auf den Brief fiel, den sie auf den Couchtisch geworfen hatte. Vivi wollte ihn schon zu den anderen Briefen auf den Stapel legen, als sie den Absender las. Alarmiert riss sie den Umschlag auf. Das Schreiben kam vom Gericht. Sie wurde aschfahl, während sie sich durch das gestelzte Amtsdeutsch arbeitete. Werners Kinder hatten doch tatsächlich den Prozess gewonnen!

Sie konnte es nicht fassen. Dabei hatte Berthold Seitz ihr versichert, dass alles gutgehen würde. Vivi verstand die Welt nicht mehr. Sie begriff nur eines: Damit drehten Hans-Peter und Inge-Gundula ihr unwiderruflich den Geldhahn zu. Zack, fertig, aus die Maus. Das Reihenhaus, ihr geliebtes Elternhaus, war verloren. Alles, was ihr blieb, war Werners spärliche Rente.

Nach dem ersten Schock las sie das Schreiben noch einmal in der Küche durch, gedopt von einem doppelten Espresso. Die Konfiszierung des Barvermögens und die Übergabe des Hauses würden innerhalb der nächsten zwei Wochen erfolgen, sofern kein Widerspruch erfolgte. Nackte Panik überkam sie. Dann lachte sie los. Sie konnte gar nicht wieder aufhören.

Die Wahrheit war ebenso frustrierend wie absurd: Wäre Richard mit dem Geld durchgebrannt, hätten Inge-Gundula und Hans-Peter ein abgeräumtes Konto sowie ein überschuldetes Haus vorgefunden. Mit anderen Worten: nix und niente.

Vivi schlug so energisch mit der Faust auf den Küchentisch, dass die Espressotasse klirrend auf und nieder hüpfte und Tiger Zuflucht in der Speisekammer suchte. Währenddessen verwandelte sich Vivis Panik in Zorn. Ja, hatte sich denn die ganze Welt gegen sie verschworen? Warum surfte sie von einem Schlamassel in den nächsten?

Wäre der Brief doch nur einen Tag früher gekommen, überlegte sie. Verrückterweise hätte sie Richard das Geld eher gegönnt als Werners gierigen Kindern. Doch sie konnte es nicht mehr ungeschehen machen: Richard lag auf dem Grunde des Rheins, und falls er je wieder zum Vorschein kam, dann nicht in einem Zustand, in dem man Geld benötigte.

Wer jetzt dringend Bares brauchte, war Vivi. Sie hing an dem kleinen Reihenhaus. Hier war sie aufgewachsen, hier gehörte sie hin. Es war das Einzige, was sie mit ihren früh verstorbenen Eltern verband. Wenn man sie von hier vertrieb, verlor sie den Boden unter den Füßen. Oder würden sich Inge-Gundula und Hans-Peter darauf einlassen, ihr das Haus zu verkaufen und sich auszahlen zu lassen? Fragte sich nur, wovon.

Völlig aufgelöst rief sie den Notar an. »Berthold, haben Sie es schon erfahren?«

Sie waren beim letzten Treffen zum noblen »Hamburger Du« übergegangen, das Vivi von Richard gelernt hatte. Vorname und Sie, das klang nach Nähe, ohne dass man jemanden zu nah an sich ranlassen musste. Sehr hanseatisch eben. Dabei war Richard beziehungsweise André Kowalski ein Kölner Jung gewesen. Sie begann zu schniefen. Wie sehr sie ihn vermisste.

Berthold Seitz dagegen wollte mehr Nähe, als Vivi lieb war. Mittlerweile rief er fast täglich an, und eine Woche zuvor hatte er sogar abends überraschend vor ihrer Haustür gestanden, mit Kuchen und Wein, wie Rotkäppchen. Zwei Stunden hatte er auf der Couch gesessen und Vivi mit juristischen Spitzfindigkeiten angeödet, die er offenbar so unwiderstehlich fand wie sich selbst.

»Wie schön, dass Sie sich melden, Sylvia!«, rief Berthold Seitz erfreut. »Darf man erfahren, was der Grund Ihres Anrufs ist?«

»Diese schrecklichen Kinder«, rief sie aufschluchzend. »Ich bin enterbt!«

Eine Weile war es still am anderen Ende der Leitung. Vivi zählte die Sekunden. Was machte Berthold nur? Polierte er seine Messinglampen?

»Werte Sylvia«, sagte er schließlich hoheitsvoll. »Das letzte Wort ist noch nicht gesprochen. Wir werden Widerspruch einlegen, dadurch gewinnen wir Zeit.«

Das »Wir« machte sie noch nervöser. Hatte Berthold Seitz es wirklich auf sie abgesehen? Na, herzlichen Glückwunsch. In diesem Fall geriet er an eine Frau, der innerhalb von vierundzwanzig Stunden zweimal ihr gesamtes Vermögen abgeknöpft worden war. Oder an eine gute Partie, die zwei Männer auf dem Gewissen hatte. Viel Spaß dann auch.

»Aha, wir gewinnen also Zeit. Gewinnen wir auch den Prozess?«, fragte sie bang.

»Justitia stellt man seit der Antike mit verbundenen Augen dar«, wurde sie von dem überaus gebildeten Anwalt belehrt. »Eine Garantie gibt es nicht. Aber in der Zwischenzeit, liebste Sylvia, könnten Sie sich vorsichtshalber nach einer neuen Einnahmequelle umsehen.« Er hielt kurz inne. »Oder nach einem neuen Mann. Apropos – ich würde Sie nach wie vor gern zum Essen einladen. Ganz privat, nur wir beide.«

Du alter Schlaumeier, dachte Vivi. Stürzt mich ins Elend, damit du mich retten kannst. Dolle Taktik. Ihre Liaison mit Richard schien sich jedenfalls noch nicht bis zu ihm herumgesprochen zu haben.

»Wie soll ich Ihnen nur danken, Berthold?«, rief sie. »Ich werde Ihren Tipp beherzigen! Und danke für die Einladung, das kriegen wir sicher bald hin!«

Männer, dachte sie. Die überflüssigste Spezies unter der Sonne. Werner hatte sie behandelt wie einen Fußabtreter und ihr das Erbe vorenthalten. Richard hatte sie schamlos hinters Licht geführt. Jetzt kam zu allem Überfluss auch noch dieser arrogante Notar angerobbt und streckte seine Altherrenfinger nach ihr aus. Sie hasste Männer. Alle. Aus vollem Herzen.

Den restlichen Tag probierte Vivi ihre sämtlichen Beruhigungstricks aus. Heiß baden, Gesichtsmaske auflegen. Wackelpudding essen, Prosecco trinken. Und natürlich CDs spielen und lauthals mitsingen. Trost versprach zum Beispiel Udo Jürgens. »*Und immer, immer wieder geht die Sonne auf*«, krächzte Vivi, es klang leider wenig überzeugend.

Sie taute eine Hühnerleber für Tiger auf und sah zu, wie er sich daran gütlich tat. Sie dachte an das Kind von Richard, das nun ungeboren bleiben würde. Was war mit dem Kinderzimmer? Mit der Schaukel im Garten?

Kurz entschlossen fuhr Vivi zum Baumarkt und erstand eine feuerrote Plastikschaukel. Sie verknotete die dazugehörigen Seile am dicksten Zweig des Apfelbäumchens, das direkt vor dem Küchenfenster im Vorgarten stand. Ihr war schon lange aufgefallen, dass die Kinder in dieser Siedlung keinen anständigen Spielplatz hatten.

Bereits nach einer Stunde standen die Kleinen Schlange, um quietschend und kreischend zu schaukeln. Mit einem zufriedenen Lächeln sah Vivi zu, welchen Spaß die Kinder hatten. Sie brachte sogar ein paar selbstgebackene Kekse nach draußen, die in null Komma nix verspeist wurden. Doch es half nichts: Die Panik blieb. Ihr Puls raste, ihr Gehirn zappelte im Angstmodus. Sie konnte nicht mehr.

Abends war sie so demoralisiert, dass sie schon erwog, sich selbst eine Dosis Rattengift zu verpassen. Vor dem Nichts zu stehen war furchtbar. Dann lieber gleich ins Nirwana abdampfen. Aber vorher würde sie sich noch einmal mit Ela treffen. Sie hielt das Handy umklammert, als sei es das Letzte, woran sie sich festhalten konnte. Viel mehr hatte sie in der Tat nicht. Dann wählte sie Elas Nummer.

»SOS. Hast du eine Sekunde Zeit?«

»Moment, ich geh mal eben raus«, wisperte ihre Freundin. Vivi hörte Schritte und das Zufallen einer Tür.

»Ein total blödes Meeting«, stöhnte Ela. »Wo brennt die Hütte?«

In kurzen Zügen berichtete Vivi von dem Erbstreit. Von ihrer Enterbung, genauer gesagt. Alles andere ließ sie lieber weg.

»Ach du grüne Neune!«, rief Ela aus. »Was hast du jetzt vor?«

»Mich mit dir in Hugos Bar betrinken, bevor ich mir eine Kugel in den Kopf blase.«

»Guter Plan«, lachte Ela. »Ich muss hier noch ein bisschen abliefern, um neun bin ich da!«

Dankbar legte Vivi auf. Ela fand immer einen Ausweg. Sie hatte genau das, was Vivi fehlte – das Talent, wie ein Stehaufmännchen über alle Untiefen des Lebens hinwegzutänzeln. Ihre drei gescheiterten Ehen und ihren anstrengenden Job bewältigte sie so patent und gutgelaunt, als sei das Leben ein Trimm-dich-Pfad.

Als Ela um kurz nach neun in Hugos Bar eintraf, sah sie aus, als käme sie gerade aus einem Wellness-Resort. Ihre Frisur saß perfekt, ihr Teint strahlte rosig, ihr mitternachtsblaues Jerseykleid zeigte nicht die kleinste Knitterfalte. Vivi dagegen hatte eine Laufmasche im Strumpf und rotgeweinte Augen. Strähnig hing ihr das Haar ins Gesicht. Dies war einfach nicht ihr Tag.

»Süße, mach nicht so ein Gesicht, wir kriegen das wieder hin!«, versprach Ela gleich bei der Begrüßung. »Was sagt denn eigentlich Richard zu dem Chaos?«

Richard. Vivi überlief eine Gänsehaut. Was sollte sie darauf sagen? Zum Glück kam in diesem Moment der Ober. Ela bestellte zwei Aperol Spritz und wartete dann gespannt auf die Antwort. Vivi wurde erst blass, dann rot. Sie hatte das Gefühl, auf einem Strohhalm über einen Abgrund zu balancieren. Doch sie musste die Fassade wahren. So tun, als sei Richard quicklebendig. Und sie musste die Tränen runterschlucken bei dem Gedanken, wie sehr er ihr fehlte. Nicht André Kowalski, der miese Betrüger, natürlich, sondern Richard, der einfühlsame Liebhaber und kultivierte Gesprächspartner.

»Er – er ist empört«, antwortete sie. »Leider musste er beruflich verreisen, aber wenn er zurückkommt, wird er mich moralisch unterstützen.«

Ela spielte nachdenklich mit ihren Ringen. Sie trug alle drei Eheringe übereinander an einem Finger, als seien es Trophäen.

»Wie läuft es überhaupt mit euch beiden? Ich meine, wird das was Festes? Dann hättest du doch ausgesorgt.«

Vivi knetete ihre Hände. »Ich weiß nicht. Richard ist phantastisch, aber wie es aussieht, will er sich nicht festlegen.«

»Oje, Bindungsangst!«, erwiderte Ela fachmännisch. »Kenne ich. Die moderne Seuche bei Männern im heiratsfähigen Alter.«

»Glaubst du, ich könnte ihn ändern?«, fragte Vivi, obwohl nun wirklich nicht die geringste Hoffnung darauf bestand.

Ela griff zu einem der Gläser, die der Kellner ihnen servierte. »Die meisten Männer sind unfähig zu Lernprozessen. Wenn sie begriffen haben, wo der Bierkasten steht, ist ihre geistige Entwicklung im Allgemeinen abgeschlossen. Tut mir leid, Hase. Ich dachte, er sieht mehr in dir als einen Satz Körperöffnungen.«

Er hat mich wohl eher als Goldgrube gesehen, dachte Vivi bitter. Auch sie nahm sich ein Glas. »Na, dann können wir ja auf meinen Untergang anstoßen. Prost.«

Nachdem Ela einen kräftigen Schluck getrunken hatte,

lehnte sie sich zurück. »Das mit der Kohle ist immer ein Problem. Sieh mich an: Am Ende des Geldes ist immer zu viel Monat übrig. Aber mal im Ernst: Was spricht dagegen, dass du arbeiten gehst?«

»Im Prinzip nichts.« Vivi schluckte. »Aber ich habe doch nichts gelernt.«

»Jetzt tu nicht so, als wärst du zu doof, um aus dem Bus zu winken«, fauchte Ela. »Immerhin hast du eine Kochlehre ...«

»... abgebrochen«, vollendete Vivi den Satz. »Du bist nun mal die Zielstrebige, die Erfolgreiche, die die Welt gesehen hat. Ich bin im Hafen der Ehe versandet. Seien wir ehrlich: Ich bin eine Verliererin.«

Eine Minute verstrich, in der keine von beiden etwas sagte. Die Bar füllte sich zusehends. Lauter gut gekleidete Leute strömten herein, unterhielten sich lachend und achteten nicht auf die beiden Frauen, die stumm in der Ecke hockten.

Plötzlich erstarrte Vivi. Auf dem Flatscreen über der Bar lief eine Nachrichtensendung. Die Bilder zeigten den Kölner Dom, dann das Rheinufer.

»... wurde hier am frühen Abend die Leiche eines Mannes gefunden, in unmittelbarer Nähe seiner Wohnung in der Mathildenstraße«, ertönte gedämpft die Stimme des Sprechers. »Die Kriminalpolizei geht von einem Verbrechen aus, hält aber auch Selbstmord für möglich. Zurzeit wird die Leiche gerichtsmedizinisch untersucht.«

Auch Ela schaute jetzt zum Flatscreen hoch. Vivi zerlegte es fast auf ihrem Sessel.

»Dringend bittet die Kriminalpolizei um Hinweise aus der Bevölkerung«, führte der Sprecher weiter aus. »Der Mann war achtundvierzig Jahre alt, in seinen Papieren steht der Name

André Kowalski. Nach Aussage der Nachbarn lebte er zurückgezogen und arbeitete als Hausmeister in einer Kölner Seniorenresidenz.«

»Armer Teufel«, seufzte Ela. »Viel zu jung zum Sterben.«

»Finde ich auch«, sagte Vivi mit belegter Stimme.

Wenigstens in einem Punkt hatte Richard, *ihr* Richard, nicht gelogen: Es gab eine Seniorenresidenz in Köln. Ein winziger Trost in einem Haufen Lügen.

»Was für ein nasser, kalter Tod. So weit sollten wir es mit dir nicht kommen lassen.« Elas Augen blitzten unternehmungslustig auf. »Vielleicht kann ich ja etwas für dich tun. In unserem Hotel wird händeringend eine Hausdame gesucht. Wenn du es einigermaßen schlau anstellst, könntest du dich hocharbeiten.«

Betten machen, Badewannen schrubben, staubsaugen? Warum eigentlich nicht? Vivi war sich für nichts zu schade. Ja, sie wollte endlich arbeiten, nachdem Werner sie immer daran gehindert hatte. Aus lauter Verzweiflung irgendeinen Mann anbaggern, um in ihrem Elternhaus zu bleiben, kam überhaupt nicht in Frage. Das Thema Männer war so was von durch.

Sie straffte sich und sah Ela fest in die Augen. »Wann soll ich anfangen?«

»Am besten vorgestern«, grinste Ela. »Morgen früh um neun in meinem Büro, okay?«

Es war ein regnerischer Morgen. Tiefgrau hingen die Wolken über Frankfurts City und hüllten die Spitzen der Wolkenkratzer ein. Vivi trug ihr schwarzes Beerdigungskostüm, um extra seriös zu wirken, als sie zehn Minuten vor neun vor dem Hotel Miramar in Frankfurt stand. Es war ein modernes Hochhaus mit etwa dreißig Stockwerken, ganz in der Nähe des Messegeländes. Ehrfürchtig betrachtete sie den Turm aus Glas und Beton. Dies war eine neue Welt für sie. Sie kämpfte mit grässlichem Lampenfieber, so wie damals, am ersten Schultag. Die weitläufige Lobby empfing sie mit klimpernden Klavierklängen. Sesselgruppen in Hellbeige bildeten einen aparten Kontrast zu den kobaltblau gestrichenen Wänden und den silberfarbenen Stehlampen, die kleine Lichtinseln schufen. Vivi stakste über den weichen dunkelblauen Teppichboden auf die Rezeption zu und fragte nach Ela.

»Frau Offermann erwartet Sie bereits«, sagte ein freundlicher junger Concierge. »Zehnter Stock, dritte Tür links.«

Während Vivi mit dem Lift nach oben fuhr, zog sie einen Handspiegel aus der Tasche. Unter ihren Augen lagen tiefe Schatten, sie sah übernächtigt aus. Richards Tod hatte Spuren hinterlassen, auch auf ihrer Seele. Obwohl sich die Zeit mit ihm als abgefeimter Betrug herausgestellt hatte, war sie doch glücklich mit ihm gewesen. Ja, sie vermisste ihn. Immer noch. Hörte das denn nie auf?

Ihr war nur noch Tiger geblieben. Er wurde daheim vom schwerhörigen Fräulein Kellermann von nebenan versorgt. Die alte Dame war ganz begeistert gewesen, dass sie sich um Vivis Kater kümmern durfte. Noch in der Nacht hatte Vivi sein Essen vorbereitet, denn Tiger war inzwischen ein echter Feinschmecker geworden, der sich nicht mit Dosenfutter abspeisen ließ.

Eilig stöckelte sie zu Elas Büro, obwohl sie bezweifelte, dass sie den Anforderungen dieses Luxushotels gewachsen war. Alles wirkte so perfekt. Und sie? War eine einzige Sollbruchstelle.

Ela begrüßte sie mit einer herzlichen Umarmung. Vivis

Freundin trug ein graukariertes Schneiderkostüm und eine elegante weiße Seidenbluse darunter. Ihr Büro bot eine atemberaubende Aussicht auf die Skyline Frankfurts, an den Wänden hingen großformatige abstrakte Gemälde. Die Einrichtung bestand aus einem Stahlrohrschreibtisch mit passendem Drehstuhl und einer kleinen Sitzgruppe aus schwarzen Ledersesseln, wo sie sich niederließen.

Vivi bewunderte Ela dafür, wie souverän sie in diesem Umfeld wirkte. Sie hatte sogar eine Sekretärin, die Kaffee und Kekse servierte.

»Konferenzkekse«, erläuterte Ela. »Du kannst sie alle aufessen, wenn du magst. Mir hängen sie inzwischen zum Hals heraus.«

»Und du meinst, ich schaffe den Job?«, fragte Vivi, während sie die Kekse probierte. Sie waren leider staubtrocken, kein Vergleich mit den saftigen, selbstgebackenen Kreationen, die Vivi an die Nachbarskinder verteilte.

»Du hast keine Referenzen, das ist ein gewisses Problem. Aber ich habe mich mördermäßig für dich eingesetzt«, erwiderte Ela und legte ein schwarz bestrumpftes Bein über die Sessellehne.

Mördermäßig. Unter Vivis rechtem Auge zuckte es.

»Da wir akuten Personalnotstand haben, drückt der Hoteldirektor ein Auge zu. Du wirst ein paar Tage lang von deiner Vorgängerin eingearbeitet, dann hast du einen Monat Probezeit. Mach was draus. Und wenn du mal nicht weiterweißt, wende dich vertrauensvoll an mich.«

Vivi verging immer noch vor Lampenfieber, doch der Tag wurde weniger anstrengend, als sie befürchtet hatte. Von Staubsaugen und Badewannenschrubben keine Spur. Nachdem man

ihr ihre neue Uniform, ein dunkelblaues Kostüm mit Goldknöpfen, verpasst hatte, begleitete sie eine füllige Endfünfzige-
rin, die die Zimmermädchen beaufsichtigte, den Verbrauch
von Toilettenpapier und Reinigungsmitteln kontrollierte und
sich um Extrawünsche der Gäste kümmerte.

»Housekeeping ist kein Hausfrauenjob, Frau Bernburg«, erklärte sie spitz. »Für den Fall, dass Ihre Leistungen überzeugen, werden Sie Vorgesetzte aller Mitarbeiter und Auszubilden-
den dieser Abteilung sein. Sämtliche administrativen Aufgaben
habe ich zwischenzeitlich delegiert, Dinge wie Budgetplanung
und Urlaubspläne der Mitarbeiter. Falls Sie sich als kompetent
genug herausstellen, wird Ihnen auch das obliegen.«

Noch verstand Vivi nur Bahnhof. Doch sie lernte schnell.
Wie viele Stücke Seife und wie viele Shampooflaschen ins Badezimmer gehörten, welche Handtücher wo zu hängen hatten,
worauf man bei der Qualitätskontrolle achten musste. Ein
Haar in der Badewanne? Katastrophe. Ein übersehener Fleck
auf der Tagesdecke? Weltuntergang. Alles musste eben perfekt
sein. Doch da Vivi ein Leben lang nichts anderes getan hatte,
als einem Kontrollfreak von Ehemann das perfekte Heim zu
bescheren, ging ihr die Sache von Tag zu Tag leichter von der
Hand.

In den Pausen tranken Vivi und Ela manchmal einen Kaffee zusammen, wie in alten Tagen.

»Ich hab geweckt, was in dir steckt«, sagte Ela stolz. »Aber
kommt Richard nicht etwas zu kurz?«

»Wir simsen«, antwortete Vivi. »Er ist gerade in London.«

Anschließend war er in Paris, in Rom und in Madrid. Angeblich. Und Ela schimpfte über Workaholics, die eine Klasse-
frau wie Vivi viel zu lange allein ließen.

Vivi dekorierte gerade eine Suite mit frischen Lilien, als ihr Handy klingelte. Eigentlich durfte sie während der Arbeitszeit keine Privatgespräche führen, doch sie war ganz allein in der Suite.

»Werte Sylvia!«, tönte es ihr entgegen.

Schon wieder, dachte sie entnervt. Berthold Seitz unterrichtete Vivi knapp über die neuesten Anwaltsschreiben der Gegenseite, dann wiederholte er seine Einladung, was allmählich zum Running Gag wurde. Lange konnte sie ihn nicht mehr hinhalten. Und da sie ohnehin allmählich mürbe war und ein für alle Mal ihre Ruhe wollte, ließ sie sich breitschlagen, nach dieser ersten Hotelwoche mit ihm auszugehen.

Wohl war ihr nicht dabei. Abgesehen davon, dass sie sich ziemlich erschöpft fühlte, musste sie ihm freundlichst beibiegen, dass er alles andere als ihr Traumprinz war. Keine leichte Mission, gerade jetzt, wo der Erbschaftsstreit eine heiße Phase erreichte. Berthold Seitz kümmerte sich nahezu aufopferungsvoll um ihre Angelegenheiten, also würde sie diplomatisch vorgehen müssen.

Ihre Laune schrammte auf der Felge, als sie am folgenden Sonntagabend aus dem Wagen stieg und Schloss Johannisberg betrat, einen prachtvollen Kasten mit Stuckdecken, Kristalllüstern und gelbseidenen Tapeten. Sehr edel, sehr teuer und berühmt für seine besonders vollmundigen hauseigenen Rieslingweine. Auch das Restaurant genoss einen großartigen Ruf.

Berthold Seitz erwartete sie bereits. »Sylvia, Sie sehen entzückend aus!«

Galant küsste er Vivis Hand und schob ihr einen Stuhl zurecht. Der Mann hat Manieren, dachte sie. Alte Schule eben.

Auch deshalb hatte sie trotz einigen Zögerns seine Einladung angenommen. Er würde es mit untadeliger Haltung hinnehmen, dass sie ihn zurückwies. Ein Mann seiner Klasse machte kein Trara, schon gar nicht in so einem piekfeinen Ambiente. Vivi hatte sich äußerst korrekt gekleidet, um keine falschen Erwartungen zu wecken. Ein bisschen zu viel Dekolleté, und der Mann drehte noch durch. Genauer gesagt, hatte sie einfach das dunkelblaue Kostüm mit den Goldknöpfen angezogen, ihre neue Uniform aus dem Hotel Miramar.

Berthold dagegen war offenbar der Meinung gewesen, er müsse zu diesem Date betont modisch erscheinen. Erschauernd musterte Vivi sein weinrotes Seidenjackett, das er mit einer Mickey-Mouse-Krawatte aufgepeppt hatte. Sein Aufzug funktionierte nach dem Prinzip Verkehrsunfall: Es sah schrecklich aus, aber man musste einfach hinsehen. Vivi war froh, dass ihr bei Tisch wenigstens der Anblick seiner flaschengrünen Cordhose erspart blieb, mit der er sein Outfit vervollständigt hatte.

»Hm, Roastbeef mit Bratkartoffeln, die sind phantastisch hier«, schwärmte der Anwalt, während er ihr die Speisekarte reichte. »Mein Leibgericht!«

»Nehmen wir«, bekräftigte Vivi, obwohl sie es für reichlich schräg hielt, in so einem Edelschuppen ausgerechnet Hausmannskost zu bestellen. Doch sie hatte mal irgendwo gelesen, dass Männer es mochten, wenn man ihnen die Auswahl der Speisen überließ. War wohl so ein Egoding, nach dem Motto: Gib ihm das Gefühl, er hat die Hosen an, und du steckst ihn lässig in die Tasche.

Ganz so einfach war das jedoch nicht mit Berthold Seitz. Dafür, dass sein Kegelbruder Werner erst kürzlich die Bowlingkugel abgegeben hatte, ging er ganz schön ran.

»Sie sind nicht der Typ Frau, der allein leben sollte«, eröffnete er das Gespräch, nachdem der Kellner den Wein eingeschenkt hatte. »Sie brauchen jemanden, der Sie mit der nötigen Umsicht und Besonnenheit umsorgt.« Er erhob sein Glas. »Auf die Zukunft!«

Nervös fuhr Vivi mit ihrem rechten Zeigefinger über den Glasrand. »Och, ich komm ganz gut allein klar.«

Ich kann sogar Hochstapler vergiften und geräuschlos entsorgen, dachte sie. Aber das verschwieg sie natürlich.

»Da bin ich allerdings dezidiert anderer Meinung«, widersprach Berthold Seitz und zuppelte nicht minder nervös an seiner Mickey-Mouse-Krawatte herum. Dann langte er über den Tisch und griff mit seinen knochigen Fingern nach Vivis Hand.

»Sie sind der rauen Wirklichkeit und ihren Herausforderungen nicht gewachsen«, orakelte er düster. »Amtsschreiben, Steuererklärungen, Versicherungspolicen − nennen wir das Kind beim Namen: Dafür brauchen Sie professionellen Beistand. Auch privat, wenn ich mir die Bemerkung erlauben darf, sind Sie auf Beistand angewiesen. Ein Mann an Ihrer Seite könnte die Freude in Ihr Leben zurückbringen, die mit Werners unerwartetem Ableben von Ihnen gewichen ist. Und ein Mann wie ich verschafft Ihnen nicht zuletzt die gesellschaftliche Stellung, die Ihnen gebührt.«

Uff. Vivi tat so, als müsste sie sich die Nase putzen, um ihre Hand aus den dürren Fingern des Mannes zu befreien, der offenbar fest entschlossen war, ihrer neuen Freiheit ein Ende zu bereiten. Andererseits wollte sie ihn auch nicht vor den Kopf stoßen. Immerhin war er ein Freund von Werner gewesen und kämpfte sich bereitwillig durch den leidigen Papierkram.

»Ich – ich weiß nicht«, zirpte sie. »Das kommt alles so plötzlich. Eigentlich geht es mir schon viel besser.«

»Nun«, der Notar strich sich mit beiden Händen über den fast kahlen Schädel, wobei sich eine der darauf geklebten Strähnen selbständig machte und vorwitzig auf die Stirn rutschte, »Sie befinden sich, was Ihren Lebensmut betrifft, auf einem eher defensiven Niveau. Sie sind schwach, werte Sylvia, doch dafür müssen Sie sich nicht schämen. Ja, ich finde das sogar äußerst attraktiv.«

Über ein Psychodiplom verfügte der honorige Herr Seitz absolut nicht, denn selten hatte sich Vivi so gründlich missverstanden gefühlt. Schwach? Nein, vielleicht war sie etwas zu gutgläubig. Aber wenn es drauf ankam, konnte sie geradezu beängstigend stark sein, fand sie. Und war empört, wie ungeniert dieser Kerl sie in die Abteilung orientierungsloses Weibchen einsortierte.

»Berthold«, sagte sie, während sie ihm fest in die Augen sah, »ich lerne gerade, überhaupt wieder ins Leben zurückzufinden. Lassen Sie mir bitte etwas Zeit.«

»Zeit?« Er lachte unfroh auf. »Mir bleibt nicht viel Zeit. Ich bin dreiundsechzig, in zwei Jahren werde ich meine Kanzlei schließen und in Pension gehen. Ich habe weder Kinder noch sonst Familie. Wir könnten das Leben gemeinsam genießen, verreisen, in die Oper gehen. Ich verehre Sie seit langem, werte Sylvia, auch wenn der Anstand es stets gebot, meine Gefühle für Sie zu verbergen.«

Sprachlos sah Vivi ihn an. Sprachlos stocherte sie im Roastbeef und in den Bratkartoffeln herum, die in silbernen Schalen serviert worden waren. Sprachlos hörte sie zu, welche Pläne Berthold Seitz bereits gemacht hatte, ohne sie zu fragen. Die

Sachlichkeit, mit der er seine Argumente vorbrachte, hatte den Charme eines Aktenordners. Für ihn war alles paletti.

»Selbstverständlich ist es ein wenig ungewöhnlich, dass ich derart mit der Tür ins Haus falle«, erklärte er. »Aber wir sind keine Teenager mehr, die einander Herzchen und Blümchen ins Poesiealbum malen. Vernunftehen haben sich von jeher als äußerst haltbar erwiesen. Ich will keine Affäre. Ich bin ein Ehrenmann, der bereit ist, die volle Verantwortung für Sie zu übernehmen. Auch finanziell. Über die nötigen Mittel verfüge ich, wie Ihnen bekannt sein dürfte.«

Vivi wurde es immer schwummriger zumute. Sie kam sich vor wie ein Schnäppchen vom Wühltisch, das Berthold Seitz ergattern wollte. War ja wohl voll daneben, wie er hier auf dicke Hose machte.

»Wir warten eine angemessene Trauerfrist ab«, fuhr er fort, »dann sollten wir in aller Stille heiraten. Sie können jedoch schon vorher bei mir einziehen, meine Villa ist groß genug. Keine Sorge, sie ist leicht sauber zu halten. Überall Parkett, die wenigen Teppiche müssen nur einmal im Monat ausgeklopft werden, eine Spülmaschine ist vorhanden. In Bezug auf das Essen bin ich nicht sonderlich wählerisch. Hauptsache, es ist nahrhaft und kommt pünktlich auf den Tisch. Am nötigen Haushaltsgeld wird es auch nicht fehlen, und wenn Sie darauf bestehen, bekommen Sie Ihr eigenes Taschengeld.«

Komplett konsterniert starrte Vivi ihn an. »Wie bitte?«

Spaßbefreit und teilverrückt hätte Ela diesen Mann genannt. Aus seinem Mund klang alles so lachhaft logisch, dabei war es das Absurdeste, was Vivi jemals gehört hatte. Na ja, nicht ganz, dachte sie schuldbewusst. Auch bei Werner gab es immer Haushaltsgeld und Taschengeld. Es schien Lichtjahre her zu sein.

Ich habe mich verändert, stellte sie staunend fest. Ich bin nicht mehr die kleine Vivi, die schön kurz gehalten wird und zu blöd ist, über den Gartenzaun zu gucken.

»Sehen wir den Tatsachen ins Auge: Falls wir bei Gericht unterliegen, stehen Sie weitgehend mittellos da. Sie können froh sein ...«

Vivi hörte gar nicht mehr richtig hin. Mit einer Mischung aus Wut und Abscheu betrachtete sie die kleinen Spuckebläschen, die sich beim Sprechen in seinen Mundwinkeln bildeten. Dieser Mann war ein Abgrund der Unverschämtheit. Er wollte sie doch tatsächlich damit ködern, dass er ihr finanzieller Rettungsschirm sein würde. Ging's noch dreister? Hatte er denn nicht begriffen, dass die Masche mit der Asche der mieseste Unterdrückungstrick der Welt war? Sie war allein, sie war abgebrannt, aber eines war sie ganz bestimmt nicht: käuflich.

Innerlich bebend zersäbelte sie eine Scheibe Roastbeef. »Ganz so mittellos bin ich nicht. Neuerdings habe ich einen Job. Einen ziemlich guten sogar.«

In Bertholds Augen malte sich pure Überraschung. »Einen – Job?« Er sprach das Wort aus, als sei es etwas Unanständiges.

»Ja, als Hausdame in einem Frankfurter Hotel. Reich wird man damit nicht, doch ich kann ganz gut davon leben.«

Berthold hatte sich gerade etwas vom Beilagensalat genommen, jetzt hörte er abrupt auf zu kauen. Hustend wedelte er mit den Armen und sprang vom Stuhl auf, der krachend umfiel. Eine etwas übertriebene Reaktion, fand Vivi. War es im 21. Jahrhundert nicht normal, dass Frauen arbeiteten? Nun spuckte ihr Gegenüber auch noch ein zerkautes Häufchen Salat auf seinen Teller. Die Familie, die am Nebentisch saß, hörte auf zu essen und betrachtete ihn entgeistert.

»Hahenüsche«, stöhnte er.

Wie war das?

Er wischte sich den Mund mit der Serviette ab und stürzte den Inhalt seines Weinglases hinunter.

»Haselnüsse«, stieß er keuchend hervor. »Meine Allergie. Das, werte Sylvia, müssen Sie sich merken, wenn Sie später für mich kochen: keine Haselnüsse, sonst ist mein Leben in Gefahr!«

So weit wird es gar nicht erst kommen, dachte Vivi grimmig. Sollte sich der feine Notar doch gehackt legen mit seiner dämlichen Allergie und seinen abgefuckten Rentnerträumen, in denen Vivi den Seniorenservice lieferte. Sie ließ sich nicht nebenbei von einem reichen Pinsel einsacken. Lieber würde sie sämtliche Kloschüsseln im Hotel Miramar mit der Zahnbürste schrubben.

»Verbindlichsten Dank für den wunderbaren Abend«, sagte sie und stand auf. »Leider muss ich jetzt gehen, ich habe morgen Frühdienst. Bei Gelegenheit können wir ja weiter Zukunftspläne schmieden. Auch wenn mir durchaus noch nicht klar ist, welche Rolle Sie künftig in meinem Leben spielen werden.«

So viel Druckausgleich musste sein, sonst wäre sie geplatzt. Auf dem Heimweg schmetterte sie *Es fährt ein Zug nach nirgendwo*. Eines war mal klar: Berthold Seitz hatte einen ziemlichen Schaden an der Oberleitung.

Als Vivi ein paar Tage später das erste Mal ohne Aufsicht ihre Runde im Hotel machte, fühlte sie sich schon wie ein Guppy im Aquarium. Der Concierge grüßte sie wie eine alte Bekannte, die Pagen sprachen sie mit Namen an, und der Hoteldirektor hatte sie sogar zum Tee gebeten, um die neue Spitzenkraft kennenzulernen, von der alle erzählten.

Mittlerweile kannte Vivi sämtliche Tücken der Zimmerreinigung. Kein Stäubchen, keine Unachtsamkeit entging ihr. Verwundert stellte sie fest, dass der Job ihr Spaß machte. Ja, Spaß. Und im Gegensatz zu ihrem häuslichen Sklavendasein bei Werner wurde sie dafür nicht schlecht entlohnt – auch wenn es Jahrzehnte dauern würde, um von dem Geld ihr eigenes Haus zurückzukaufen.

Nein, reich würde sie wirklich nicht werden in diesem Job. Doch er gab ihr etwas weit Besseres als Geld: Selbstbewusstsein. Sie legte sich ins Zeug, und dafür wurde sie anerkannt. Hier interessierte sich niemand dafür, ob sie einen Gatten daheim oder irgendeine »gesellschaftliche Stellung« hatte. Alles, was zählte, war ihre Arbeitsmoral. Und daran mangelte es wahrlich nicht. Schon allein deshalb, weil der Abend mit Berthold Seitz ihr allzu deutlich gezeigt hatte, was sie erwartete, wenn sie sich irgendeinem vermeintlichen Retter auslieferte. Dann lieber ackern bis zum Systemausfall.

Etwas mühsam waren die Extrawünsche. Vor allem in den Nachtschichten gab es reichlich zu tun. Da fiel den Gästen aus lauter Einsamkeit in der Fremde alles Mögliche ein, worauf sie nicht verzichten wollten.

Gleich in der ersten Nachtschicht wurde Vivi auf eine harte Probe gestellt. Eine Dame im zweiten Stock wollte eine Kaschmirdecke, die japanische Familie in der Präsidentensuite verlangte weit nach Mitternacht Unmengen von Sushi, eine Operndiva forderte vierzig rote Rosen und einen Personal Trainer. Und ein russischer Geschäftsmann fragte allen Ernstes nach einer Domina, die ihn mit vollem Equipment beglücken sollte.

Manchmal waren es auch kulinarische Wünsche, die nicht

auf der Nachtkarte standen. Dann marschierte Vivi persönlich in die Hotelküche, wo eine Notbesetzung herumwerkelte, die nur vorbereitete Gerichte in die Mikrowelle schieben konnte, und kochte das Verlangte – ganz egal, ob es ein deftiger Eintopf, ein asiatisches Curry oder eine Ente à l'orange war. Sie hatte genügend Jahre an ihrem Repertoire gearbeitet, das kam ihr jetzt zugute.

Vivi telefonierte, organisierte, lief kreuz und quer durch die Gänge und beaufsichtigte die prompte Erledigung aller Extrawürste. Sie hatte Blasen an den Füßen und Rückenschmerzen von der Rennerei, aber das machte ihr nichts aus. Endlich wurde sie wieder gebraucht. Und endlich wurde sie für das, was sie tat, auch respektiert. Sogar das eine oder andere Trinkgeld wanderte in ihre Jacketttasche. Am spendabelsten war der russische Geschäftsmann gewesen. Er hatte ihr kommentarlos einen Hunderter zugesteckt, nachdem sie eine furchterregende Zweimeterfrau im schwarzen Ledermantel nebst Peitsche vor seiner Suite abgeliefert hatte.

»Hey, zwei Wochen sind rum! Ich lade dich zum Dinner ins Hotelrestaurant ein!«, verkündete Ela, als Vivi sie in ihrem Büro besuchte. »Du hast es dir verdient. Heute Abend um halb acht?«

Punkt halb acht betrat Vivi das Restaurant. Es war ein heller, kühler Esstempel im puristischen Stil, mit viel Glas und Chrom. Auf den Tischen standen weiße Calla. Oha, Beerdigungsblumen, dachte sie. Schönen Gruß auch vom Friedhof.

Wie gern wäre sie zu Richards Beerdigung gefahren, doch das hatte sie sich dann doch nicht getraut. Wegen der schlafenden Hunde. Die Zeitungen hatten ausführliche Berichte gebracht, in denen das beklagenswerte Ende von André Kowalski erörtert wurde. Vivi hatte sämtliche Artikel gesammelt und eingehend studiert. Die Polizei ging von Selbstmord durch Gift aus, da es keinerlei Hinweise für eine Fremdeinwirkung gegeben habe. Stimmte ja auch. Eine Fremde war Vivi für Richard nun wirklich nicht gewesen.

Dafür war sie am Tag zuvor in Koblenz gewesen, zur Beerdigung ihrer Tante Elfriede. Die alte Dame war friedlich eingeschlafen, wie es hieß, und hatte Vivi neben einer umfangreichen Postkartensammlung einen Abschiedsbrief hinterlassen.

»Kopf hoch, mein Kind«, hatte sie geschrieben, »Du bist ein tapferes Mädchen. Aber Obacht vor den Männern. Ich wünsche Dir alles Glück dieser Welt. Das Leben ist kurz, mach etwas daraus.«

Lustig, dass ausgerechnet Tante Elfriede von einem kurzen Leben spricht, nachdem sie es recht fidel auf vierundneunzig Jahre gebracht hat, dachte Vivi. Dafür hatte Richard eindeutig zu kurz gelebt.

Er gehört zu mir wie mein Name an der Tür, hallte es von fern durch ihren Kopf. Doch das stimmte nicht, es hatte nie gestimmt. Höchste Zeit, dieses Lied von ihrer inneren Festplatte zu löschen.

Ela saß schon an einem gedeckten Tisch am Fenster und knabberte an einem Miniaturbrötchen mit schwarzen Oliven. »Süße, setz dich, wir haben etwas zu feiern. Du bist ein Kracher, ein absolutes Naturtalent! Die Zimmermädchen hassen dich, die Gäste lieben dich, der Direktor ist hin und weg – genau so, wie's sein soll. Hast du es schon Richard erzählt?«

»Aber sicher«, antwortete Vivi. »Er ist gerade in Kopenhagen. Und er freut sich sehr für mich.«

129

»Dieser liebenswerte Schuft macht sich ganz schön rar, was?«, sagte Ela. »Bindungsangst, wenn ich das schon höre! Na, die wirst du ihm noch austreiben.«

Vivi unternahm keinen Versuch, Ela diese Illusion zu nehmen. Sie würde Richard am Leben erhalten, solange es eben ging. Wenn auch nur als Phantom. Seit einigen Tagen trug sie wieder die Kette mit dem Aquamarinanhänger. Für Ela, die wusste, dass sie ein Geschenk von Richard war, aber auch ein wenig für sich selbst. Die Kette war das Einzige, was ihr von ihrer großen Liebe geblieben war.

Sie entschieden sich für das Menu Surprise. Der Koch war ein Fan der molekularen Küche, was ihm höchstes Lob der internationalen Gourmetpresse und einen Michelinstern eingetragen hatte. Dabei wirkte das meiste nicht, als sei es für den Verzehr geeignet.

Skeptisch löffelte Vivi die wasserklare Tomatenessenz, den gummiartigen Tomatenkaviar und den weißen Tomatenschaum. Sie fand das alles ziemlich abwegig. Offenbar hatte man es darauf abgesehen, jegliche Nahrungsmittel bis zur Unkenntlichkeit zu entstellen. Der Höhepunkt war ein verkorktes Reagenzglas, das nur den Duft von Tomaten enthielt.

»Stimmt es eigentlich, dass du nachts manchmal für die Gäste kochst?«, fragte Ela unvermittelt.

Vivi sah auf. »Ja, und denen gefällt es. Die Nachtkarte ist nicht gerade ausgefallen, deshalb stelle ich mich einfach selbst an den Herd.«

»Das nenne ich Motivation!« Ela lutschte genießerisch an ihrem Tomatenkaviar. »Deiner weiteren Karriere steht nichts mehr im Wege. Allerdings wartet die Feuertaufe auf dich.«

»Wie jetzt?«, fragte Vivi. »Teeren, federn, kielholen?«

»So ähnlich«, grinste Ela. »Für morgen hat sich Mick Dresen angesagt. *Der* Mick Dresen.«

Vivi hob fragend eine Augenbraue. »Muss man den kennen?«

»Höchste Zeit, dass du mal ein Wirtschaftsmagazin durchblätterst«, erwiderte Ela vergnügt. »Er ist einer der erfolgreichsten Unternehmer des Landes. Schwerreich. Villa in Cap d'Antibes, Chalet in der Schweiz, Anwesen in Brasilien. Hubschrauber, Privatjet, Yacht im Mittelmeer. Der Mann ist ganz große Liga. Er wohnt immer oben im Penthouse, du weißt schon, mit Dachterrasse und eigenem Pool.«

Das Penthouse hatte Vivi erst flüchtig in Augenschein genommen. Meist stand es leer, denn es gab nicht viele Gäste, die für eine einzige Nacht so viel Geld auf den Tisch legten, wie bei Normalsterblichen für ein Jahr Wohnungsmiete gereicht hätte. Zehntausend Euro waren kein Pappenstiel.

»Wahrscheinlich hat er ziemlich viele Extrawünsche, was?«, seufzte sie.

»Ist gar kein Ausdruck.« Ela verdrehte die Augen. »Richte dich auf Austern ein, die mitten in der Nacht aus der Bretagne eingeflogen werden müssen. Der Mann ist die Pest. Wenn du Glück hast, kommst du mit einem Schreikrampf davon. Aber träum nicht von Trinkgeldern. Der Typ hat nie Bares in der Tasche, und seine Kreditkarte wird er dir nicht hinterherwerfen.«

»Na großartig«, grummelte Vivi. »Steht er zufällig auf leicht übergewichtige, brünette Hausfrauen?«

»Ach so«, Ela kicherte belustigt, »du willst wissen, wie man sich einen Millionär angelt, was? Fehlanzeige. Der steht auf jung, dünn und Mördermöpse – drei Kriterien, die wir beide leider nicht erfüllen.«

»War nur Spaß«, wiegelte Vivi ab und erzählte ausführlich von ihrem Abend mit Berthold Seitz.

Ela amüsierte sich köstlich. »Um so einen Mann zu ertragen, brauchst du schon den Mach-mit-mir-was-du-willst-aber-weck-mich-dabei-nicht-auf-Reflex. Und nach allem, was du mir über Richards Qualitäten als Liebhaber erzählt hast, ticken deine erotischen Reflexe etwas anders.«

»Worauf du dich verlassen kannst«, schnaubte Vivi. »Dieser Seitz wurde vermutlich in der letzten Eiszeit eingefroren und kürzlich wieder aufgetaut, so frauenfeindlich, wie der drauf ist.«

»Feminismus hält der bestimmt für die neue sexy Sommermode«, ergänzte Ela, worauf beide in Lachen ausbrachen.

Der nächste Gang kam. Angekündigt war eine Brotzeit mit Brezel, Weißwurst und Taubenbrust. Endlich was Deftiges, freute sich Vivi. Zu früh. Die Brezel stellte sich als ein hauchdünnes Blatt salziges Esspapier heraus, die Weißwurst als ein mikroskopisch kleiner, undefinierbarer Klecks. Die Taubenbrust hatte der kreative Koch zu einer Eiskugel verarbeitet, gekrönt von geraspeltem Parmesan.

Vivi betrachtete das Essen sowieso als einen schlechten Witz. Sie sehnte sich schon nach der Kalbskeule, die sie sich später zu Hause braten würde, gewürzt mit Salbei und begleitet von einer leichten Weißweinsauce. Dazu würde sie sich ein sahniges Kartoffelgratin genehmigen.

»Ach ja, dieser Dresen hat Hunde«, fiel Ela ein. »So verschlagene kleine Kläffer, die in jede Ecke pinkeln.«

Vivi griff zum Glas. Wenigstens der Wein wurde hier naturbelassen kredenzt. »Das wird ja immer vielversprechender.«

»Seine Hunde sind seine besten Freunde, andere hat er nicht«, gluckste Ela. »Wenn der im Kreise seiner Lieben beerdigt werden will, bleibt ihm nur der Hundefriedhof.«

Kapitel sieben

Am nächsten Morgen goss es in Strömen. Mit Regenschirmen bewaffnet, wartete das Empfangskomitee vor dem Hoteleingang auf den VIP-Gast. Neben Vivi hatten sich der Hoteldirektor, der Concierge, ein Page und der Wagenmeister aufgereiht. Stoisch trotzten sie den nassen Windböen, die ihnen entgegenschlugen.

»Ist wohl ein Problemfall, dieser Dresen, was?«, versuchte Vivi zu scherzen.

Maximilian Sell, der Hoteldirektor, ein drahtiger Mann um die fünfzig, verzog den Mund.

»Wir kennen hier keine Probleme, wir kennen nur Lösungen. Herr Dresen ist Topkunde und ein wichtiger Multiplikator. Pannen können wir uns nicht leisten.« Er senkte seine Stimme. »Sie befinden sich noch in der Probezeit, Frau Bernburg. Wenn mir auch nur die kleinste Klage zu Ohren kommt, ist Ihre Zeit hier beendet. Klar so weit?«

Vivi nickte eingeschüchtert. »Sie können sich auf mich verlassen.«

Maximilian Sell war ein echter Entspaßer. Wieder eine Lektion gelernt.

In diesem Moment fuhr ein Konvoi schwarzer Limousinen vor, gefolgt von zwei schwarzen Vans. Die erste Limousine rollte noch aus, als schon ein bulliger Typ mit tätowierter Glatze ausstieg, der sich lauernd umsah. Dann öffnete er die hintere rechte Tür der zweiten Limousine. Ihr entstieg eine hochblondierte Elfe in einem hautengen schwarzen Kleid, die eine orangefarbene Laptoptasche an sich presste.

»Sein Bodyguard und seine Assistentin«, flüsterte der Hoteldirektor. »Mit denen müssen Sie sich gut stellen, sonst läuft nichts.«

Als die dritte Limousine hielt, öffnete der bullige Bodyguard den Wagenschlag, und ein hochgewachsener Mann mit militärisch kurz geschnittenem grauem Haar stieg aus. Er trug einen hellgrauen Maßanzug und strahlte das Selbstbewusstsein eines Menschen aus, der es gewohnt ist zu befehlen. Und der nicht einen Augenblick daran zweifeln musste, dass seine Befehle auch auf der Stelle ausgeführt wurden. Seine Assistentin zerbröselte fast vor lauter Beflissenheit, als sie ihn zum Eingang geleitete.

»Willkommen, Herr Dresen, Sie sehen phantastisch aus«, rief der Hoteldirektor. Mit großer Geste streckte er die Hand aus.

Mick Dresen ignorierte die Hand und klopfte dem Direktor nur zerstreut auf die Schulter. »Mistwetter. Haben Sie den Jahrgangschampagner, die Petits Fours von Lenôtre und die weißen Orchideen besorgt?«

»Natürlich.« Maximilian Sell verneigte sich buckelnd.

»Das Zehn-Gänge-Menü im Penthouse ist in exakt dreißig Minuten auf dem Tisch?«, fragte der Unternehmer barsch.

»Selbstverständlich. Und das mit dem Wetter bekommen wir auch noch hin«, versprach der Direktor.

Genau. Auch der Regen hat sich diesem widerlichen Despoten zu fügen, dachte Vivi genervt. *»Für dich schiebe ich die Wolken weiter, sonst siehst du den Sternenhimmel nicht«*, klang es ihr in den Ohren. *»Für dich dreh ich so lang an der Erde, bis du wieder bei mir bist.«* Dieser kriecherische Sell würde selbst das versuchen, so viel stand fest.

Für Vivi hingegen stand fest, dass Mick Dresen der größte Kotzbrocken des Universums war. Einer, der meinte, dass ihm die Welt gehörte, und der jeden als seinen persönlichen Diener betrachtete, wie lächerlich war das denn? Zu allem Überfluss hakte Maximilian Sell sie jetzt auch noch unsanft unter und zog sie zu dem unausstehlichen Dresen.

»Darf ich Ihnen unsere neue Hausdame Frau Bernburg vorstellen? Sie wird Ihnen während Ihres Aufenthalts rund um die Uhr zur Verfügung stehen.«

Wie bitte? Vivi öffnete den Mund zu einer Erwiderung, doch als sie die drohende Miene des Hoteldirektors sah, klappte sie ihn wieder zu. Niemand hatte ihr gesagt, dass dieser Gast das Ende ihres Privatlebens bedeutete. Tiger bekam sie sowieso schon viel zu selten zu Gesicht, und überhaupt, wo gab's denn so was? Fiel das nicht unter Freiheitsberaubung?

Mick Dresen musterte sie nur flüchtig, dann wandte er sich seiner Assistentin zu, die ihn im Stakkato über die aktuellen Börsenkurse informierte.

»Sie werden das Butlerzimmer neben der Penthouse-Suite beziehen«, raunte Maximilian Sell. »Hat Ihnen das niemand gesagt?«

Vivi schüttelte den Kopf.

»Problem damit?«

Vivi schüttelte weiter ihren Kopf. Sie wollte diesen Job. Sie brauchte ihn, und er gefiel ihr. Was ihr jedoch überhaupt nicht gefiel, war die Aussicht, dass ein Knallkopf wie Dresen sie jederzeit aus dem Bett klingeln durfte.

Der Direktor deutete auf die Vans. »Sie kümmern sich um die Hunde.«

»Selbstverständlich«, murmelte Vivi. »Schon erledigt.«

Während Maximilian Sell wieder um Mick Dresen herumschwarwenzelte, ging sie zu den Vans. Der Fahrer holte neben Bergen von Koffern nicht weniger als fünf Hundetaschen von Louis Vuitton heraus, aus denen es schrill kläffte. Im Laufschritt rollte der Page einen Gepäckwagen heran, und Vivi stellte die Taschen vorsichtig darauf ab. Sie ließ es sich nicht nehmen, selbst mit den winselnden Tieren ins oberste Stockwerk zu fahren.

In der Penthouse-Suite war umgeräumt worden. Vivi hatte in aller Herrgottsfrühe die letzten Vorbereitungen beaufsichtigt. Der Sekretär aus Mahagoni war durch einen großen Glasschreibtisch ersetzt worden, auf dem zwei Rechner, drei Laptops und ein iPad Platz fanden. In allen Räumen, zu denen ein Salon, zwei Schlafzimmer sowie ein Ankleidezimmer zählten, hatte sie silberfarbene Kübel mit weißen Orchideenpflanzen verteilen lassen. Den Plasmafernseher hatte man mit einem riesigen Flatscreen vertauscht, der fast Kinoformat hatte.

Wie ein Feldherr stolzierte Mick Dresen durch die Suite und überwachte die Ankunft des Gepäcks.

»Bitte sehr«, sagte Vivi höflich. »Ihre Hunde.«

»Ja und? Wie verblödet muss man denn sein, um die Tiere hier abzustellen wie Postpakete?«, kanzelte Mick Dresen sie ab. »So befreien Sie die Kleinen schon. Oder meinen Sie, das ist artgerechte Haltung?«

Zum Thema artgerechte Haltung hätte auch Vivi einiges zu sagen gehabt. Zum Beispiel, dass es eine Zumutung war, sie zum 24-Stunden-Service zu verdonnern. Doch sie zog nur schweigend die Reißverschlüsse der Taschen auf. Ein weißes Fellknäuel nach dem anderen sprang heraus, und fünf kleine gelbe Pfützen sickerten in den Designerteppich.

»Gassi gehen, aber dalli!«, befahl Mick Dresen.

Sein Bodyguard grinste schadenfroh. Er warf Vivi ein paar Leinen zu und leckte sich anzüglich die Lippen. »Die Köter werden Sie lieben, so ein leckeres Frauchen aber auch!«

Flirtete dieser Typ etwa mit ihr? Oha. Das roch nach Ärger. Nach dickem, fettem Ärger.

Eine Woche sollte Mick Dresen im Hotel Miramar bleiben, so war es angekündigt. Genau sieben Tage zu viel, fand Vivi. Zähneknirschend bezog sie das Butlerzimmer neben der Penthouse-Suite. Es verfügte zwar über allen Komfort, war aber letztlich nichts anderes als eine luxuriöse Form der Freiheitsberaubung.

Was hatte sie schon von dem Kingsize-Bett, der Bettwäsche aus champagnerfarbener Rohseide, dem erlesenen Mobiliar und dem Whirlpool im Badezimmer? Gar nichts. Sie kam einfach nicht zur Ruhe. Fast im Stundentakt fielen dem VIP-Gast neue Wünsche ein. Nicht irgendwelche Wünsche, sondern oberfiese Schikanen.

Kaum eingezogen, wollte Mick Dresen italienische Designerlampen, weil ihm die Lichtgestaltung der Suite nicht zusagte. Anschließend gelüstete es ihn nach einem roten Ferrari von einer Spezialautovermietung. Mittags verlangte er Perlhuhnfrikassee für seine Hunde, und die Wände des Schlafzimmers wurden auf seinen Wunsch noch am ersten Nachmittag pechschwarz gestrichen.

Jeden Auftrag führte Vivi ohne Murren aus. In nichts ließ sie sich anmerken, wie daneben sie das Getue um Mick Dresen fand. Das gesamte Personal kniete vor ihm nieder, und sein Bodyguard sowie die völlig überdrehte Assistentin rutschten vor ihm herum, als hätte man ihnen mit dem Hirn auch gleich die Knochen aus dem Leib herausoperiert.

Da half es auch nichts, dass Ela Vivi überschwänglich lobte und ihr einen Extrabonus in Aussicht stellte. Es blieb dabei: Diese Woche war eine Heimsuchung, daran würden auch ein paar Kröten mehr nichts ändern. Das einzig Gute war, dass sie Berthold Seitz vertrösten konnte, der dauernd anrief und um ein neuerliches Rendezvous bat.

Was Vivi jedoch mindestens so störte wie ihr faktisches Sklavendasein war die Tatsache, dass sie nun auf Verpflegung durch die Hotelküche angewiesen war. Schließlich war sie es gewohnt, selbst zu kochen. Nicht nur, weil ihr die eigenen Gerichte am besten schmeckten, sondern auch, weil Kochen für sie Spaß, Meditation und Therapie zugleich war. Andere tanzten ihren Namen, suchten Trost in der Astrologie oder joggten sich die Lunge aus dem Hals – Vivi kochte. Nur dann entspannte sie sich, nur dann konnte sie alles Belastende vergessen. Ihre Geldsorgen zum Beispiel, den Prozess und vor allem Richard. Doch damit war es nun nichts.

Schon in der zweiten Nacht hielt sie es nicht mehr aus. Es war halb ein Uhr morgens, als sie in die chromglänzende Hotelküche schlich. Dort hockte wie immer die Notbesetzung herum, die für die kleine Karte zuständig war – Club Sandwiches, Cheeseburger, Salate und Suppen für den nächtlichen Hunger der Hotelgäste.

Nach einem kurzen Gespräch mit dem Koch und einem Zwanzig-Euro-Schein, der diskret den Besitzer wechselte, wurde Vivi ein Herd überlassen. In den gigantischen Vorratsräumen fand sie alles, was sie brauchte. Glücklicherweise blieb ihr Handy stumm. Offenbar hatte Mick Dresen endlich mal ein paar Stunden Schlaf eingelegt, weshalb sie ungestört einen provenzalischen Lammrücken zubereiten konnte. Mit viel Knoblauch, Auberginen, Zucchini und geschälten Tomaten sowie Händen voller Kräuter aus der Provence: Oregano, Lavendelblüten, Salbei, Rosmarin. Das gewisse Etwas waren einige Esslöffel Honig, die sie vor dem Braten auf dem Lammrücken verteilte. Dazu gab es Rosmarinkartoffeln.

Sie war bester Laune, als sie eine Stunde später mit einem Tablett in den Händen ins oberste Stockwerk fuhr. Aus den Schüsseln dampfte es verheißungsvoll, daneben lagen Teller und Besteck. Auch an eine Flasche Côte du Rhône hatte Vivi gedacht. Endlich wieder anständig essen!

»Griechischer Wein – ist so wie das Blut der Erde, komm, schenk dir ein! Und wenn ich dann traurig werde, liegt es daran, dass ich immer träume von daheim, du musst verzeihn«, sang sie inbrünstig. Der Côte du Rhône kam zwar aus Frankreich, aber damit musste es man ja nicht so genau nehmen.

Zurück im Zimmer, deckte sie den Tisch. Dann füllte sie sich eine große Portion auf den Teller. Kauend schloss sie die Augen, eingehüllt in tiefstes Behagen. Doch sie hatte kaum ein paar Bissen verschlungen, als es plötzlich klopfte.

»Menschenschinder«, schimpfte Vivi leise vor sich hin. Sie warf die Serviette neben den Teller.

Es war Viertel vor zwei. Wütend öffnete sie die Tür und sah direkt in das grinsende Gesicht von Mick Dresens Bodyguard.

»Mmmh, es roch so irre gut auf dem Gang – läuft hier eine Party?«

»Nee, jedenfalls nicht für Sie«, sagte sie abweisend.

Sie wollte die Tür schon zuschlagen, aber der bullige Mann war schneller. Geschickt stellte er einen Fuß in den Türspalt.

»Was isst du denn da, du kleine Schnecke?«, fragte er. »Riecht nämlich wirklich gut.«

Ohne zu fragen, duzte er sie. Feinheiten wie das Hamburger Du waren diesem groben Kerl natürlich fremd. Doch was sollte sie machen? Mit dem Bodyguard und der Assistentin müsse sie sich gut stellen, hatte der Schleimer von Hoteldirektor gesagt. »Lammrücken, selbst gekocht«, antwortete sie. »Und Rosmarinkartoffeln.«

»Kochen kannst du auch?« Begehrlich sah der Mann über Vivis Schulter zum Tisch. »Ich kann den Hotelfraß auch nicht mehr sehen. Dauernd gibt es Fisch, und ich hasse Fisch. Verdammt, ich sterbe für Selbstgekochtes! Vor allem, wenn es Fleisch ist. Darf man mal probieren?«

In Vivi kämpften zwei Fraktionen. Die eine war der Meinung, dass diese Frage einfach nur unverschämt sei, die andere neigte zum Einlenken. Sie könne sich nicht die kleinste Klage leisten, auch das hatte der Hoteldirektor gesagt. Und der Bodyguard sah ganz danach aus, als ob er ihr eine Menge Scherereien bereiten würde, wenn sie sich weigerte.

»Okay, kommen Sie rein«, seufzte Vivi.

Zu zweit ließen sie sich am Tisch nieder. Checker, wie der Bodyguard sich nannte, obwohl er sich im Anmeldeformular als Harry Wetzel eingetragen hatte, langte kräftig zu. Er aß mit dem Vorlegebesteck, weil Vivi sich nicht dazu überwinden konnte, ihm auch noch Teller und Löffel zu überlassen. Den Wein trank er aus der Flasche.

»Bist'n echtes Cremeschnittchen«, sagte er schmatzend. »Das habe ich gleich gesehen. Total seriös in deinem Kostüm, aber darunter hundert Prozent Frau. Die außerdem genial kochen kann.«

»Sagt mein Mann auch immer«, entgegnete sie cool.

Vivi war nicht entgangen, dass dieser massige Typ mit der tätowierten Glatze ein Auge auf sie geworfen hatte. Doch sie musste vorsichtig sein. Gäste waren tabu, das hatte man ihr gleich am ersten Tag eingeschärft. Also besser demonstrativ die Unberührbare spielen – abgesehen davon, dass sie sich noch nie für tätowierte Muskelpakete interessiert hatte.

»Dein Mann, soso.« Checker betrachtete Vivis Hände. »Und wo ist der Ehering abgeblieben?«

»Trage ich nie im Job.«

Nach einem weiteren Schluck aus der Flasche rückte Checker so nah an Vivi heran, dass sie das Tattoo auf seiner Glatze begutachten konnte. Es stellte ein Krokodil dar, das eine sich windende Schlange zermalmte.

»Soll ich dir mal was verraten? In meinem Beruf muss man das Gras wachsen hören«, grunzte Checker. »Du hast keinen Mann. Ich weiß es. Ich kann es riechen. Also erzähl mir hier keinen Bullshit.«

Vivi verschränkte die Arme. »Sie kennen ihn eben nicht, er ist ganz reizend. Die Party ist übrigens vorbei, *see you later, alligator*.«

»*In a while, crocodile*«, ergänzte er schlagfertig die Songzeile.

Eng umschloss das schwarze Jackett seine beeindruckende Armmuskulatur. Die eisblauen Augen funkelten. Dann stand er auf und ging zur Tür. Er hatte schon die Klinke in der Hand, als er sich noch einmal umdrehte.

»Wir beide werden noch viel Spaß haben, verlass dich drauf.«

Es war, als hätte eine eiskalte Hand nach Vivis Herzen gegriffen.

Der dritte Tag wurde noch schlimmer als die vorhergehenden. Schon am frühen Morgen ging es los. Mick Dresen orderte eine schwierig zu bekommende Sorte kubanischer Zigarren, eine Masseurin, die Hot-Stone-Anwendungen beherrschte, einen stadtbekannten Promifriseur, der sich im Penthouse einzufinden hatte – *sofort* natürlich, grünseidene Boxershorts und farblich passende Socken in Größe 47 sowie ein Zahnbleaching.

Ohne Frühstück und in irrwitzigem Tempo hastete Vivi los. Sie hängte sich ans Telefon, ließ Kuriere herumflitzen, machte das Unmögliche möglich. Erst am Mittag fand sie Gelegenheit, wenigstens ein paar Minuten auszuruhen und die Süßigkeitenvorräte ihrer Minibar zu plündern. Als ihr Handy klingelte, sah sie auf dem Display die vertraute Nummer.

»Was denn noch, Checker?«, fragte sie übellaunig.

»Ich hätte da eine echte Challenge, Zuckerhase«, hörte sie die Stimme des Bodyguards. »Komme mal kurz zu dir rüber.«

»Wofür hat Mick Dresen eigentlich eine Assistentin?«, begehrte sie auf.

»Für Mails, Telefonate und Faxe, kurz – für die Kommunikation«, kam prompt die Antwort. »Der Rest ist dein Job. Pech gehabt.«

Vivi schleuderte die Tüte Gummibärchen, die sie gerade aufgerissen hatte, auf den Couchtisch. Eines Tages werde ich es diesem Dresen heimzahlen, beschloss sie. Dann öffnete sie seinem Handlanger.

Checker hatte ein siegesgewisses Grinsen aufgesetzt, als er die Tür hinter sich zuzog. Er war fast zwei Köpfe größer als Vivi. Insgeheim fürchtete sie sich vor ihm. Er wirkte ziemlich brutal.

»Pass auf, der Boss braucht ein Medikament. Und zwar ein verschreibungspflichtiges.«

»Soll er doch zum Arzt gehen«, sagte Vivi achselzuckend.

»Einer wie mein Boss geht nicht zum Doc.« Er fläzte sich auf die Couch. »Und in diesem Fall schon gar nicht.« Missmutig sah sie auf ihn hinab. »Worum geht's? Drogen? Das können Sie sich an die Backe kleben. Ich mache keine illegalen Sachen.«

Wieder grinste er. »Der Boss hat heute Abend ein Date. Er braucht diese kleinen blauen Pillen, du weißt schon, Viagra.«

Vivi konnte nicht anders, sie brach in Lachen aus. »Der Typ kauft sich wohl alles, was? Bedienstete, Frauen und sogar seine Erektion?«

Checker fand das gar nicht lustig. Nervös strich er sich mit beiden Händen über die Glatze. »Wenn irgendwer davon erfährt, bist du tot. Also, du spazierst jetzt gefälligst zu einem verdammten Arzt und lässt dir ein Rezept geben!«

»Wahnsinnsidee, Einstein.« Vivi tippte sich an die Stirn. »Seit wann verschreibt man Frauen Potenzmittel? Dresen muss schon selbst zu einem Arzt gehen – ohne Kreislauftest, EKG und Blutbild gibt's sowieso kein Viagra. Da hilft auch die ganze Kohle nichts.«

Grübelnd saß Checker da. Er trug einen dunkelgrauen Nadelstreifenanzug. Das Jackett schien fast zu bersten über seinem breiten Brustkorb, seine Oberschenkel waren dick wie Baumstämme. Mit zusammengezogenen Augenbrauen sah er Vivi an.

»Es gibt immer eine Abkürzung. Und du wirst sie dir einfallen lassen. Jetzt. Ich warte.«

So werde ich den Typen nie los, dachte Vivi. Angestrengt

überlegte sie. Und dann, endlich, kam ihr der rettende Einfall.

»Ich hätte da eine Lösung. Sie müssten allerdings mitkommen.«

Am Nachmittag holte Checker Vivi vom Hotel ab. Sie hatte noch nie in einem Ferrari gesessen. Das Ding war feuerrot, röhrte wie zehn frisierte Motorräder und lag so tief auf der Straße, dass ihr Rock beim Einsteigen bis zum Slip hochrutschte. Verlegen zerrte sie ihn auf eine züchtige Länge zurück.

»Anschnallen und Schlüpfer festhalten!«, kommandierte Checker, der auf ihre Schenkel starrte, als hätte er soeben eine Erscheinung gehabt.

Schon nach zwei Minuten Fahrt war Vivi dermaßen schlecht, dass sie froh war, bis auf zwei Schokoriegel und ein Gummibärchen nichts gegessen zu haben. Wie ein Besessener bretterte der Bodyguard durch die Innenstadt, alles beiseitehupend, was seinen Weg kreuzte. Auf der Autobahn nach Wiesbaden drängelte er einen Wagen nach dem anderen von der linken Spur. Sein Fahrstil war halsbrecherisch. Jedes Mal, wenn er das Gaspedal durchtrat, beschleunigte sich Vivis Herzschlag.

»Wollen Sie mich umbringen?«, schrie sie, als er ein Wettrennen mit einem Porsche gewann, indem er mit aufheulendem Motor rechts überholte und dann ruckartig wieder auf die Überholspur zog.

»Der Boss hat Druck auf'm Stift«, rief Checker. »Der muss das Zeug spätestens in zwei Stunden haben, sonst rastet er aus!«

»Könnte er seine Potenzprobleme nicht mit einem guten alten Porno lösen?«, fragte Vivi.

Der Bodyguard sah sie überrascht von der Seite an. »Scheinst dich ja mit allen Finessen auszukennen. Woher weißt du überhaupt, dass man für Viagra diese ganzen Untersuchungen braucht?«

»Allgemeinbildung«, knurrte Vivi. »So was weiß heute jedes halbwegs intelligente Schulkind, nur Sie nicht. Das kommt eben dabei raus, wenn man immer nur die Panade von den Fischstäbchen gegessen hat.«

Der Bodyguard knurrte etwas Unverständliches. Mit einer rasanten Kurve bog er in die Ausfahrt. Dass er dabei knapp einer Massenkarambolage entging, wunderte Vivi schon gar nicht mehr. Stumm klammerte sie sich an den Sitz.

Checker verlegte sich wieder aufs Hupen. Er hatte die Adresse, die Vivi ihm genannt hatte, ins Navi eingegeben und jagte den Wagen wie ein betrunkener Rennfahrer durch die schmalen Straßen.

»Und du meinst, wir kriegen die blauen Muntermacher?«, vergewisserte er sich nun schon zum dritten Mal.

»Aber nur, wenn Sie brav sind«, ätzte Vivi. »Keine doofen Sprüche, keine Drohungen. Einfach nur nett sein, falls Sie das überhaupt draufhaben.«

»Ich kann sogar sehr nett sein.« Er legte ihr eine Hand aufs Knie.

So was war ein No-go. Sexuelle Belästigung, um genau zu sein. Aber sie waren ganz allein, es gab keine Zeugen.

Voller Abscheu schob Vivi seine Pranke weg. »Ich warne Sie. Ich bin sehr motiviert, aber alles hat seine Grenzen.«

Checker beeindruckte das überhaupt nicht. »Grenzen sind dazu da, überschritten zu werden«, erklärte er.

Unvermittelt bremste er und brachte den Wagen vor einem

geklinkerten Einfamilienhaus zum Stehen. Ein paar Kinder, die auf der ruhigen Anliegerstraße Fußball gespielt hatten, kamen angelaufen und staunten den Ferrari an, als Vivi und Checker ausstiegen.

»Bestimmt geklaut«, fachsimpelte ein Dreikäsehoch.

»Nee, die sind von der Mafia«, übertrumpfte ihn ein anderer.

»Wir sind gerade aus dem Gefängnis ausgebrochen«, behauptete der Bodyguard. »Wenn ihr uns verpfeift, nehm ich euch den Ball weg.«

Aufschreiend rannten die Kinder davon.

Doktor Köhnemann hatte gerade beim Nachmittagskaffee gesessen, als sie klingelten. Mit der Kaffeetasse in der Hand musterte er vollkommen irritiert erst Vivi, dann ihren Begleiter. Vivi hatte den Arzt noch vom Hotel aus angerufen und um einen Termin gebeten.

»Gnädige Frau, womit kann ich Ihnen dienen?«, fragte er, nachdem sie sich zu ihm an die Kaffeetafel gesetzt hatten.

Das Wohnzimmer war vollgestellt mit dunklen Eichenmöbeln. An den Wänden hingen gerahmte Zeichnungen irgendwelcher inneren Organe, auf den Fensterbänken verstaubten kümmerliche Grünpflanzen.

»Wie soll ich's sagen?« Vivi tauschte einen polarkalten Blick mit dem Bodyguard. »Das unbegreifliche Schicksal hat es mir vergönnt, diesen Mann kennenzulernen.«

»Stimmt genau«, grinste Checker kauend, der sich ungefragt ein Stück Bienenstich vom Tisch geangelt hatte.

»Das ist schön«, erwiderte Doktor Köhnemann.

Es klang allerdings nicht so, als ob er dieser Entwicklung etwas abgewinnen könnte. Werners Tod war erst ein knappes

Vierteljahr her, und nach Trauerzeit sah es nicht aus, was Vivi hier veranstaltete. Unbehaglich strich er sich ein paar Kuchenkrümel von der dunkelblauen Strickjacke.

»Was kann ich denn nun für Sie tun?«

Jetzt war der Moment gekommen, auf den sich Vivi schon die ganze Zeit gefreut hatte. »Es ist so, dass diesem Herrn etwas Entscheidendes fehlt. Mein Bekannter hat leider ernsthafte Schwierigkeiten, wenn es um seine – Manneskraft geht. Tote Hose, um es mal salopp zu sagen.«

Checker verschluckte sich fast an seinem Stück Kuchen. Hustend wandte er sich ab, nicht ohne Vivi vorher einen vernichtenden Blick zuzuwerfen.

Doktor Köhnemann brauchte einen Moment, bis er den Zusammenhang begriff. »Ich wüsste nicht, wie ich – ach so, Sie meinen …«

Vivi nickte. »Richtig. Viagra.«

Stumm fixierte der Arzt seine Kaffeetasse. Er nahm einen Löffel und rührte darin herum. Dann sah er auf.

»Aber Sie wissen doch, gnädige Frau, die Risiken. Haben Sie etwa schon vergessen, was mit Ihrem Mann passiert ist?«

Vivi wurde es mulmig zumute. Wenn sich Doktor Köhnemann jetzt verplapperte, würde Checker mehr erfahren, als er wissen durfte. Sie musste den Arzt stoppen, bevor er mehr verriet.

»Die Dinge liegen hier doch deutlich anders«, legte sie los. »Herr Checker ist noch jung. Er strotzt vor Lebenskraft. Sehen Sie ihn an: durchtrainiert, kerngesund und quietschfidel. Nur dass es eben untenrum nicht so richtig klappt …«

»Schluss jetzt!«, brüllte der Bodyguard. »Her mit dem Rezept!«

»Bitte, Herr Doktor Köhnemann«, fügte Vivi mit all ihrer

Überzeugungskraft hinzu, »ich wäre Ihnen zu tiefstem Dank verpflichtet.« Da der Arzt immer noch zögerte, holte sie ihren letzten Trumpf aus dem Ärmel. »Das wird wie alles andere unser kleines Geheimnis bleiben, ja?«

Der Blick des alten Herrn flackerte auf. »Verstehe, Frau Bernburg.«

Er erhob sich und ging zu seinem Schreibtisch, der am Fenster stand. Umständlich kramte er einen Kugelschreiber und einen Rezeptblock aus der Schublade. Seine Hand zitterte, als er etwas auf den Block kritzelte. Vivi nahm sich vor, sich bei Gelegenheit mit einem guten Rotwein für diese Gefälligkeit zu revanchieren. Sie mochte Doktor Köhnemann.

Kurze Zeit später rasten sie nach Frankfurt zurück, ohne ein Wort zu wechseln. Checker war sichtlich beleidigt. Sie hatte ihn in seiner Mannesehre gekränkt. Doch da das höheren Zielen gedient hatte, konnte er ihr schlecht Vorwürfe machen. Vivi kostete diesen kleinen Sieg genüsslich aus. Wenigstens eine kleine Rache dafür, dass sie derart herumkommandiert wurde.

Bevor sie zum Hotel Miramar fuhren, machten sie an einer Apotheke halt. Der Bodyguard gab Vivi eine goldfarbene Kreditkarte.

»Die ist vom Boss. Mal für die Unterschrift einfach einen Kringel, das macht er auch immer so.«

Folgsam ging Vivi in die Apotheke und löste das Rezept ein, nicht ohne ein anzügliches Lächeln des Apothekers einzuheimsen. Als sie wieder in den Ferrari stieg, sah der Bodyguard sie forschend an.

»Was hat der Doc eigentlich gemeint? Was ist mit deinem Mann passiert, nachdem er Viagra bekommen hat?«

Vivi hatte nicht vor, ausgerechnet diesem furchterregenden

Typen ihre delikatesten Geheimnisse anzuvertrauen. Sie gab Checker die Kreditkarte zurück und machte einen sinnlichen Schmollmund.

»Mein Mann? Der hat seit zwei Wochen eine Dauererektion. Wie Sie sehen, komme ich voll auf meine Kosten. Verstehen Sie jetzt, warum ich keinen Bedarf an Grenzüberschreitungen habe?«

Mick Dresen war völlig aus dem Häuschen. Wie ein Ertrinkender grabschte er nach der Viagraschachtel, die Vivi ihm hinhielt. Er schien die kleinen blauen Pillen wirklich dringend nötig zu haben.

»Recht gute Arbeit«, lobte er Vivi von oben herab.

Kein Sterbenswörtlein verlor er über das längst fällige Trinkgeld, ganz wie Ela es vorausgesagt hatte. So ein jämmerlicher Geizkragen.

»Vielen, vielen Dank. Haben Sie sonst noch einen Wunsch?«, fragte Vivi, ohne mit dem leisesten Wimpernzucken ihre Gedanken zu verraten.

Na klar hatte diese Nervensäge noch jede Menge Wünsche. Was sonst?

»Ich werde jetzt mit meiner Assistentin und meinem Bodyguard einen Termin wahrnehmen und erst am Abend zurückkehren«, sagte er. »In der Zwischenzeit können Sie sich hier nützlich machen. Ich will Kerzen und Champagner, Massageöl mit Vanillearoma und Rosenblätter auf der Bettdecke. Um einundzwanzig Uhr muss alles fertig sein.«

Vivi brauchte nicht viel Phantasie, um eins und eins zusammenzuzählen. Zusammen mit der Packung Viagra ergab das ein erotisches Date, das sich gewaschen hatte.

»Wird alles zu Ihrer Zufriedenheit erledigt«, versicherte sie. Checker zwinkerte ihr vertraulich zu. »Frau Bernburg weiß, wie's geht. Die hat es faustdick hinter den Ohren.«

»Und die Hunde?«, erkundigte sich Vivi, um das Gespräch auf ein unverfängliches Thema zu bringen. Sie zeigte auf die weißen Fellknäuel, die sich abwechselnd balgten und die Lederpantoffeln ihres Herrchens annagten.

»Richtig, die Kleinen.« Mick Dresen musste nicht lange nachdenken. »Die werden bei Ihnen übernachten, Frau – wie heißen Sie noch mal?«

»Bernburg«, sagte Vivi. Arroganter Volltrottel.

»Schaffen Sie die Körbchen und das Hundefutter in Ihr Zimmer. Gegen vier Uhr morgens müssen die Hunde auf die Straße. Stellen Sie sich einen Wecker.«

»Auch das wird erledigt«, erwiderte Vivi gepresst.

Dabei hätte sie diesen verwöhnten Vollpfosten am liebsten mit einer Hundeleine erwürgt. Sicher, sie mochte Hunde, und diese waren besonders putzig. Aber selbst durch die schallisolierten Wände der Suite hindurch hatte sie bemerkt, dass die Tiere nachtaktiv waren. Sie bellten und kläfften vom Sonnenuntergang bis zum frühen Morgen. Also würde sie auch in dieser Nacht keinen Schlaf finden. Was für eine Gemeinheit.

»Wie ich höre, sind Sie nur zur Probe angestellt«, setzte Mick Dresen noch einen drauf. »Ich werde jetzt mal deutlich: Wenn Sie schwächeln, können Sie sich einen neuen Job suchen. Ich verlange Loyalität und Qualität!«

»Loyalität und Qualität«, echote Vivi. »Verstanden.«

»Viel Spaß«, sagte Checker schadenfroh. Dann zogen die drei ab.

Als Vivis Handy klingelte, war sie mit ihrer Geduld am

Ende. Sollte sie diesem Steinzeitcasanova Dresen etwa auch noch Kondome besorgen? Oder ihm die Hand halten, wenn er sein Date besprang? Doch auf dem Display erschien nicht Checkers Nummer, sondern die von Berthold Seitz.

»Werte Sylvia.« Seine Stimme klang verdächtig munter. »Sie müssen jetzt sehr stark sein. Ich werde beim Gericht keinen Widerspruch einlegen.«

»Aber das Testament ist doch Werners letzter Wille!«, rief Vivi.

»Wie man's nimmt«, erwiderte der Anwalt.

»Wieso, was stimmt denn nicht damit?«

»Das Datum, liebste Sylvia, das Datum. Wer auch immer das Testament aufgesetzt hat, er hat es auf den Tag von Werners Beerdigung datiert. Bedauerlicherweise hatte ich das übersehen, und Sie offenbar auch. Bei allem Respekt – es ist kaum anzunehmen, dass Werner Bernburg sein Testament im Jenseits geschrieben hat.«

Kapitel acht

Es gibt Momente im Leben, in denen die Zeichen auf Sturm stehen. In Vivi tobte ein ausgewachsener Tornado. Sie kämpfte und kämpfte, trotzdem ging alles mit Pauken und Trompeten in die Grütze. Sie war einfach zu dusselig. Hallo? Die Geschichte mit dem Datum des Testaments? Was für ein saublöder Anfängerfehler. Raffiniert war was anderes.

»Ach, übrigens, wie steht es jetzt um unsere nächste Verabredung?«, fragte Berthold Seitz. »Angesichts der neuen Tatsachen sollten Sie sich kooperativ verhalten, meinen Sie nicht?«

»O-o-k-kay«, stammelte Vivi. »Was halten Sie von Samstagabend?«

Der Anwalt lachte zufrieden. »Was für eine vernünftige kleine Frau Sie doch sind. Ich schaue nach, ob ich Samstag einrichten kann. Haben Sie eigentlich schon mal über mein Angebot nachgedacht?«

Entkräftet sank Vivi auf das mit rotem Chintz bezogene Sofa. Was sollte sie jetzt tun? Etwa noch einmal mit diesem grottigen Anwalt ausgehen? Sich von ihm begrabbeln lassen – oder mehr? Am liebsten wäre sie einfach weggelaufen, doch wohin?

»Hallo? Sylvia?« Berthold Seitz klang noch etwas munterer. »Ich habe meinen Terminkalender konsultiert. Samstagabend ist perfekt. Ich denke, es ist an der Zeit, dass wir uns näherkommen. Wenn Sie nett zu mir sind, könnte ich vielleicht eine Anklage wegen Urkundenfälschung abwenden.«

Völlig entgeistert stand Vivi da. Urkundenfälschung! Dabei hatte sie sich doch nur nehmen wollen, was ihr zustand.

»Seien Sie versichert, dass meine Gefühle für Sie aufrichtigster Natur sind. Und nebenbei gesagt, bin ich ein leidenschaftlicher Liebhaber«, rundete Berthold Seitz sein unmoralisches Angebot ab. »Ich bin nicht mehr jung, aber je runzliger die Rosine, desto süßer der Geschmack.«

»Is ja toll«, nuschelte Vivi und legte auf.

Jetzt brannte die Hütte aber wirklich. Das Geld war weg. Ihr blühte ein Prozess wegen des gefälschten Testaments. Berthold Seitz wollte sie zu sexuellen Gefälligkeiten zwingen, und zu allem Überfluss nervten auch noch Mick Dresen und sein aufdringlicher Bodyguard. Vor lauter Angst konnte sie keinen klaren Gedanken fassen. Himmel noch mal, was jetzt? Wo war die gute Fee, die sie vor dem Absturz ins Bodenlose rettete?

Am ganzen Körper zitternd räumte sie die Suite auf. Machte Ordnung im Bad. Ging ins Schlafzimmer, beförderte eine benutzte Unterhose in den Wäschebeutel und glättete ein Jackett, das Mick Dresen achtlos auf das Bett geworfen hatte. Dann riss sie die Augen auf.

Auf dem Teppichboden, halb verborgen von der Tagesdecke, lag eine silberfarbene Plastikkarte. Langsam, ganz langsam zog Vivi das Ding hervor. Es war eine American Express Platinum Card. Mittlerweile kannte sie sich mit solchen Dingen aus, weil man die Zahlungskräftigkeit der Hotelgäste nach ihrer Kreditkarte einschätzte. Diese Karte war oberste Kategorie. Sie erlaubte ihrem Besitzer den Zugang zu den Priority Lounges der Flughäfen, verschaffte ihm Eintritt bei exklusiven Events, Tische in seit Wochen ausgebuchten Restaurants und Vorzugsbehandlung bei Autovermietungen.

Das kleine Stückchen Plastik war die Eintrittskarte in die Welt der Reichen und Schönen. Und ganz nebenbei der Zauberstab, mit dem man sich nach Herzenslust jeden nur erdenklichen Wunsch erfüllen konnte. Ganz ohne gute Fee. So was hatte Dresen verloren? Nun, im Grunde hatte er die Karte natürlich nicht verloren. Sie war ihm nur aus der Hosentasche oder aus dem Jackett gerutscht. Vermutlich würde er sie nicht so schnell vermissen, weil Checker immer alles mit der goldenen Karte bezahlte. Vivi nagte an ihrer Unterlippe. Die Karte brannte zwischen ihren Fingern. Dann legte sie sie auf den Nachtschrank, als hätte sie sich verbrüht.

Immer schön ehrlich bleiben!, befahl sie sich. Nicht auf die silberhellen Engelsstimmen hören, die so verführerisch *»Money, money, money«* singen! Vivi war stolz auf sich. Test bestanden. Unrecht Gut gedeiht nicht, das hatte sie schließlich bis zum Exzess erfahren. Danke, Tante Elfriede.

Verbissen wienerte sie den Glasschreibtisch. Zupfte ein paar welke Blüten von den Orchideen. Versprühte einen Raumduft. Hängte das Jackett in den Kleiderschrank. Und dann war's vorbei mit ihrer edelmütigen Zurückhaltung.

Ihr Puls raste. Es war kurz vor fünf. Ihr blieben vier Stunden Zeit. Vier Stunden, die zum Countdown ihrer finanziellen Unabhängigkeit werden konnten, wenn sie es einigermaßen schlau anstellte. Aber war sie auch schlau genug? In Vivis Gehirn glühten die Synapsen. Es ging um ihre Existenz! Dies war eine Chance, die nicht ein zweites Mal kam!

Einen Plan nach dem anderen verwarf sie. Es war zu kompliziert. Man würde sofort auf sie kommen, wenn die Kreditkarte fehlte. Oder die Zimmermädchen verdächtigen. Verflixt und zugenäht! Ich bin eben kein Kowalski, der arglose Frauen mit alten Müttern in Seniorenresidenzen ködert, stellte sie entmutigt fest. Doch plötzlich hatte sie eine Eingebung. Ein Gedanke gesellte sich zum nächsten, die Ideen verknüpften sich wie von selbst zu einem neuen Plan, bis sie endlich wusste, was zu tun war.

Gewissenhaft überprüfte sie noch einmal den Zustand der Suite und gab anschließend dem Housekeeping ihre Anweisungen durch. Als alles erledigt war, fuhr sie mit dem Dienstbotenaufzug ins Erdgeschoss und verließ das Hotel durch einen Seiteneingang.

Immer wieder ging sie ihre Strategie durch. Noch konnte sie es lassen. Noch hatte sie nichts Illegales getan, außer dass sich in ihrer Handtasche die Platinkarte von Mick Dresen befand. Aber hatte er nicht eine Abreibung verdient? Und Vivi ein Leben ohne Männer, die sie ausnahmen, demütigten und bedrängten? Also los, zieh's durch!

Tante Elfriede, der man, so hoffte Vivi, im Himmel gerade ein Gläschen Holunderblütensekt kredenzte, hatte die Inspiration geliefert. In einem altmodischen Geschäft für Damenoberbekleidung erstand sie ein wadenlanges schwarzes Omakleid. Im Kaufhaus daneben wählte sie Gesundheitsschuhe sowie einen breitkrempigen schwarzen Strohhut. Sie zahlte bar und ließ alles gleich an. Mit einer riesigen rosa getönten Sonnenbrille und einer unförmigen Handtasche rundete sie das eigenwillige Outfit ab. Tante Elfriede wäre stolz auf sie gewesen.

Als sie wieder auf der Straße stand, fiel ihr etwas ein. An alles hatte sie gedacht, bloß eines hatte sie übersehen: dass man das Alter einer Frau an den Händen erkennt. Gesichter konnte man bis zum Anschlag liften, Hände nicht. Sie kehrte noch einmal in das Kaufhaus zurück und entschied sich für weiße Handschuhe aus hauchdünnem Leder.

Was sie vorhatte, war tollkühn, gefährlich und hochkriminell. Aber es traf wahrlich keinen Armen, beruhigte sie sich. Mick Dresen hatte mehr Geld, als er jemals zum Fenster rauswerfen konnte. Ganz in der Tradition von Robin Hood würde sie zudem eine erkleckliche Summe an eine Wohltätigkeitsorganisation spenden. Falls die Sache klappte. Sicher war sie nicht, doch der Mut der Verzweiflung trieb sie vor sich her.

Todesmutig betrat sie wenig später einen alteingesessenen Juwelierladen, der an der Zeil lag, der belebten Geschäftsstraße in der Frankfurter Innenstadt. Früher hatte sie manchmal vor dem Schaufenster gestanden, ohne die geringste Aussicht darauf, jemals in den Besitz teurer Pretiosen zu gelangen. Vivi machte sich ohnehin wenig aus Schmuck. Und Werner wäre nicht im Traum darauf gekommen, ihr Gold oder Juwelen zu schenken. Bei ihm tat's auch ein Alpenveilchen.

Tief gebeugt und mit schleppendem Gang durchquerte sie den Laden, bis sie vor einer hell erleuchteten Vitrine haltmachte. Ein smarter Verkäufer glitt heran. Er war noch jung, elegant gekleidet und trug einen protzigen Chronometer am Handgelenk.

»Gnädige Frau, darf ich Ihnen ein Glas Champagner anbieten?«

Vivi sah nicht auf. Die vielen Kameras, die den Verkaufsraum im Visier hatten, waren diskret angebracht, aber zweifellos vorhanden. Sie neigte den Kopf noch ein bisschen weiter herunter, damit ihr Gesicht unter der Hutkrempe unerreichbar für die neugierigen Kameraaugen blieb.

»Champagner? Oh, nein«, widersprach sie mit brüchiger Fistelstimme, während sie die Plastiktüte mit ihrem dunkelblauen Kostüm umklammerte. »Das macht mein Kreislauf nicht mit. Hätten Sie vielleicht eine Tasse Kamillentee?«

»Ganz wie Sie wünschen.« Der Verkäufer holte einen Stuhl. »Möchten Sie sich nicht setzen?«

Stöhnend nahm Vivi Platz. »Das ist reizend, junger Mann. Es ist so selten geworden, dass die Jugend Umgangsformen kennt. Eine gute Kinderstube ist heute die rühmliche Ausnahme.«

Der Verkäufer fuhr sich geschmeichelt durch sein gegeltes Haar. »Vielen Dank. Und an was hatten Sie gedacht? An eine Kette? Oder einen Ring?«

Es folgte eine lange, rührselige Geschichte. Die Hauptfigur war Vivis erfolgreicher Sohn, der es zu Geld gebracht hatte, aber nun unheilbar erkrankt war. Entkräftet von der schweren Krankheit, die ihn ans Bett fesselte, und voller Dankbarkeit für seine alte, gramgebeugte Mutter, wolle er ihr eine letzte Freude machen.

Vivi war so ergriffen von der Story, die sie erfunden hatte, dass eine Träne unter ihrer Sonnenbrille hervorrollte. Bestürzt reichte der junge Mann ihr ein kariertes Stofftaschentuch, in das sie sich geräuschvoll schnäuzte.

»Wie schrecklich, das tut mir aufrichtig leid«, sagte er. »Wissen Sie was? Ich hole den Tee, und Sie überlegen, was Sie sich aussuchen möchten.«

Als er mit einer Tasse zurückkam, nahm Vivi nicht einen einzigen Schluck. Vorsichtshalber. Wegen der DNA. Wozu hatte sie schließlich diese ganzen CSI-Krimis gesehen?

»Mein Sohn hat mir vorgeschlagen, etwas aus purem Gold

zu nehmen. Weil er meint, ich hätte ein«, sie schluchzte auf, »goldenes Herz. Sein Studium habe ich mir vom Munde abgespart. Er sollte es einmal besser haben als ich. Bestimmt haben Sie auch solch eine herzensgute Mutter, nicht wahr?«

»Gold also«, wiederholte der Verkäufer, für den es offenbar allmählich zur Sache gehen sollte. »Und an welche Preislage hatten Sie gedacht?«

Vivi rückte ganz nach vorn an die Stuhlkante. Sie hyperventilierte. Ihre Hände waren eiskalt.

»All das viele Geld, wie soll ich sagen, ist für meinen Sohn – sinnlos, so sinnlos geworden«, erklärte sie stockend. »Er hat eine Stiftung gegründet, in die der Großteil seines Vermögens fließt. Und ich, stellen Sie sich vor, ich soll den Rest ausgeben.«

»Wie viel?«, fragte der Verkäufer, nun schon deutlich ungeduldiger.

Die Hypothek auf das Haus hatte etwa zweihunderttausend Euro betragen, und ein bisschen Spielgeld sollte schon übrigbleiben, fand Vivi. Sie konnte nur noch flüstern.

»Bitte erschrecken Sie nicht – mein Sohn möchte, dass ich dreihunderttausend Euro ausgebe!«

Vivi kollabierte fast, als sie wenig später das Juweliergeschäft verließ. Der Verkäufer hatte aus dem Tresor die dicksten Klunkern geholt, die sie jemals zu Gesicht bekommen hatte. Dass es Leute gab, die sich freiwillig mit so etwas behängten, war kaum zu glauben.

Schwer wie Blei lag die massive Goldkette mit gleich drei passenden Armreifen in ihrer Handtasche. Den Kringel auf dem Kreditkartenausdruck hatte Vivi damit erklärt, dass ihr leidender Sohn schon seit geraumer Zeit nicht mehr zu einer leserlichen Schrift fähig sei. Dass sie ihren Ausweis nicht dabeihatte, schob sie auf ihre altersbedingte Vergesslichkeit. Der Verkäufer hatte es mehr amüsiert als besorgt hingenommen. Dieses zerstreute Mütterchen war nichts weiter als ein tragischer Fall für ihn. Und ein lukrativer dazu. Seine Provision musste gigantisch sein, da nahm man es nicht so genau mit den vorgeschriebenen Formalitäten.

Nach wie vor tief gebeugt, schlich Vivi den Bürgersteig entlang. In der Toilette des nächstbesten Cafés zog sie sich um und wischte sorgfältig die Fingerabdrücke von der Visitenkarte – man konnte nicht vorsichtig genug sein. Die Omaklamotten steckte sie in die Plastiktüte und entsorgte sie an der nächsten Kreuzung in einem Abfalleimer.

Sie ging jetzt wieder gerade. Obwohl das schlechte Gewissen auf ihr lastete, richtete sie sich innerlich auf. Jetzt würde sich alles zum Guten wenden. Sie würde unabhängig sein. Unabhängig von Männern. Endlich.

Schnellen Schritts steuerte sie die nächste U-Bahn-Station an und fuhr zu einem Shoppingcenter am Stadtrand. In einer Parfümerie kaufte sie Massageöl mit Vanilleduft und zehn Aromakerzen. Im Blumenladen nebenan erstand sie die Rosenblüten. Als kleine Wiedergutmachung rang sie sich für die Liebesnacht von Mick Dresen zum Kauf von ein paar CDs mit Entspannungsmusik durch. Die hätte sie allerdings weit nötiger gehabt als er. Immer noch hämmerte das Blut in ihren Schläfen, ihr ganzer Körper war in Aufruhr. Der Plan war aufgegangen. Vorerst jedenfalls.

Zurück im Hotel, schlenderte sie langsam durch die Lobby. Neben einem Blumenkübel tat sie so, als ob ihr die Handtasche heruntergefallen wäre. Während sie sich bückte, ließ sie die Kreditkarte direkt aus der Handtasche in den Kübel gleiten. Der Page, der nur ein paar Meter entfernt stand, würde sie bald finden und an der Rezeption abgeben. Und dann kam für Vivis Fischzug jeder in Frage, der in der äußerst belebten Lobby gewesen war. Im Hotel fand ein Kongress statt, die Liste der möglichen Täter war endlos.

Mit ihren Einkäufen fuhr sie hoch ins Penthouse. In der Suite herrschte hektischer Betrieb. Ein Zimmermädchen saugte gerade Staub, ein weiteres polierte die Armaturen des Badezimmers, das dritte schüttelte die Kissen des Betts auf. Eingehend inspizierte Vivi die Badewanne und prüfte mit dem Zeigefinger eventuelle Staubspuren auf den Fußleisten.

»Sehr gut«, sagte sie dann mit strengem Blick. »Meine Damen, wie Sie wissen, befinden sich in diesem Penthouse diverse Wertgegenstände. Bitte nehmen Sie es nicht persönlich, aber ich muss mich hin und wieder vergewissern, ob alles mit rechten Dingen zugeht.«

Verblüfft starrten die Zimmermädchen sie an. Doch Vivi wollte auf Nummer sicher gehen. Keinesfalls sollten diese netten Mädchen in Verdacht geraten, die Kreditkarte gestohlen zu haben. Eingehend filzte sie ihre Mitarbeiterinnen, aber die Leibesvisitation blieb selbstverständlich ohne Ergebnis.

»Entschuldigen Sie bitte«, sagte Vivi. »Alles in bester Ordnung. Sie können jetzt gehen.«

Sobald die Zimmermädchen verschwunden waren, machte sie sich daran, die Suite für die erotischen Extravaganzen von Mick Dresen vorzubereiten. Es war Viertel nach acht, sie lag gut in der Zeit. Vivi packte die Kerzen aus, verteilte die Rosenblätter auf der Tagesdecke des Betts und stellte das Massageöl auf den Nachtschrank. Die CDs holte sie aus den Hüllen und legte eine in die Hi-Fi-Anlage. Sinnlich wabernde Klänge ertönten aus den Boxen.

Unwillkürlich kam Vivi ins Träumen. Wenn sie doch hier eine Nacht mit Richard hätte verbringen können, ganz romantisch, mit Rosen und Champagner. Mit den Fingerspitzen berührte sie den Aquamarinanhänger. Sie erschauerte, als sie an Richards Hände dachte, an seinen zärtlichen Mund, an die Art, wie er wildeste Leidenschaft mit innigster Hingabe verschmolzen hatte. Aber das war wohl eine Art Phantomschmerz, nichts weiter.

Ohne Klopfen flog plötzlich die Tür auf. Vivi zuckte zusammen. Mit zwei dicken Aktentaschen bepackt marschierte Checker herein. Er setzte die Taschen auf dem Teppichboden ab und lauschte erstaunt. Dann entdeckte er die CD-Hüllen auf dem Schreibtisch.

»Hey, da hat aber jemand mitgedacht.«

»Kleine Aufmerksamkeit des Hauses, ich vermute, dass Herr Dresen heute Abend entspannende Musik zu schätzen weiß«, erläuterte Vivi ihren Kauf.

»Und woran hast du gerade gedacht?«, fragte der glatzköpfige Hüne. »Du sahst irgendwie – angeschärft aus …«

Sie warf den Kopf in den Nacken und verschränkte die Arme. »Ich denke im Job immer nur daran, unsere Gäste zufriedenzustellen.«

»Ich hatte aber den Eindruck, das liegt an mir«, erwiderte Checker grinsend. Er taxierte unverhohlen ihre Figur und leckte sich erwartungsvoll die Lippen. In diesem Augenblick klingelte Vivis Handy.

»Frau Bernburg, es ist etwas Furchtbares passiert«, hörte sie die erregte Stimme des Concierge. »Man hat die Amex-Karte von Herrn Dresen gefunden, hier unten in der Lobby!«

Vivi blieb gelassen. Genauso hatte sie es erhofft. »Vermutlich hat Herr Dresen die Kreditkarte verloren, ist doch gut, wenn sie wieder da ist.«

»Gar nichts ist gut!«, rief der Concierge. »Wir sind erledigt! Dresen steigt nie wieder hier ab! Das ist eine Katastrophe!«

Checker hörte alarmiert zu. »Was ist mit der Kreditkarte?«

»Sekunde«, hielt Vivi ihn hin. Dann sprach sie wieder mit dem Concierge. »Jede Unregelmäßigkeit muss unverzüglich gemeldet werden, das wissen Sie so gut wie ich. Deshalb werde ich Herrn Dresens Mitarbeiter davon unterrichten. Danke für die Information.«

Der Bodyguard scannte Vivi mit den Augen. »Spuck's aus.«

Vivi hielt seinem durchdringenden Blick stand. Sie hatte damit gerechnet, dass man sie früher oder später zur Rede stellen würde, und war gewappnet.

»Soeben ist die Kreditkarte von Herrn Dresen im Eingangsbereich des Hotels aufgefunden worden«, sagte sie, um eine ebenso korrekte wie distanzierte Formulierung bemüht. »Ich schlage vor, dass Sie sie sofort sperren lassen.«

Das ohnehin furchterregende Gesicht des Bodyguards verzog sich zu einer aggressiven Fratze.

»Da ist was faul!«, brüllte er. »Ich kann es riechen! Und wenn du irgendwas damit zu tun hast, bestell besser gleich deinen Sarg!«

»Jetzt machen Sie aber mal 'nen Punkt!«, holte Vivi zum Gegenschlag aus. »Geht's noch? Den ganzen Tag renne ich wie gestört durch die Gegend, um tausend Extrawünsche zu erfüllen, als wäre ich der Weihnachtsmann! Und dann verdächtigen Sie mich?«

Checker hatte ihren Ausbruch mit versteinerter Miene angehört. Nun fing er an zu lachen. »Wow, du hast Temperament! Reg dich ab, war nur ein Bluff. Aber ich werde rauskriegen, wer für diese Riesensauerei verantwortlich ist!«

»Das will ich auch hoffen«, erwiderte Vivi. »Schließlich sind Sie der Checker, oder?«

»Ja, und als Nächstes checke ich dich durch.«

Vivi wich vor ihm zurück. Mist, verdammter, dieser Kerl war eindeutig zu aufdringlich. Doch bevor der Bodyguard einen Annäherungsversuch starten konnte, erschien Mick Dresen. Er sah aus wie ein Abgesandter der Hölle, hochrot im Gesicht und mit blutunterlaufenen Augen. Nur die Teufelshörner fehlten.

»So ein Schweineladen!«, schrie er. »Der Direktor hat mich gerade angerufen! Wir reisen ab!«

Hinter ihm erschien seine Assistentin. Ihr sorgfältig geschminktes Gesicht bebte.

»Los, los, packen!«, stieß Mick Dresen hervor. »Checker, Sie canceln das Date. In einer Viertelstunde sind wir hier raus. Millie, Sie sperren die Karte und buchen eine Suite im Frankfurter Hof!«

Die Assistentin setzte sich an den Schreibtisch und fuhr einen der Laptops hoch, während sie auf ihrem Handy herumtippte.

»Herr Dresen, ich bin untröstlich«, sagte Vivi. »Was für ein bedauerlicher Vorfall. Aber kein Grund, das Vertrauen in unser Haus zu verlieren. Ich gehe davon aus, dass Ihnen die Karte unten in der Lobby abhandengekommen ist. Außerdem steht ja noch nicht fest, ob sie überhaupt benutzt wurde. Bitte bleiben Sie besonnen, gerade in solch einer Situation ist ein kühler Kopf wichtig.«

»Wichtig? Sie Niemand wollen mir erzählen, was wichtig ist? Raus jetzt, bevor ich mich vergesse!«

Mit eingezogenem Kopf trat Vivi den Rückzug an. Aber ihre geschundene Selbstachtung tanzte Tango.

Maximilian Sell sah aus, als müsste er zu seiner eigenen Hinrichtung antreten. Ein uniformierter Polizist begleitete ihn, als er in den Konferenzraum kam. Es war zehn Uhr abends. Der Hoteldirektor hatte alle Mitarbeiter zusammengetrommelt, die mit Mick Dresen zu tun gehabt hatten. Mit gesenkten Köpfen hockten die Zimmermädchen am langen schwarzen Tisch des nüchtern gehaltenen Raums, außerdem waren Vivi, Ela, zwei Pagen und der Concierge vorgeladen worden.

»Wir haben einen unserer besten Kunden verloren«, eröffnete der Hoteldirektor mit leidender Stimme das Meeting. »Die Polizei wird uns bei der Aufklärung helfen. Glücklicherweise hat man uns zugesichert, dass die Öffentlichkeit nichts davon erfährt.«

Jetzt übernahm der Polizist. »Mick Dresens Kreditkarte ist heute Abend gegen halb sieben in einem Schmuckgeschäft an der Zeil benutzt worden. Sie wurde mit der unfassbaren Summe von fast dreihunderttausend Euro belastet. Damit steht fest, dass wir es mit einem Dieb zu tun haben. Zurzeit werten wir noch die Videobänder des Ladens aus. Ich bitte Sie dringend um Ihre Mitarbeit.«

»Frau Bernburg hat bereits einen Bericht geschrieben«, meldete sich Ela zu Wort. »Von unserer Seite gesehen, ist kein Fehler unterlaufen.«

»Frau Bernburg?« Ermunternd sah der Direktor Vivi an.

»Herr Dresen hat das Penthouse um halb fünf verlassen, zusammen mit seinen Angestellten«, berichtete Vivi im neutralen Tonfall eines Nachrichtensprechers. »Danach habe ich die Suite aufgeräumt und bin in ein Shoppingcenter am Stadtrand gefahren. Ich wollte persönlich die Liste mit Erledigungen abarbeiten, die Herr Dresen mir gegeben hatte. Die Quittungen habe ich meinem Bericht beigelegt.«

Wann sie weggegangen war, ließ sie bewusst im Unklaren. Ihr Oma-Outfit und der Besuch beim Juwelier hatten ziemlich viel Zeit verschlungen.

»Um etwa acht Uhr kam ich zurück«, erzählte sie weiter. »Ich möchte betonen, dass die Zimmermädchen außerhalb jeden Zweifels stehen. Ich habe sie routinemäßig durchsucht und nichts gefunden.«

Dankbar strahlten die Mädchen sie an. Der Polizist machte sich Notizen.

»Sonst noch irgendwelche Hinweise?«, blaffte der Hoteldirektor.

»Ich kann bestätigen, dass Frau Bernburg gegen acht Uhr wiederkam«, erklärte der Concierge. »Sie fiel mir auf, weil ihre Handtasche heruntergefallen war.«

Die Pagen hatten nichts gesehen, und Ela war in der fraglichen Zeit in ihrem Büro gewesen. Das waren die Fakten. Es gab ihnen nichts hinzuzufügen. Jedenfalls in der offiziellen Version.

»Ärgerliche Sache«, sagte Maximilian Sell, enttäuscht, dass die Untersuchung nichts weiter ergeben hatte.

Der Polizist erhob sich. »Wenn Ihnen noch etwas einfällt, rufen Sie mich an. Herr Sell hat meine Nummer.«

Alle nickten betreten, aber auch erleichtert. Mick Dresen hatte mit seinen despotischen Ausrastern die gesamte Belegschaft tyrannisiert. Jetzt konnte man zur Normalität zurückkehren.

»Wenn ich dann noch um die Fingerabdrücke bitten dürfte ...«, sagte der Polizist.

Einer nach dem anderen legte seine Fingerkuppen auf ein modernes Scangerät. Vivi konnte ihr Glück kaum fassen. Die Handschuhe schützten sie, denn sicherlich wurde die Teetasse schon auf Fingerabdrücke untersucht.

Als der Polizist gegangen war, wandte sich der Direktor an Vivi. »Ich möchte mich bei Ihnen bedanken. Auf der Abrechnung der Extras habe ich gesehen, wie aufopferungsvoll Sie sich um Mick Dresen gekümmert haben. Sie verdienen einen Applaus.«

Die Runde klatschte, und Vivi lächelte stolz. Was auch immer sie sonst noch angestellt hatte, dieses Lob hatte sie sich verdient.

Nach dem Meeting fuhren Vivi und Ela in den obersten Stock. In der Penthouse-Suite sah es aus wie nach einem Bombeneinschlag. Die Bewohner hatten es fluchtartig verlassen, wie man an den umgestürzten Blumenkübeln, dem verstreuten Müll und den herumliegenden Papiertüten sah. Mitten im Salon lagen fünf Hundehäufchen auf dem Teppich.

»Heilige Scheiße, die kleinen Köter haben sich adäquat verabschiedet«, schimpfte Ela. »Was ist, nehmen wir noch einen Absacker unten an der Bar?«

»Wenn du nichts dagegen hast, lieber in meinem Zimmer«, seufzte Vivi. »Ich bin hundemüde.«

Sie war nicht nur hundemüde, sie war zu Tode erschöpft. Hinter ihr lag ein schier aberwitziger Tag. Sie surfte auf der letzten Rille, ihre Nerven lagen blank. Dauernd hatte sie das Gefühl, etwas übersehen zu haben. Oder gab es das perfekte Verbrechen?

In Vivis Zimmer holte Ela zwei Piccolos aus der Minibar, mit denen sie sich auf der Couch niederließen. Immer wieder sah Vivi zu ihrer Handtasche, in der die goldene Beute lag.

»Du kannst hier natürlich noch einmal übernachten«, sagte Ela. »Der Chef hat dir übrigens für morgen freigegeben, soll ich dir ausrichten.« Sie streifte ihre Schuhe von den Füßen. »So einen spektakulären Diebstahl wie heute haben wir noch nie gehabt. Jetzt mal Klartext: Komisch ist das Ganze schon.«

»Finde ich auch«, erwiderte Vivi gähnend. »Doch was soll's? Ehrlich gesagt habe ich die Nase voll von abgedrehten VIP-Kunden.«

»Hey, vor ein paar Tagen wolltest du dir noch diesen Dresen angeln«, warf Ela ein. Sie zog ihre Stirn in Falten. »Langsam mache ich mir Sorgen um deine Herzensangelegenheiten. Du solltest wieder heiraten. Wenn nicht Richard, dann einen anderen.«

»Nee, ich komme ganz gut allein klar«, wehrte Vivi ab.

»Aber eine richtige Hochzeit, mit allem Drumherum, das wär's doch«, entgegnete Ela verschmitzt. »Ich streue Blumen, und du lädst Werner ein, damit er sich ärgert.«

»Werner?«

»Na, wenn seine entzückende Frau heiratet, wird er in der Hölle ja wohl mal einen Tag freikriegen!«

Ela schüttete sich aus vor Lachen. Vivi lachte aus reiner Höflichkeit mit. Ihr stand nicht der Sinn nach makabren Scherzen angesichts von mittlerweile zwei Männern, die sie auf dem Gewissen hatte. Es war Zeit, die Farce mit Richard zu beenden.

»Du, Ela, ich muss dir was sagen«, druckste sie herum.

»Ja?«

»Richard hat Schluss gemacht.«

»Nein!« Entsetzt schlug Ela die Hände über dem Kopf zusammen. »Ich dachte, ihr seid glücklich!«

»Waren wir ja auch«, entgegnete Vivi. »Aber solche Fernbeziehungen halten nun mal nicht. Dauernd war er unterwegs. Erst kam er immer seltener und schließlich gar nicht mehr. Es war schön, jetzt ist es vorbei. C'est la vie.«

Ela leerte ihr Glas. »Ich bin froh, dass du es locker nimmst. Schlaf dich aus. Und bevor du morgen nach Hause fährst, lass uns zusammen frühstücken und über alles reden, ja?«

»So machen wir's.«

Vivi wartete, bis Ela gegangen war, dann zog sie sich aus und ging ins Badezimmer. Sie drehte den Wasserhahn des Whirlpools auf. Der Piccolo hatte sie leicht beschwipst. Fasziniert sah sie den Blubberblasen zu, die aus dem Whirlpool aufstiegen. Es sah aus, als wäre Sekt in der Wanne. Bald würde sie in Geld schwimmen – sobald sie das Gold versilbert hatte. Wie, darüber würde sie morgen nachdenken. Jetzt wollte sie nur ihren Triumph genießen.

»*Money, money, money, must be funny in the rich man's world*«, trällerte sie vor sich hin.

Den Hoteljob würde sie vorerst behalten, weil eine überstürzte Kündigung selbst tote Hunde aufgeweckt hätte. Doch sie würde nun ein für alle Mal im eigenen Haus wohnen. In *ihrem* Haus. Auf die Diskretion von Berthold Seitz und Wolfram Helmholtz konnte sie sich verlassen. Ihren plötzlichen Reichtum würde sie damit erklären, dass Tante Elfriede ihr ein kleines Vermögen hinterlassen hätte, und der Notar würde den Hauskauf hoffentlich geräuschlos abwickeln. Auch wenn sie dafür mit ihm essen gehen musste. Mehr aber auch nicht.

Frohgemut ließ sie sich in die Wanne gleiten. Der Whirlpool blubberte so laut, dass sie das dumpfe Pochen nicht gleich hörte. Ob Ela etwas vergessen hatte? Sie zog den Bademantel über und lief zur Tür.

»Raffiniertes kleines Biest!« Wie eine Dampfwalze drängte sich Checker ins Zimmer. »Und du dachtest, du kommst damit durch?«

Kapitel neun

Mit einem Mann wie Checker war nicht zu spaßen. Sein Körper unter dem Nadelstreifenanzug war so angespannt, als wollte er zu einem Sprung ansetzen. Er kochte vor Wut. Drohend baute er sich vor Vivi auf und sah auf sie herab, geschätzte einhundertfünfzig Kilo aggressivste Männlichkeit. Er schien nur aus Muskeln, Sehnen und Zorn zu bestehen.

Vivis Herz raste. War er ihr tatsächlich auf die Schliche gekommen? Aber wie? Was hatte sie bloß übersehen? Nachdem sie sich von ihrem ersten Schock erholt hatte, sah sie ihm fest in die Augen.

»Verlassen Sie sofort mein Zimmer, sonst hole ich den Sicherheitsdienst! Sie sind kein Hotelgast mehr, sondern ein Eindringling!«

»Ich sag dir was«, zischte er, während er seine Hände um ihren Hals legte, »du stehst mit einem Bein im Grab!«

Vivi versuchte, sich aus seinem Würgegriff zu befreien, aber es war zwecklos. Checker war einfach zu stark. Wie die Schlange im Maul des Krokodils war sie gefangen und musste aufpassen, dass sie nicht im nächsten Moment verschluckt wurde.

»Loslassen!«, keuchte sie.

Er lockerte seinen Griff, jedoch nur so weit, dass Vivi ihm nicht entkommen konnte. »Du hast dich mit dem Falschen angelegt. Ich habe mir bei dem Juwelier die Aufzeichnung der Überwachungskameras angesehen.«

»Wieso? War Ihnen das Fernsehprogramm zu langweilig?«, fragte Vivi so unverfroren wie möglich.

»Soll das etwa witzig sein?«, brüllte der Bodyguard. »Die Polizei war behämmert genug, drauf reinzufallen. Sie fahnden nach einer älteren Dame, diese lachhaften Amateure. Wir beide wissen, dass du es warst!«

»Jetzt aber mal langsam und von vorn«, erwiderte Vivi. »Ich war heute in einem Shoppingcenter am Stadtrand. Der Juwelier, bei dem die Kreditkarte benutzt wurde, liegt an der Zeil, hat die Polizei gesagt. Ich bin ja vielleicht ein hyperaktiver Tausendsassa, aber an zwei Orten zugleich kann selbst ich nicht sein.«

»Wie auch immer du es angestellt hast, mich kannst du nicht täuschen«, bellte Checker. Er deutete auf die Kette mit dem Aquamarinanhänger, die Vivi trug. »Du hast vergessen, das Ding da abzulegen. Das sollte für einen Anfangsverdacht reichen. Alles andere wird sich herausstellen, wenn du in Untersuchungshaft sitzt.«

Die Kette! Vivi hätte sich am liebsten geohrfeigt. Allerdings war ihr ein Rätsel, warum Checker ausgerechnet ihr das erzählte, nicht den Polizisten. Oder hatte er es auf die Beute abgesehen?

»Was wollen Sie eigentlich?«, rief sie verzweifelt. »Wenn Sie sich so sicher sind, dann gehen Sie doch zur Polizei!«

Ein triumphierendes Alligatorgrinsen huschte über Checkers zerknautschtes Gesicht. Er ließ Vivi los und schubste sie grob durchs Zimmer, bis sie aufs Bett fiel.

»Dreihunderttausend Euro sind für Mick Dresen ein Taschengeld. Darauf kommt es nicht an. Viel interessanter ist doch, dass wir beide jetzt ein kleines Geheimnis haben.«

Scheiße, Scheiße, dreimal Scheiße, fluchte Vivi unhörbar

und ausgesprochen undamenhaft. Er hatte sie in der Hand. Ängstlich raffte sie den Bademantel zusammen, als sie sah, dass der Bodyguard seine Anzugjacke auszog.

»Kommen Sie mir bloß nicht zu nahe!«

»Hatte ich dir nicht versprochen, dass wir miteinander Spaß haben werden?«, fragte er grinsend. »Und versuch nicht rumzuzicken.«

Jetzt verstand Vivi, was er wollte. Es ging um Erpressung. Die Alternative hieß Sex mit einem glatzköpfigen Monster oder jahrelanger Knast. Toll. Sie hatte die Wahl zwischen Pest und Cholera. Am widerwärtigsten war Checkers Genugtuung. So ein Ekel. Dauernd hatte er sie befingert und angemacht. Und damit sollte er durchkommen?

Fieberhaft erwog Vivi die Möglichkeiten. Sie konnte ihre Tat nicht länger abstreiten. Aber die Vorstellung, wie dieser tätowierte Muskelberg an ihr herumhupte, ging über ihre Kräfte. Über seine sicherlich exorbitante Hupe wollte sie gar nicht erst länger nachdenken.

»Okay, Sherlock Holmes«, sagte sie, am ganzen Körper bebend. »Ich ergebe mich. Aber nicht jetzt und nicht hier. Mick Dresen ist weg, man erwartet, dass ich in zehn Minuten auschecke. Nichts gegen einen Quickie, aber wenn's schon sein muss, dann richtig.«

Verblüfft stierte Checker sie an. »Wie bist du denn drauf?«

Vivi wusste, wie sie ihn ködern würde. Er hatte eine Achillesferse – er stand auf Selbstgekochtes.

»Morgen ist Donnerstag, da habe ich frei, weil Mick Dresen ja hier abmarschiert ist«, erklärte sie ungerührt. »Ich kaufe ein, koch dir was Feines, und dann rattern wir los, dass die Dachrinne wackelt.«

»Und wie kann ich sicher sein, dass du nicht abhaust?«, fragte Checker misstrauisch.

»Kann ich mir nicht leisten«, antwortete Vivi, allen Mut zusammennehmend. »Ich muss hier noch ein paar Monate durchziehen, bis ich die Kohle genießen kann. Komm morgen Abend um sieben zum Liebfrauenberg.«

»Du willst mich wohl verscheißern?«

»Nein, den gibt's wirklich«, lächelte Vivi. »Warte dort auf mich, ich hole dich ab. Dann geht's zu mir nach Hause, und ich koch dich ins Bett.«

Noch in der Nacht packte Vivi ihre Sachen und fuhr in ihr Wiesbadener Reihenhaus, wo sie überschwänglich von Tiger begrüßt wurde. Er war außer sich vor Freude, sein Frauchen endlich wiederzusehen. Auch Vivi hatte ihn vermisst. Sie verwöhnte ihn mit einer Extraportion Thunfisch, bevor sie ihn mit ins Bett nahm und ausgiebig kraulte. Wie hatte es Ela noch gesagt? Männlich, anschmiegsam und keine blöden Sprüche? Genau. Tiger war der perfekte Lebensgefährte.

Um zwölf Uhr mittags am nächsten Tag kam der Bagger, den Vivi frühmorgens bestellt hatte. Unter lebhafter Anteilnahme der gesamten Nachbarschaft hob er ein tiefes Loch in Vivis Vorgarten aus. Mütter blieben mit ihren Kinderwagen stehen, Männer auf dem Weg zur Arbeit staunten das riesige Gefährt an, Rentner mit Einkaufstaschen für die tägliche Schnäppchenjagd fachsimpelten über den Fortschritt der Technik.

Mitten im Getümmel stand Vivi und passte auf, dass ihre geliebten Rosen nicht mit in die Tiefe gerissen wurden.

»Was soll das denn werden?«, fragte Fräulein Kellermann,

die ältere Dame, die sich um Tiger kümmerte und deren Schwerhörigkeit eine echte Geduldsprobe darstellte.

»Ein Sandkasten«, schrie Vivi gegen den Baggerlärm an.

»Fasten? Machen Sie eine Diät?«

»Sand-kas-ten!«, brüllte Vivi. »Für die Kinder hier in der Straße. Die haben doch keinen anständigen Spielplatz! Die Schaukel war nur der Anfang, jetzt mache ich ein Kinderparadies aus meinem Vorgarten!«

Die Dame nickte eifrig. Was auch immer sie verstanden hatte, sie würde die Kinderstimmen, die hier demnächst noch vielstimmiger erschallten, nicht als störend empfinden.

Mit einem flauen Gefühl dachte Vivi an den bevorstehenden Abend. Ihr Plan war simpel, aber erfolgversprechend. Checker wirkte äußerst berechenbar. Oder würde ihn sein Instinkt warnen?

Einen Tag später, am Freitag, wurde feinster weißer Sand geliefert, und am Samstag weihte Vivi ihr Werk mit einem kleinen Nachbarschaftsfest ein. Sie hatte Berge von Kuchen gebacken, die mit Tellern und Besteck draußen im Vorgarten auf einem Tapeziertisch standen. Außerdem hatte sie einen Luftballonmann engagiert, der die Kinder beglückte. Jubelnd rannten sie mit den bunten Ballons umher und bewarfen sich gegenseitig mit Sand.

Lächelnd sah Vivi ihnen zu. Wenn sie schon keine eigenen Kinder hatte, dann wollte sie wenigstens anderen Kindern eine Freude machen. Frohgemut fing sie an zu schmettern: »*Hast du etwas Zeit für mich, dann singe ich ein Lied für dich von neunundneunzig Luftballons auf ihrem Weg zum Horizont ...*«

Sie dachte an Checker, den harten Kerl, der im wahrsten Sinne des Wortes wie vom Erdboden verschluckt war.

»Denkst du vielleicht grad an mich, dann singe ich ein Lied für dich von neunundneunzig Luftballons und dass so was von so was kommt.«

Das Klingeln ihres Handys beendete die Gesangseinlage. Es war Berthold Seitz, der sich erkundigte, ob es bei der Verabredung am Abend bleibe.

»Natürlich«, erwiderte Vivi. »Ich hole Sie um sieben ab. Und ich«, sie schluckte, »ich freu mich drauf.«

Den letzten Halbsatz hatte sie sich nur unter größten Mühen rausgequetscht. Einfach widerlich, wie die Kerle sie benutzten. Oder besser: benutzen wollten. Denn Sylvia Maria Gerlinde Bernburg hatte beschlossen, nicht mehr mitzumachen bei diesem Spiel, das keines war. Erpressung, Nötigung, sexuelle Übergriffe – nicht mit ihr!

Während die Gäste das Kuchenbuffet plünderten, parkte Ela mit quietschenden Reifen ihr Cabrio vor dem Haus und stieg eilig aus. Ihr grasgrünes, luftiges Sommerkleid leuchtete in der Sonne und bildete einen aparten Kontrast zu ihrem Feuermelderhaar. Mit großen Augen betrachtete sie die vielen spielenden Kinder.

»Was ist denn hier los?«

»Wir feiern die Einweihung des neuen Sandkastens«, erwiderte Vivi. »Möchtest du ein Stück Kuchen?«

Ela schürzte beeindruckt die Lippen. »Du bist wirklich ein Engel. Eine tolle Idee. Hast du schon Zeitung gelesen?«

Vivi verbarg die Hände in den Taschen ihrer Schürze. »Dazu hatte ich noch gar keine Zeit. Die Kirschtorte mit Zuckerguss ist übrigens besonders gut. Steht denn was Interessantes drin?«

»Kann man wohl sagen.« Ela nahm sich ein Stück Kirschkuchen und krönte es mit einem großzügigen Klacks Sahne. »Checker war's. Er hat die Kreditkarte geklaut und ist untergetaucht. Spurlos verschwunden, so steht es jedenfalls in der Zeitung.«

»Der war mir sowieso nie ganz geheuer«, erwiderte Vivi.

»Jetzt suchen sie nach der Komplizin, nach dieser alten Dame. Man vermutet, dass es seine Mutter war. Wahrscheinlich ist das Gaunerpärchen längst über alle Berge.«

Vivi nickte zerstreut. Ich sterbe für Selbstgekochtes, hatte Checker gesagt. Selbst ein ausgekochtes Schlitzohr wie er machte eben mal einen Fehler. Einen ziemlich tödlichen. Das Rattengift hatte schnell gewirkt, alles war wie am Schnürchen gelaufen am Donnerstagabend: festliches Dinner, reichlich Wein, Pupillenstillstand.

»Sorry, Vivi, ich muss schon wieder los«, sagte Ela und wischte sich einen Sahnerest von den Lippen. »Wollte nur mal vorbeischauen und sehen, ob du dich von diesem grässlichen Dresen erholt hast.«

»Kein Problem.« Vivi umarmte ihre Freundin. »Montag bin ich wieder im Hotel. Danke noch mal für den Job.«

»Keine Ursache.«

Vivi sah noch ihrer Freundin hinterher, die mit einem Kavalierstart lospreschte, als zwei Mütter herankamen und ihr einen Blumenstrauß überreichten.

»In dieser kinderfeindlichen Gesellschaft sind Sie ein echter Lichtblick«, sagte eine der beiden ergriffen. »Wie sind Sie nur auf diese wundervolle Idee gekommen?«

Transport und Entsorgung, dachte Vivi. Sie hatte keine Lust gehabt, Checkers massigen Körper irgendwohin zu fahren. Da war es doch viel praktischer gewesen, ihn gleich im Vorgarten zu deponieren. Noch in der Nacht von Donnerstag auf Freitag hatte sie seine Leiche in das Baggerloch gerollt, mit Erde bedeckt und ihm zum Abschied ein »*See you later, alligator*« hinterhergesungen. Am Freitagmorgen war der Sand gekommen. Und nun, am Samstag, freuten sich alle über den schönen Spielplatz.

»Sagen wir, ich hatte eine Inspiration«, antwortete Vivi. »Möchten Sie noch ein Stück Kuchen? Oder lieber etwas Deftiges? In der Küche steht ein großer Topf mit Chili con Carne, das ist meine Spezialität!«

Die Gäste vergnügten sich noch vor Vivis Haus, als sie auch schon wieder in der Küche stand und losbrutzelte. Sie hatte Berthold Seitz überzeugen können, dass ein ungestörtes Picknick zu zweit in Wald und Flur viel romantischer wäre als ein Restaurantbesuch. Der Spätsommer war ungewöhnlich warm, und Vivi kannte einen sehr, sehr einsamen Picknickplatz in den Weinbergen nahe Eltville. Von dort hatte man einen herrlichen Blick auf den Rhein. Weitab vom nächsten Ort, unbeobachtet und am Abend menschenleer.

Während sie auf das Kinderlachen lauschte, das aus dem Vorgarten in die Küche drang, briet sie ihre berühmten Frikadellen. Allerdings wandelte sie das Rezept geringfügig ab. Dazu gehörte nicht nur die bemerkenswerte Menge an Zwiebeln, Knoblauch und italienischen Kräutern, sondern noch eine Kleinigkeit, für die Vivi ihre elektrische Mühle brauchte.

Danach schmorte sie in Sojasauce marinierte Hähnchenkeulen, zauberte einen kleinen Salat aus Chicorée, Orangen und Zwiebeln und packte Gruyère-Käsewürfel nebst Weintrauben ein. Zuletzt füllte sie Prosecco mit Eiswürfeln in eine

Thermoskanne. Es würde ein Picknick de luxe werden. Berthold Seitz würde begeistert sein, der alte Schwerenöter. *»Ein Bett im Weinberg«*, summte Vivi. *»Das ist immer frei, denn es ist Sommer, und was ist schon dabei …«* Es war fast sieben, als sie ihren Wagen mit den Köstlichkeiten belud. Auch an eine Wolldecke hatte sie gedacht, denn ein Picknick zu zweit auf einer harten Parkbank wirkte sicherlich wenig vielversprechend. Dummerweise war es die Wolldecke, die einst Richards leblosen Körper vor zudringlichen Blicken beschützt hatte. Hätte sie diese Liebe retten können? Das hatte sie sich schon tausendmal gefragt. Und war immer zu demselben Ergebnis gekommen: Der Richard, den sie geliebt hatte, war eine Illusion gewesen. Wenn auch die schönste Illusion der Welt.

Seufzend schloss sie den Kofferraum, fuhr vorsichtig aus der Garage und winkte den Kindern zu, die immer noch im Sand spielten. Um kurz nach sieben Uhr klingelte sie bei Berthold Seitz.

»Werte Vivi!« Er hauchte ihr einen viel zu nassen Kuss auf die Wange. »Wie hübsch Sie aussehen!«

Da hatte er wirklich recht. Vivi trug ein weit ausgeschnittenes, geblümtes Sommerkleid, ihre nackten Beine waren – Rasierer und Selbstbräuner sei Dank – die reinste Versuchung. Berthold Seitz hatte aber auch keine Mühen gescheut, diese denkwürdige Verabredung mit einer angemessenen Klamotte zu feiern. Zur Jeans mit Bügelfalten hatte er ein lila gestreiftes Oberhemd und eine blauweißgepunktete Fliege angezogen, was ihm den ersten Preis auf jeder Bad-Taste-Party eingetragen hätte. Ganz zu schweigen von der schütteren Haarsträhne, die auf seiner Glatze klebte.

»Los geht's!«, rief Vivi und hielt ihm die Beifahrertür ihres Wagens auf.

Ungehalten drohte der Anwalt mit dem Finger. »Aber nein, wir nehmen meinen BMW! Ein Lenkrad in Frauenhand ...«

»... jaja, ich weiß, und in Saudi-Arabien dürfen Frauen nicht mal Auto fahren«, vollendete Vivi den Satz, während sie angespannt überlegte, was sie tun sollte. Es gab nämlich einen Grund, warum sie lieber ihren eigenen Wagen nahm. Wer konnte schon wissen, ob Berthold Seitz am Ende des Picknicks noch fahrtüchtig war?

»Berthold, glauben Sie mir, ich liebe es, wenn ein Mann am Steuer sitzt. Doch der Weg zum Picknickplatz ist nicht gepflastert. Ihr Wagen könnte staubig werden. Meiner muss sowieso morgen in die Wäsche, da macht es mir nichts aus, wenn er schmutzig wird.«

»Nun ja, wenn es so ist, also schön«, gab er nach.

Habe ich ihn doch richtig eingeschätzt, dachte Vivi erleichtert. Wer einen Heiratsantrag mit einer Putzfrauenstelle verbindet, ist halt ein spießiger Saubermann.

Ohne weiteren Kommentar stieg Berthold Seitz ein und schnallte sich an. Schon kurz nachdem sie losgefahren waren, legte er Vivi eine Hand aufs Knie, was sie unangenehm an Checker erinnerte, auch wenn der jetzt still und friedlich unter dem Sandkasten ruhte. Sie gab sich Mühe, den Anwalt mit Geschichten aus dem Hotel Miramar zu unterhalten, schwatzte und lachte wie ein kleiner Spaßvogel.

Dabei war ihr beinahe übel. Die Sache mit Checker war gerade mal zwei Tage her, und nun sollte schon der nächste Mann dran glauben? Aber was blieb ihr anderes übrig? Dieser angeblich seriöse Jurist war alles andere als der honorige Notar, der er zu sein vorgab. Er war ein fieser Erpresser, der blasiert lächelnd zusehen würde, wie sie im Knast landete. Ein kleines, vorwitziges Teufelchen in Vivi freute sich schon darauf, den selbstgefälligen Heuchler ein für alle Mal mundtot zu machen.

»Nur wir zwei«, gurrte Berthold Seitz. »Wusste ich's doch, dass Sie nicht die unnahbare Schöne sind!«

»Und Sie sind gar nicht der oberkorrekte Notar, stimmt's?« Er lachte durchtrieben. »Wir sollten das förmliche Sie nun ad acta legen, meinen Sie nicht auch?« Hingebungsvoll knetete er Vivis nacktes Knie. »Sag doch Berthold und du. Oder, wie meine engsten Freunde mich nennen: Berthi.«

Vivi unterdrückte einen Würgereiz, obwohl ihr die Galle bis zu den Mandeln stand. »Alles klar, Berthi!«

Sie ahnte, dass vermutlich seine Mutter die letzte Person gewesen war, die ihn so genannt hatte. Abgesehen von der finanziellen Zweckgemeinschaft mit Werner, die so jäh beendet worden war, hatte er keine Freunde, soweit Vivi wusste. Sein Dünkel hatte einen einsamen Mann aus ihm gemacht. Die Methoden jedoch, mit denen er sich ein bisschen Leben in die Bude holen wollte, dämpften ihr Mitleid. Für diese Sorte Mann gab es nur eine Lösung: das Jenseits.

Der letzte Widerschein der untergehenden Sonne tauchte die Weinberge in ein zauberisch rötliches Licht, als Vivis Wagen wenig später den vertrauten Feldweg nahe Eltville hochholperte. Um die Konversation musste sie sich nicht mehr bemühen, denn Berthold Seitz unterhielt sie ohne Unterlass mit seinen kompliziertesten Fällen – Immobiliengeschäften, Beglaubigungen aller Art und langwierigen Erbschaftsangelegenheiten. Da war er Spezialist. Und natürlich der Held aller Geschichten, ja er platzte fast vor lauter Ego.

Vivi nahm es gelassen hin. Diese Beeindruckungsprosa musste sie sich nicht mehr lange anhören, falls alles gutging.

Endlich erreichten sie den Picknickplatz, an dem Vivi früher häufig mit Werner gesessen hatte, damals, als ihre Ehe noch in Ordnung gewesen war. Doch war diese Ehe jemals in Ordnung gewesen? Rückblickend war sich Vivi gar nicht mehr so sicher. Warum hatte Werner sie immer bevormundet? Warum hatte er sie quasi enterbt? Und wann hatte er wohl mit seinen aushäusigen Sexeskapaden angefangen? Auf jeden Fall war sie nach Strich und Faden betrogen worden und blind wie ein Maulwurf gewesen. Das würde ihr so schnell nicht noch einmal passieren.

Fünf Minuten später wähnte sich Vivi geradezu in einem Heimatfilm. Die Vögel zwitscherten schläfrig, ein lauer Wind strich durch die Weinberge, der Rhein floss tief unter ihnen vorbei. Alles sah herzzerreißend idyllisch aus. Wenn da nicht dieser Mann gewesen wäre, der sich neben ihr auf der Picknickdecke ausstreckte und achtlos das Glas Prosecco hinunterstürzte, das sie ihm reichte. Zu allem Überfluss grinste er auch noch anzüglich, als er nach einem Hühnerschenkel griff.

»Man sagt ja, Frauen, die gut kochen, verstünden sich auch auf die Kunst des Liebesspiels, falls du mir diese direkte Ausdrucksweise verzeihst.«

Vivi lächelte säuerlich. »Ach ja? Sagt man das?«

»Ob diese goldene Regel stimmt, werden wir herausfinden. Offen gestanden, hast du auch keine Wahl. Ein Anruf beim Gericht, und alles fliegt auf. Bis jetzt ist keiner darauf gekommen, dass das Testament eine plumpe Fälschung ist. Da musste schon eine Koryphäe wie ich genauer hinschauen, nicht wahr, werte Sylvia?«

Ja doch! Vivi ertrug seine ölige Selbstgefälligkeit kaum noch.

»Du bist eben genial«, sagte sie.

Er richtete sich bedrohlich auf, seine Stimme nahm einen metallischen Klang an.

»Genial? Nun, ich bin ein Mann, der weiß, was er will und wie er es bekommt! Auf diese Gelegenheit habe ich lange, viel zu lange gewartet. Denk nur nicht, werte Sylvia, ich breite den gnädigen Mantel des Schweigens über diese Angelegenheit. Du bist mein – oder du wanderst hinter schwedische Gardinen.«

Vivi hüstelte nervös. »Schon gut, erst das Essen, dann das Vergnügen.«

Irgendetwas knackte im Gebüsch, und Vivi schrak zusammen. Wurden sie belauscht? Sie reckte den Kopf und sah sich wachsam um, konnte aber niemanden entdecken. Bestimmt nur ein Kaninchen, beruhigte sie sich.

Sie reichte Berthold eine Tupperdose, deren Inhalt man mit Fug und Recht brisant nennen konnte. Nicht für normale Leute, aber für Berthold Seitz.

Gierig griff er nach den Frikadellen. »Die sehen überaus knusprig aus. So wie du, wenn ich mir diese delikate Bemerkung erlauben darf. Heute werden wir uns endlich den Freuden der Fleischeslust hingeben. Ich kann es kaum erwarten!«

Er steckte sich eine Frikadelle in den Mund und legte Vivi einen Arm um die Taille. Neckisch zerrte er an dem dünnen Stoff.

»Mein Kind, du brauchst dich nicht zu zieren. Ich habe immer gewusst, dass du ...«

»Ja?« Aufmerksam betrachtete Vivi den kauenden Berthold, der schon etwas verändert wirkte. Sein Gesicht war unnatürlich blass, und er schnappte nach Luft.

»Schatz, nimm noch eine Frikadelle! Die sind mein ganzer Stolz!«

»Ich weiß nicht, ich …«, stöhnte er.

»Doch, doch, Liebe geht durch den Magen, Berthi.« Sie schob ihm eine weitere Frikadelle in den Mund. »So ist es gut. Brav essen, das Dessert gibt's bei mir zu Hause …«

»… im Schlafgemach?«, röchelte Berthold Seitz.

»Könnte man so stehen lassen«, erwiderte Vivi schelmisch.

Im Internet hatte sie alles über die medizinischen Details gelesen. Sie konnte nur hoffen, dass der liebe Berthi nicht übertrieben hatte. Falls ihn wirklich eine ernstzunehmende Haselnussallergie plagte, blühte ihm ein anaphylaktischer Schock. Sie hatte alle Symptome auswendig gelernt: Blutdruckabfall, Verengung der Atemwege, Kreislaufzusammenbruch, Herzstillstand. Sofern dieser miese Erpresser überhaupt ein Herz hatte.

Verwirrt starrte er Vivi an. »Ich … fühle mich … gar nicht … äh … wohl.«

Sie tätschelte seine kreidebleiche Stirn. »Och, das ist sicher nur die Aufregung. Trink noch ein Glas Prosecco!«

Mit weit aufgerissenen Augen stierte er ins Leere. »Was … was … war in den … Frikad…?«

Vivi wollte ihn in den letzten Sekunden seines schändlichen Lebens nicht beunruhigen. Deshalb ersparte sie ihm die Schilderung, wie sie zwei ganze Tüten Haselnüsse gemahlen und in den Frikadellenteig gerührt hatte. Was ihm angesichts der äußerst kräftigen Würzmischung nicht weiter aufgefallen war.

»Geheimrezept«, sagte sie verschwörerisch, während Berthold Seitz zur Seite sank. »Ich werde nun ein wenig lustwandeln, bin gleich wieder da!«

184

Sie erhob sich, klopfte sich ein paar Frikadellenkrümel vom Kleid und stapfte davon. Den anschließenden Gang durch die Weinberge, die in der Abenddämmerung besonders friedlich aussahen, hätte sie sicherlich genossen – wenn nicht auf ihrer Picknickdecke ein Mann gelegen hätte, dessen Körper gerade von der Initialphase in die systemische Reaktion wechselte. So jedenfalls war die Sache im Internet beschrieben worden.

Wieder hörte sie ein merkwürdiges Knacken. Ängstlich spähte sie umher, ob sich doch noch irgendwelche verspäteten Spaziergänger hierher verirrt hatten. Aber es blieb alles ruhig. Selbst die Vögel hatten aufgehört zu zwitschern. Unaufhaltsam senkte sich die Dunkelheit über die Weinreben. Zeit, diesen unheilvollen Abend zu beenden.

Zum Picknickplatz zurückgekehrt, verharrte sie eine Weile vor dem dahingegangenen Berthold Seitz. Ein ungläubiges Staunen lag auf seinen reglosen Zügen. Vielleicht hatte er im Moment seines Ablebens noch von einer heißen Nacht mit Vivi geträumt. Sie schüttelte sich bei der Erinnerung an seine Hand auf ihrem nackten Knie. Voll eklig war das gewesen, und es wäre noch weit unappetitlicher geworden, wenn sie nicht die Notbremse gezogen hätte.

Sacht zog sie die Picknickdecke unter seinem Körper hervor und faltete sie zusammen. Dann packte sie die Reste des Mahls in den mitgebrachten Korb, suchte den Ort des Geschehens nach Spuren ab und machte sich auf den Weg zu ihrem Wagen.

Als sie nach Hause fuhr, fühlte sie sich wie befreit. Tja, der ebenso penetrante wie intrigante Berthold Seitz hatte sich eben mit der Falschen angelegt. »Achtung, Achtung, eine wichtige Durchsage an die Männerwelt«, erklärte sie dem Rückspiegel.

»Ich bin nicht mehr das hilflose Dummerlein, sondern eine Frau, die sich verteidigt. Also Obacht – wer mir komisch kommt, springt über die Klinge!«

Eine Antwort erhielt sie nicht. Deshalb begann sie zu singen: »*Goodbye, my love, goodbye* ...« Obwohl das eindeutig weder zu Werner, zu Checker noch zu Berthold passte, sondern einzig und allein zu ihrem wunderbaren, einzigartigen und unvergleichlichen Richard.

Das Wochenende verbrachte Vivi damit, Kekse für die Kinder zu backen, die den Sandkasten gar nicht mehr verließen, und wenn, dann nur, um sich auf die Schaukel zu stürzen. Der Vorgarten glich jetzt eher einem Kindergarten. Vivi war glücklich darüber. Auch wenn eine innere Stimme ihr zuflüsterte, dass es ihre eigenen Kinder hätten sein können, die da draußen spielten. Aber was halfen solch trübe Gedanken?

Als sie zwischendurch den Poststapel auf dem Couchtisch sortierte, fand sie einen Brief von Werners Sohn Hans-Peter. Er teilte ihr mit, dass sie innerhalb der kommenden drei Wochen ausziehen müsse. Andernfalls drohe eine Räumungsklage. Weder er noch Inge-Gundula seien gewillt, länger zu warten.

Grimmig zerknüllte Vivi den Brief und warf ihn Tiger zu, der sich begeistert auf das neue Spielzeug stürzte. Ein paar Minuten später waren nur noch Fetzen übrig. Stolz auf seinen Sieg, schmiegte er sich an Vivi.

»Ja, mein Tigerchen«, flüsterte sie, »gut gemacht. Wir bleiben hier, und keiner darf uns vertreiben.«

Am Montagmorgen trat sie wieder ihren Dienst im Hotel an. Die Stimmung war noch gedrückt wegen des Vorfalls mit Mick Dresens Kreditkarte, doch zum Glück schien nach wie vor niemand Vivi zu verdächtigen. Stattdessen redeten alle über den Toten, den Spaziergänger am Sonntag in der Nähe von Eltville gefunden hatten. Die Zeitungen waren voll davon. »Tod im Weinberg«, titelte ein örtliches Boulevardblatt. Die Polizei gehe von einem natürlichen Tod aus, da die Obduktion keinerlei verdächtige Ergebnisse gebracht hätte. Weder Gewalteinwirkung noch Giftstoffe habe man feststellen können.

Auch auf Elas Schreibtisch lag die Zeitung, als Vivi in der Mittagspause bei ihr vorbeischaute.

»Hast du's schon gelesen?« Ela deutete auf die Titelzeile. »Du kanntest doch diesen Seitz, oder? War das nicht der Rechtsverdreher, der dir an die Wäsche wollte?«

»Stimmt, und er war ein enger Freund von Werner«, erwiderte Vivi mit Grabesstimme. »Ist schon etwas unheimlich, finde ich. Die alten Knaben fallen um wie die Fliegen.«

»Ach was«, wiegelte Ela ab. »Diese Knatterkerle müssen eben irgendwann mal abtreten. Ist doch eigentlich ein schöner Tod, Herzstillstand im Grünen. Besser, als jahrelang dahinzusiechen.«

»Ja, ein schöner Tod«, murmelte Vivi. »So mitten in den Weinbergen.«

Die Beerdigung zwei Tage später war eine ziemlich deprimierende Angelegenheit. Abgesehen von zwei Kegelbrüdern in bunten Jogginganzügen war außer Vivi keine Seele erschienen. Von wegen gesellschaftliche Stellung. So gut wie keiner wollte Berthold Seitz das letzte Geleit geben, was auf einen eklatanten Mangel an Beliebtheit schließen ließ.

Nicht, dass Vivi sonderlich darüber erstaunt war. Bertholds

dünkelhafte Attitüde hatte zuletzt nur noch Werner ertragen, der in zwischenmenschlichen Dingen vollkommen schmerzfrei gewesen war. Ein Soziopath wie der gute Berthi musste sich wahrlich nicht wundern, dass er derart sang- und klanglos verscharrt wurde. Nicht einmal ein bezahlter Leichenredner war anwesend. Und sobald klar war, dass es weder eine Tasse Kaffee noch ein Stückchen Kuchen, geschweige denn einen Leichenschmaus geben würde, verdrückten sich die beiden Kegelbrüder in die nächste Kneipe, noch bevor der Sarg das Grab erreichte.

»Ciao, werter Berthold«, flüsterte Vivi, als die Herren vom Bestattungsinstitut begannen, das Grab zuzuschaufeln. »Das wäre sowieso nix geworden mit uns beiden.«

Sie legte eine weiße Rose neben den Grabstein. Dann schlenderte sie gedankenverloren über den Friedhof, bis sie auf einmal vor einem weißen Marmorengel stand. *Werner Bernburg*, stand in den Sockel eingemeißelt, und: *Nichts in diesem Leben ist sicher, außer dem Tod und den Steuern.* Vivi hatte das Zitat von Benjamin Franklin passend gefunden für einen dahingeschiedenen Steuerberater.

»Was hast du bloß angerichtet, Werner Bernburg?«, fragte sie den Erdhügel, auf dem Stiefmütterchen und Azaleen blühten. »Wieso machst du es mir so verdammt schwer?«

Sie wartete keine Antwort ab, sondern machte auf dem Absatz kehrt. Die morbide Atmosphäre des Friedhofs ertrug sie nicht länger. Schwarz stand ihr gut, doch von nun an würde sie alles tun, um weitere Beerdigungen zu vermeiden.

Hans-Peter und Inge-Gundula willigten sofort in Vivis Angebot ein, ihnen das Haus abzukaufen. Für einen deutlich übersteigerten Preis. Vivi wollte auf Nummer sicher gehen und kannte schließlich die Geldgier dieser Aasgeier. Bargeld lacht, war Hans-Peters Lieblingsspruch, seltsam genug, denn genau dasselbe hatte auch die Prostituierte gesagt, die Vivi nach Werners Tod in der Leitung gehabt hatte.

Sie ließ einen Tag verstreichen, bevor sie freinahm und nach Rotterdam fuhr. Bei einer ausgedehnten Surfrunde im Internet hatte sie herausgefunden, dass man dort ohne weitere Fragen auch größere Mengen Gold einschmolz. Die gestohlene Kette und die Armreifen waren überall in den deutschen Zeitungen abgebildet worden, aber in Rotterdam interessierte sich kein Mensch für lästige Details.

Der Deal war so unkompliziert wie einen Liter Milch kaufen. Es war 750er Gold, die oberste Kategorie bei Schmuck. Eine perfekte Wertanlage, wie man ihr versicherte und sie zu ihrem Qualitätsbewusstsein beglückwünschte. Vivi wartete im Empfangsraum der Firma, während ihr Goldschmuck in einem Schmelzofen auf über tausend Grad erhitzt wurde. Wenig später verwandelte er sich erst in einen handlichen Barren und dann in dicke Bündel Geldscheine.

Noch am Abend ihrer Rückkehr kam Hans-Peter angefahren. Vivis Erklärung, sie habe das Geld von ihrer Tante Elfriede geerbt, schluckte er ohne weitere Nachfragen. Er konnte ja nicht wissen, dass die alte Dame Vivi nichts weiter als ihre Postkartensammlung vermacht hatte. Pfeifend verließ Hans-Peter wenig später das Reihenhaus und stieg in seinen Wagen. Die Geldbündel hatte er in eine mitgebrachte Supermarkttüte gestopft.

Am Samstag darauf saß Vivi in ihren eigenen vier Wänden. Der Kampf war vorbei, und sie war als Siegerin vom Platz gegangen. Eigentlich hätte sie froh sein müssen. Oder zumindest erleichtert. Stattdessen hockte sie lustlos auf der Couch, streichelte Tiger und starrte ins Leere. War das Männerthema ein für alle Mal durch? Was war mit Liebe, Lust und Leidenschaft?

Seufzend griff sie zu den Zeitungen, die sie aufgehoben hatte. Zum hundertsten Mal überflog sie die Schlagzeilen und betrachtete die Fotos, die Richard zeigten. Er hatte ein Loch in ihrem Herzen hinterlassen, das kein Mann je füllen würde.

Wieder seufzte sie. Von jetzt an würde sie sich von Männern fernhalten. War einfach besser so. Für Vivi ohnehin, vor allem aber für die Männer, wenn ihnen ihr Leben lieb war.

Nachdenklich stand sie auf und ging in die Küche. Sie hatte für Tiger frische Kalbsleber gekauft, die sie in kleine Stücke schnitt. Gerade stellte sie ihm sein Mittagessen hin, als es an der Tür klingelte. Bestimmt Fräulein Kellermann, dachte Vivi, denn die alte Dame war ganz vernarrt in Tiger und besuchte ihn auch am Wochenende. Oder es waren vielleicht Kinder, die Appetit auf Kekse hatten. Am meisten liebten die Kleinen die Haferplätzchen mit eingebackenen Schokoladenstückchen, Vivis Spezialität.

Sie wischte sich die Hände an der Schürze ab, lief zur Haustür und öffnete sie. Dann wich sie zurück. Vor ihr stand ein schlanker Mann in einem etwas abgetragenen grauen Anzug. Er mochte etwa Ende vierzig sein. Vivi erstarrte. Die Ähnlichkeit mit Richard war einfach überwältigend: Größe, Statur, Haarfarbe, alles passte. Nur, dass er sein Haar etwas länger trug, fast bis zum Kinn, was ihm das Flair eines französischen Schauspielers verlieh. Ein feines Lächeln lag auf seinem jungenhaften Gesicht, während er einen Plastikausweis und eine zerknitterte Visitenkarte aus seinem Jackett kramte.

»Frau Bernburg? Hauptkommissar Jan Petersen, Kriminalpolizei Frankfurt. Hätten Sie kurz Zeit für mich?«

Kapitel zehn

»Reine Routine«, sagte Kommissar Petersen nun schon zum dritten Mal und nippte an seinem Cappuccino.

Diese Erklärung sollte sicherlich beruhigend wirken, doch Vivi war in heller Panik. Plötzlich waren alle ihre Ängste wieder da. Die Angst vor dem Skandal, vor der Verhaftung, vor einer Zukunft, die sie in der schmucklosen Ödnis einer Gefängniszelle verbringen würde.

Ihr Magen fuhr Achterbahn, und in ihrem Kopf hämmerte es, seit dieser Typ an ihrer Haustür aufgetaucht war. Er gab sich zwar freundlich, doch sie ließ sich nicht täuschen. Die klugen grauen Augen, denen nichts entging, der wache Blick, der auf ein beängstigend helles Köpfchen schließen ließ, das alles gab wenig Anlass zur Beruhigung. Ganz im Gegenteil. Dieser Mann war ein eiskalter Spürhund, und er witterte die Fährte.

Wenigstens stand Tiger ihr bei. Er hatte sich mit vibrierenden Barthaaren neben sie auf die Couch gelegt und ließ den ungebetenen Gast nicht aus den Augen. Als sei er kein Kater, sondern ihr männlicher Beschützer. Unruhig tippte er mit der Schwanzspitze auf dem Sofa herum, ein sicheres Zeichen dafür, dass er in Alarmbereitschaft war.

Zu allem Überfluss lagen auf dem Couchtisch die Zeitungen mit den Artikeln über Richard. Vivi hatte sie im letzten Moment noch rasch umdrehen können, als sie mit dem Kommissar ins Wohnzimmer gekommen war. Mittlerweile verfluchte sie sich dafür, dass sie die Zeitungen nicht einfach hinters Sofa befördert hatte. Ihr wurde schwindelig bei der Vorstellung, dass dieser Spürhund aufmerksam darauf werden könnte.

»Unser Dezernat ist gerade erst gegründet worden und beschäftigt sich mit ungelösten Fällen«, erklärte er. »Und zwar mit völlig neuen Ermittlungsmethoden. Im Rahmen unserer Nachforschungen betreiben wir zum Beispiel etwas, das wir eine Umfeldrecherche nennen.«

»Wie spannend«, sagte Vivi und atmete tief durch, um nicht auf der Stelle zu kollabieren. Sie rang sich ein interessiertes Lächeln ab, obwohl ihr eher danach war, sich zu übergeben. »Wow, ich habe noch nie einen echten Kommissar kennengelernt! Dabei liebe ich Krimis, obwohl die eigentlich nichts für meine schwachen Nerven sind. Ich kann nämlich kein Blut sehen, wissen Sie ... Doch für einen Mann wie Sie ist das sicherlich – reine Routine?«

Kommissar Petersen schmunzelte. »Meine Arbeit ist nicht ganz so spektakulär, wie man gemeinhin vermutet. Aber höchst effizient. Die Aufklärungsquote unseres Dezernats liegt im oberen Bereich.«

Seine anschließende Kunstpause war die reinste Qual. Lauernd sah er sich um, musterte das Wohnzimmer, die Couch, den Teppich, die Blumenaquarelle. Vivi hatte das Gefühl, dass er bereits jede Menge belastender Indizien entdeckt hatte. Lauter sachdienliche Hinweise darauf, dass eine vierfache Mörderin vor ihm saß. Na ja, eigentlich dreieinhalb, denn Werners Tod war ja nun wirklich keine Absicht gewesen.

Ihr wurde mulmig bei dem Gedanken, dass es noch weit mehr in ihrem Haus gab, was verdächtig sein musste. Nicht nur die Zeitungen, auch die Dose mit Rattengift zum Beispiel, die in ihrem Küchenschrank stand.

Das Herz blieb ihr stehen, als der Polizist sich vorbeugte und zu den Zeitungen griff. Jetzt durfte sie auf keinen Fall die Nerven verlieren. Sei stark!, redete sie sich gut zu. Spiel ihm die naive kleine Hausfrau vor!

»Tut mir leid, ich hatte keinen Besuch erwartet, deshalb das Durcheinander«, flötete sie. »Sind uralte Zeitungen, die sowieso nur rumliegen. Wenn ich überhaupt mal was lese, dann Kochbücher.«

Sie wollte ihm die Zeitungen wegnehmen, nichts wie weg vom Auge des Gesetzes, doch damit weckte sie nur den untrüglichen Instinkt dieses Polizisten. Mit verkniffenem Blick betrachtete er Vivis Altpapiersammlung und überflog die Schlagzeilen.

»Die Zeitungen sind etwa vier Wochen alt.«

»Tja, ich müsste wirklich mal aufräumen! Geben Sie her, ich mach das schnell …«

»Nein, nein, keine Umstände«, protestierte er.

Jetzt las er auch noch die einzelnen Artikel. Drehte er die verflixten Zeitungen um, war Vivi geliefert.

»Wie kann ich Ihnen denn nun weiterhelfen?«, fragte sie, bemüht, das verräterische Zittern in ihrer Stimme zu kontrollieren.

Es war ja nicht nur die Angst, die ihr die Kehle zuschnürte. Hinzu kam seine frappierende Ähnlichkeit mit Richard. Sogar die Art, wie er mit seinen auffallend gepflegten Händen gestikulierte, erinnerte sie schmerzlich an ihre große Liebe. Und dann diese für einen Mann ungewöhnlich vollen, sinnlichen Lippen. Da hätte man leicht auf dumme Gedanken kommen können, wenn dieser Mann nicht die personifizierte Gefahr gewesen wäre.

Der Beamte lehnte sich im Sessel zurück und fächelte sich Luft mit dem Zeitungspapier zu. Gelähmt vor Entsetzen sah Vivi, wie Richards Foto auf und ab wippte, kaum verdeckt von den schmalen Fingern des Kommissars.

Selbst die raffiniertesten Folterknechte hätten sich keine schlimmere Qual ausdenken können.

»Unsere Umfeldrecherche hat ergeben, dass Sie Kontakt mit drei Männern hatten, die kürzlich verstorben beziehungsweise verschwunden sind«, erläuterte er. »Ihren Gatten nicht eingerechnet, der ja auch erst vor kurzem das Zeitliche gesegnet hat, wenn ich richtig orientiert bin.«

Oha. Heiß schoss das Blut in Vivis Wangen. Sie senkte den Blick und kraulte Tigers Kopf, der es schnurrend genoss, jedoch wachsam blieb.

»Ja, ich bin verwitwet. Ein harter Schlag. Ich verstehe nur nicht ganz, wen Sie mit den drei Männern meinen.«

»André Kowalski, Harry Wetzel, Berthold Seitz«, antwortete Kommissar Petersen wie aus der Pistole geschossen.

Vivi zuckte zusammen, als seien ihr die dazugehörigen Kugeln um die Ohren gepfiffen.

»Ooh«, stöhnte sie, »Berthold Seitz. Ein schrecklicher Verlust, sein plötzlicher Tod. Er war jahrelang unser juristischer Beistand und ein unverzichtbarer Freund nach dem Tod meines Mannes. Ich war so hilflos. Herr Seitz kümmerte sich um den Papierkram, für mich ist so etwas zu hoch. Sie wissen ja, ich hab's mehr mit Kochrezepten.«

Der Kommissar nagte an seiner Unterlippe. »Und André Kowalski? Harry Wetzel? Klingelt da was bei Ihnen?«

»Hm.« Vivi tat so, als müsste sie angestrengt nachdenken. »Nein, diese Herren kenne ich nicht.«

Gebannt sah sie zu, wie ihr Gast die Zeitungen wieder ablegte und zum Kaffeelöffel griff. Er rührte in seinem Cappuccino, bis sich der Schaum im Kaffee aufgelöst hatte, eine Angewohnheit, die Vivi hasste. Wofür gab sie sich so viel Mühe, den perfekten Milchschaum herzustellen, wenn er verrührt wurde?

»Vielleicht kann ich Ihrer Erinnerung auf die Sprünge helfen, indem ich Richard von Hardenberg erwähne?«, feuerte Jan Petersen die nächste Salve ab.

Richard! Zur Abwechslung wurde Vivi totenbleich. Mist, verdammter. Unwillkürlich schielte sie zu den Zeitungsausschnitten, die immer noch direkt vor der Nase dieses viel zu neugierigen Mannes lagen.

Sie räusperte sich. »Natürlich kenne ich Richard von Hardenberg.« Sie schluchzte auf. »Bitte sagen Sie nicht, dass ihm etwas zugestoßen ist!«

»Tot«, erwiderte Jan Petersen.

Es schien ihn mit einiger Genugtuung zu erfüllen, dass er es war, der die schlechte Nachricht überbrachte. Sein mitleidloser Blick ging Vivi durch und durch, wie ein Laserstrahl, der Stahl zerschnitt.

Sie schlug die Hände vors Gesicht. »Nein! Das kann doch nicht sein! Warum wusste ich nichts davon? Sind Sie hergekommen, um mir diese traurige Nachricht zu übermitteln? Und wie kommen Sie überhaupt auf mich?«

»Reine Routine.« Es schien seine verdammte Lieblingsfloskel zu sein. »In der Wohnung des Toten haben wir ein Adressbuch gefunden. Unter anderem befand sich Ihr Name darin. Standen Sie Herrn von Hardenberg nahe?«

Das wurde ja immer schlimmer. Vor Vivis Augen drehten sich glühende Kreise, ihre Wimpern flatterten.

»Sehr nahe«, hauchte sie. »Wir wollten uns eine gemeinsame Zukunft aufbauen. Doch er hatte wohl so etwas wie Bindungsangst, leider. Meine Freundin Ela sagt, das kommt öfter vor. Nun ja, er machte Schluss, einfach so ...«

»... und wurde vor vier Wochen unter dem Namen André Kowalski aus dem Rhein gefischt«, ergänzte der Kommissar.

»Gott, wie schrecklich!«

Vivi wischte sich eine Träne aus dem Augenwinkel, und diese Träne war so echt wie das Gold, das sie in Rotterdam hatte einschmelzen lassen.

»Aber wieso André Kowalski? Hieß er denn gar nicht Richard von Hardenberg? Himmel, wie konnte all das passieren?«

Der Kommissar leckte seinen Kaffeelöffel ab. »Ich dachte, das würden Sie mir erzählen.«

In diesem Moment schellte es wieder an der Tür. Das war die Gelegenheit! In Windeseile schoss Vivi vom Sofa hoch. Bevor der Kommissar sie daran hindern konnte, knüllte sie geistesgegenwärtig das Zeitungspapier zusammen, hechtete in die Küche und ließ die Artikel im Mülleimer verschwinden. Erst dann öffnete sie einer ganzen Kinderschar, die sie erwartungsvoll anblickte. Nachdem sie eine Schüssel voller Haferplätzchen nach draußen gereicht hatte, kehrte sie mit butterweichen Knien ins Wohnzimmer zurück. Sie musste diesen aufdringlichen Petersen schnellstens loswerden. Aber wie?

»Kinder«, sagte sie entschuldigend. »Sie spielen liebend gern in meinem Vorgarten, und ich verwöhne sie mit selbstgebackenen Keksen. Möchten Sie auch welche? Oder lieber Brownies? Das Rezept ist was ganz Besonderes, mit flüssiger Schokolade, die auf der Zunge schmilzt.«

»Ein andermal vielleicht.«

Der Kommissar lächelte, doch dieses Lächeln war so wenig echt wie die stümperhafte Rolex-Kopie, die unter seinen nicht ganz sauberen Manschetten zum Vorschein kam. Das Gold war schon halb abgeblättert.

»Um wieder zur Sache zu kommen: Wann haben Sie Richard von Hardenberg alias André Kowalski das letzte Mal gesehen?«

Wie im Fieber strich sich Vivi das Haar aus dem Gesicht.

»So genau kann ich Ihnen das nicht sagen. Könnte etwa sechs Wochen her sein.«

»Und Harry Wetzel, auch als Checker bekannt?«

Eine Kanonade gezielter Kinnhaken war nichts gegen die Fragetechnik von Jan Petersen. Ein Schauer nach dem anderen lief Vivi über den Rücken.

»Ach so, Sie sprechen von diesem Bodyguard.« Sie zog ihre Stirn in Falten. »Ja, ich erinnere mich an den Mann. Er war Gast in dem Hotel, in dem ich arbeite. Er reiste zusammen mit seinem Chef ab, seither habe ich nie wieder von ihm gehört. Sagt man nicht, er sei mit dem Geld von Mick Dresen durchgebrannt?«

»Eine Hypothese, weiter nichts«, knurrte der Kommissar.

Er schien höchst unzufrieden mit Vivis spärlichen Auskünften zu sein. Missmutig betrachtete er zuerst die Fingernägel seiner feingliedrigen Hände, dann Tiger, der sich zu seinen Füßen gesetzt hatte und ihn fauchend fixierte. Ähnlich hatte Tiger auch auf Checker reagiert. Nur Richard hatte er gleich ins Herz geschlossen, den unvergleichlichen Richard.

Aber was war das? Vorsichtig streckte Tiger eine Pfote aus, dann schlich er sich näher an Jan Petersen heran. Und jetzt rieb er auch noch seinen Kopf an dessen Hosenbein. Dummer Kater! Wie konnte er nur?

»Tja, dann – bleibt es wohl bei den ungelösten Fällen«, brach Vivi das unbehagliche Schweigen. »Wenn mir noch etwas einfällt, melde ich mich bei Ihnen. Ganz bestimmt.«

»Moment!« Die Stimme des Kommissars traf Vivi bis ins Mark. »Da wäre noch Berthold Seitz. Wussten Sie, dass er Sie in seinem Testament bedacht hat? Und zwar ziemlich großzügig!« Vivi fiel die Kinnlade herunter. »Was?«

»Alles in allem etwa drei Millionen, seine Immobilien noch nicht mitgerechnet. Was sein plötzliches Ableben umso interessanter macht, finden Sie nicht auch? Frau Bernburg? Geht es Ihnen nicht gut?«

Doktor Köhnemann wirkte ernsthaft besorgt. Pausenlos schüttelte er den Kopf, während er das Stethoskop und das Blutdruckmessgerät in seiner Arzttasche verstaute. Dann entnahm er der Tasche eine Schatulle mit einem Spritzbesteck und verpasste Vivi ein Kreislaufmittel.

Sie war nach den Enthüllungen des Kriminalbeamten aufgesprungen und anschließend zusammengebrochen, mitten auf dem hochflorigen Teppich in Orange-, Lachs- und Terrakottatönen. Als sie wieder zu sich gekommen war, hatte sie die Nummer von Doktor Köhnemann gemurmelt. Der klebte ihr nun ein Pflaster auf die Einstichstelle und schlurfte ins Esszimmer, wo er sich auf einen Stuhl fallen ließ.

»Ist sie wieder vernehmungsfähig?«, fragte der Kommissar ungeduldig. Er hatte am Esstisch gewartet, solange der Arzt seine Patientin versorgte.

Doktor Köhnemann deutete auf die Couch, auf der eine totenblasse Vivi lag, die Augen fest geschlossen.

»Auf keinen Fall, Frau Bernburg braucht Ruhe. Ich werde

noch eine Weile bei ihr bleiben, bis sie stabil ist. Mit einem Kreislaufkollaps ist nicht zu spaßen.«

»Tja, Frau Bernburg schien mir aber kerngesund zu sein«, giftete der Kommissar.

Das ließ der Mediziner nicht auf sich sitzen. Sein Blick verfinsterte sich. »Ein Mensch ist nur so lange gesund, bis man ihn gründlich genug untersucht hat. Es ist noch nicht lange her, dass Frau Bernburgs Mann an Herzversagen starb. Noch so eine Tragödie lasse ich nicht zu.«

»Ach«, die schlauen Augen des Kommissars flackerten auf. »Sie kannten Herrn Bernburg?«

Der Tonfall von Jan Petersen klang streng, vielleicht eine Spur zu streng für die strapazierten Nerven von Doktor Köhnemann. Seine Hände fingen an zu zittern. Argwöhnisch und auch ein wenig schuldbewusst richtete er sich auf.

»Ja, äh, wieso? Ich bin der langjährige Hausarzt der Familie.«

»Und sind Ihnen irgendwelche Unregelmäßigkeiten aufgefallen?«, schnarrte der Kommissar.

Wie ertappt blinzelte Doktor Köhnemann sein Gegenüber an. »Äh, nun, ja und nein, das heißt, Bluthochdruck und Herzrhythmusstörungen. Herr Bernburg litt schon seit geraumer Zeit an koronarer Insuffizienz. Eine Krankheit, die oft unterschätzt wird.«

»Das meine ich nicht«, fuhr der Kommissar unwirsch dazwischen. »Hat zwischen den Eheleuten alles gestimmt? Oder gab es Streit? Zerwürfnisse? Auseinandersetzungen?«

Im Nebenzimmer hielt Vivi den Atem an. Sie war bei vollem Bewusstsein, auch wenn sie sich fühlte, als hätte ein Bagger sie überfahren. Erst kreuzte dieser komische Kommissar auf und machte ihr die Hölle heiß, und dann behauptete er auch noch, sie hätte all das viele Geld geerbt. Was sollte sie davon halten? Das konnte ja wohl nur eine Falle sein.

»Aber nein, von Streit ist mir nichts bekannt!« Doktor Köhnemann hob beschwörend die Hände. »Es war eine außergewöhnlich glückliche Ehe! Selbst nach all den Jahren«, er lächelte gequält, »waren sie sogar noch, nun ja, den ehelichen Pflichten zugeneigt, wie Herr Bernburg mir gestanden hat. Was nach fünfzehn Jahren Ehe nicht überall vorkommt.«

Entnervt verdrehte der Kommissar die Augen zur Decke. »So genau wollte ich es nun wirklich nicht wissen. Bitte richten Sie Frau Bernburg aus, dass ich sie am Montagmorgen um acht zu einem Gespräch im Frankfurter Präsidium sehen will. Sie hat meine Visitenkarte.«

Er stand auf, nickte Doktor Köhnemann zackig zu, warf noch einen letzten Blick auf Vivi, die sich konsequent schlafend stellte, und verließ grußlos das Haus. Dann war es still. Vivi wagte nicht, sich zu rühren.

»Ist er weg?«, fragte sie halblaut.

»Scheint so«, erwiderte der Arzt. Schleppenden Schritts näherte er sich der Couch. »Was für ein unangenehmer Mann. Was wollte er denn von Ihnen, gnädige Frau?«

Sie winkte müde ab. »Reine Routine. Machen Sie sich keine Gedanken, Doktor Köhnemann, die Sache mit Werners Viagra wird nie rauskommen. Der Kommissar hat nur ein bisschen rumgeschnüffelt.«

Sie setzte sich auf und schlug die Wolldecke zurück, die der alte Herr über sie gebreitet hatte.

»Ich flehe Sie an, bleiben Sie liegen!«, jammerte der Arzt. »Wie ich bereits sagte: Sie brauchen Ruhe, absolute Ruhe!«

Nein, dachte Vivi. Was ich jetzt brauche, sind ein doppelter Espresso und eine ganze Armee von Schutzengeln. Am besten mit Knarre im Anschlag, damit sie diesen verdammt neugierigen Kommissar in Schach halten.

Am Montagmorgen schien die Sonne. Vivis Laune allerdings war trübe wie ein verregneter Novembertag, als sie die Treppe zum Büro von Hauptkommissar Petersen hochstieg. Wie lange würde sie die Hausfrauennummer durchziehen können, ohne sich in Widersprüche zu verwickeln? Was hatte Kommissar Fürchterlich noch in petto? Sie fühlte sich diesem gewieften Schnüffler einfach nicht gewachsen.

Außerdem hatte sie sich das ganze Wochenende lang unablässig gefragt, ob die Geschichte mit der Erbschaft stimmte. Einerseits klang das sehr, sehr unwahrscheinlich. Andererseits hatte Berthold Seitz keine Familie und keine Freunde gehabt. Und so, wie der Vollgas gegeben hatte mit seinem Heiratsantrag, schien es zumindest möglich, dass er sie in seinem Letzten Willen bedacht hatte – schon bevor Vivi ja gesagt hatte. Was das bedeutete, wagte sie sich gar nicht auszumalen.

Aber sie hatte noch etwas getan an diesem Wochenende: ihr Reihenhaus in einen quasi jungfräulichen Zustand versetzt. Schweren Herzens hatte sie die Richard-Gedächtnis-Zeitungen entsorgt, das Rattengift weggeworfen, außerdem eine Unterhose, die Richard bei ihr vergessen hatte, die Visitenkarte von Checker und sämtliche Nussvorräte. Vorsichtshalber hatte sie auch das Auto gewaschen und innen gesaugt sowie alle Flächen und sämtliche Sitze mit Sagrotan abgerieben. Man konnte nicht vorsichtig genug sein.

Nachdem sie sich zum dritten Stock durchgefragt hatte,

fand sie Petersens Büro am Ende eines trostlosen Ganges. Die Tür war nur angelehnt, man hörte ihn telefonieren. Vivi konnte nicht anders, sie lauschte.

»Ja, es gibt jede Menge Querverbindungen. Nein, es besteht nur Anfangsverdacht, für eine Hausdurchsuchung reicht es noch nicht. Ja, ich tu mein Bestes.«

Querverbindungen. Anfangsverdacht. Hausdurchsuchung. Vivi rieb sich die Stirn. Sollte sie gestehen? Sich stellen und hoffen, dass man ihr mildernde Umstände zugestand? Aber welche eigentlich? Nein, niemand würde verstehen, warum sie das alles getan hatte. Also Krallen ausfahren und rein.

»Frau Bernburg!« Jan Petersen erhob sich, als Vivi im Türrahmen erschien. »Schön, dass Sie gekommen sind! Möchten Sie einen Kaffee? Leider kann ich Ihnen keinen so vorzüglichen Cappuccino anbieten, nur simplen Filterkaffee.«

Vivi drückte sich auf den harten Holzstuhl, der vor dem Schreibtisch stand, und legte ihre Handtasche auf den Schoß. Das Büro wirkte schäbig. Graue Wände, ein paar abgestoßene Aktenschränke, gelblich verfärbte Gardinen. An der Wand hing einer dieser dämlichen Bürosprüche: *Hier herrscht Ordnung! Ein Griff, und die Sucherei geht los.*

»Nein, ich möchte nichts«, erwiderte sie. »Ich muss so rasch wie möglich zum Hotel Miramar, in einer Stunde ist Dienstbeginn.«

»Aber Sie haben doch sicherlich nichts dagegen, wenn ich mir einen Kaffee genehmige?«

Das war eine rhetorische Frage. Der Kommissar wandte sich schon zu einer altertümlichen Kaffeemaschine um, die auf der Fensterbank stand. Er füllte einen angeschlagenen Porzellanbecher bis zum Rand mit bitter riechendem Filterkaffee und setzte sich auf den Drehstuhl hinter seinem Schreibtisch. Heute trug er Jeans, T-Shirt und eine braune Lederjacke. Ein eher saloppes Outfit, das ihm wesentlich besser stand als der mickrige graue Anzug vom Samstag.

Wäre er nicht ein Polizeibeamter gewesen und damit die ultimative Bedrohung, hätte Vivi ihn sogar attraktiv gefunden. Nun ja, das lag bestimmt an seiner Ähnlichkeit mit Richard. *Dein ist mein ganzes Herz, du bist mein Reim auf Schmerz,* geisterte ein alter Schmachtfetzen durch ihren Kopf. Ach, Richard.

Seufzend betrachtete sie die Schreibtischplatte, die so übersät mit Papieren und Aktenordnern war, dass kaum Platz blieb für den Laptop, die drei bereits benutzten Kaffeetassen und den Teller mit einem angebissenen Stück Kuchen.

Aha, er steht also doch auf Süßes, dachte Vivi. Dann habe ich ja das Richtige dabei. Sie öffnete ihre Handtasche und reichte ihm eine Tupperdose.

»Hier, meine berühmten Pekannussplätzchen«, erklärte sie. »Die habe ich extra für Sie gebacken.«

»Sie wollen mich wohl bestechen, was?«, blaffte der Kommissar. »Oder vergiften?«

Vivi brach der Schweiß aus. »Nein, nein, ich …«

»Schon gut«, wurde sie von Jan Petersen unterbrochen, der verschmitzt grinste, »war nicht ernst gemeint.«

Er nahm ihr die Tupperdose ab und nahm sich ein Plätzchen heraus. Als er anfing zu kauen, weiteten sich seine Augen.

»Wow. Die sind phantastisch!«

»Danke.«

So recht wusste Vivi nicht, was sie von alldem halten sollte. Spielte er mit ihr? Tat er nur so, als ginge er auf sie ein? Um dann die Schlinge zuzuziehen, die er ihr um den Hals gelegt hatte?

»Lassen Sie mich raten«, murmelte er kauend. »Karamell, Zimt und – eine Spur Chili, richtig?«

Vor lauter Verblüffung blieb Vivi der Mund offen stehen. Jan Petersen war der Erste, der die raffinierten Gewürze dieser Plätzchen erkannte. Die meisten Menschen mochten ihre Kreationen, doch bisher hatte niemand so viel Sachverstand gezeigt. Ein Mann, der kulinarisch derart versiert war, kann kein schlechter Mensch sein, dachte sie schon etwas zuversichtlicher.

»Unglaublich«, staunte sie. »Sie haben einen feinen Gaumen, Herr Kommissar.«

»Hauptkommissar«, verbesserte Petersen. »Mein Hobby ist Kochen. Vielleicht etwas ungewöhnlich für einen Mann mit meinem Beruf, aber es entspannt mich nun einmal. Dann vergesse ich die vielen Leichen, um die ich mich kümmern muss.«

Mit einem Schlag war Vivis Zuversicht dahin. Krampfhaft umklammerte sie ihre Handtasche, während ihr Herz bis zum Hals schlug. Sie betrachtete die Aktenordner auf dem Schreibtisch. Was befand sich darin? Gefährliche Unterlagen? Belastende Beweise?

»Sie sind ein interessanter Fall«, verkündete Petersen. Er nahm ein weiteres Plätzchen und klickte kauend auf seinem Laptop herum. »Die moderne Kriminologie eröffnet ganz neue Perspektiven. Hat jemand erst einmal unsere Aufmerksamkeit geweckt, ist er sozusagen ein gläserner Mensch.«

»Und was ist so spannend an mir?«, fragte Vivi mit bebenden Lippen.

»Ihr Umfeld«, antwortete der Kommissar. »Es ist schon auffällig, dass vier Herren von der Bildfläche verschwunden sind, mit denen Sie Kontakt hatten. Ihr Mann …«

»… starb an plötzlichem Herztod«, sagte Vivi schnell. »Das hat Doktor Köhnemann festgestellt, den Sie ja kennengelernt haben.«

Jan Petersen warf ihr einen kühlen Blick zu. »Falls man der Diagnose eines Arztes trauen darf, der altersbedingte Wahrnehmungsschwächen haben dürfte.«

Vivi biss sich auf die Lippen. Sie hatte schon viel zu viel gesagt.

»Ich sehe jedenfalls eine gewisse Ähnlichkeit zum Tod von Berthold Seitz«, sagte der Polizist, während er sich weiter durch seine Dateien klickte. »Das Muster ›plötzlich und unerwartet‹ stimmt überein. Die anderen beiden Männer geben allerdings Rätsel auf. André Kowalski starb an Gift und wurde im Rhein versenkt, Harry Wetzel tauchte erst gar nicht wieder auf.«

Mit ihrem herzzerreißendsten Augenaufschlag sah Vivi ihn an. »Herr Hauptkommissar Petersen, ich bin verwirrt. Verdächtigen Sie mich etwa?«

»Anfangsverdacht«, erwiderte er knapp. »Den können Sie jedoch entkräften, wenn Sie zur Aufklärung dieser Verbrechen beitragen.«

Mit schweißnassen Fingern spielte Vivi am Verschluss ihrer Handtasche. »Ich würde Ihnen ja gern helfen, aber ich wüsste nicht, was ich tun könnte.«

»Betrachten wir mal ein paar Fakten«, schlug Petersen vor, seinen Blick auf den Laptop geheftet. »Wenn Frauen morden, tun sie es zu neunzig Prozent mit Gift, sagt die Statistik. Sie haben in einem Wiesbadener Baumarkt gleich zweimal Rattengift gekauft, warten Sie, hier habe ich die Daten.«

»Moment, wie …«

»Tja, Sie haben mit Ihrer EC-Karte bezahlt, und was einmal drin ist im Computer, spuckt er auch wieder aus.«

Vivi verwünschte sich für ihre Ahnungslosigkeit. Nicht im Leben wäre sie darauf gekommen, dass solche Sachen gespeichert wurden. Langsam dämmerte ihr, was dieser Petersen gemeint hatte, als er vom gläsernen Menschen sprach. Doch sie durfte nicht einknicken, auf keinen Fall.

»Jetzt machen Sie aber mal halblang!«, rief sie entrüstet. »Ich hatte eine Mäuseplage! Was hätte ich denn tun sollen?«

»Vielleicht Ihre Katze losschicken?«

»Tiger? Einen kastrierten Kater?« Vivi schüttelte den Kopf. »Der ist so harmlos, der würde mit den Mäusen sogar sein Fressen teilen. Ohne Testosteron kein Kampfgeist.«

Ein amüsiertes Lächeln glitt über Jan Petersens Gesicht. »Interessante These. Da kann ich ja froh sein, dass bei mir noch alles dran ist.«

Himmel noch mal, was sollte das werden? Ein Flirt? Entnervt beobachtete Vivi eine Fliege, die an der Fensterscheibe herumkletterte und vergeblich nach einem Weg ins Freie suchte. Auch Vivi wollte nichts lieber als endlich wieder an die frische Luft. Sie hatte Mühe zu atmen.

Wieder klickte Petersen auf die Tastatur. »Noch so ein aufschlussreicher Fakt. Einen Tag bevor André Kowalski am Kölner Rheinufer angespült wurde, sind Sie in eine Verkehrskontrolle geraten, wegen zu schnellen Fahrens. Und wissen Sie, wo?«

Der Schreck fuhr Vivi in alle Glieder. Also hatte der junge Polizist damals doch einen Aktenvermerk gemacht. Verdammte Axt!

Sie zuckte mit den Schultern. »Verraten Sie's mir?«

»Auf der Autobahn Frankfurt–Köln«, antwortete der Kommissar. »Sie waren mit hundertsechzig Sachen unterwegs, alle Achtung. Warum hatten Sie es denn so eilig, nach Köln zu kommen? Weil ein gewisser Kowalski auf Sie wartete?«

In Vivis Hirn war die Hölle los. Was sollte sie darauf sagen? Und wann war sie noch mal gestoppt worden? Hm. Eher am Anfang ihrer makabren Tour, wenn sie sich richtig erinnerte.

»Na ja, das könnte schon hinkommen«, gab sie zu. »Aber wieso sagen Sie, dass es die Autobahn von Frankfurt nach Köln war? Ich war vor einigen Wochen zu Besuch bei meiner Tante, die in Koblenz wohnt. Vielleicht ist es da passiert. Soweit ich weiß, führt die Autobahn von Koblenz aus weiter nach Köln. Wo ich im Übrigen noch nie war.«

»Sieh an, Sie haben Ihre Tante in Koblenz besucht.« Der Tonfall des Kommissars nahm eine sarkastische Färbung an. »Name, Adresse? Wir müssen das natürlich überprüfen.«

Vivi unterdrückte ein triumphierendes Lächeln. »Sie ist leider Gottes vor kurzem …«

»… gestorben?« Petersens Stimme klang eisig.

»Ganz recht, Herr Kommissar, 'tschuldigung, Herr Hauptkommissar. Kam übrigens weder plötzlich noch unerwartet, Tante Elfriede war vierundneunzig.«

Eine Weile hörte man nichts außer dem leisen Brummen der Fliege. Dann verschränkte Jan Petersen die Arme hinter dem Kopf und bedachte Vivi mit einem Blick, an dem ein Sonnenstrahl abgebrochen wäre.

»Und diese Tante war es natürlich auch, die Sie in die Lage versetzt hat, das Haus zu kaufen, in dem Sie leben? Nachdem Sie den Erbstreit mit den Kindern Ihres Mannes verloren haben? Und Ihren Stiefsohn Hans-Peter in bar bezahlt haben?«

»Ein bisschen unheimlich ist es schon, ein gläserner Mensch zu sein, aber ich habe nichts zu verbergen«, sagte Vivi zuckersüß. »Ja, Sie haben ins Schwarze getroffen.«

Jetzt hatte sie wieder Oberwasser. Was bedeuteten schon all die lächerlichen Einzelheiten, wenn dieser oberschlaue Polizist das Tausend-Teile-Puzzle nicht zusammensetzen konnte? Sie beschloss, in die Offensive zu gehen. Sagte man nicht, Angriff sei die beste Verteidigung?

»Das sind doch alles nur Computerspiele! Ich habe mir nichts zuschulden kommen lassen!«

Jan Petersen öffnete den obersten Knopf seines Hemds. Hui, das sah sexy aus. Doch Vivi stand nicht der Sinn nach erotischen Anregungen. Jetzt nichts wie raus hier, bevor sie sich doch noch verplapperte.

»Ich möchte nicht unhöflich sein, aber der Dienst ruft«, stellte sie fest, auf ihre Armbanduhr zeigend. Resolut stand sie auf und ging zur Tür, wo sie sich noch einmal umdrehte. »Sagen Sie mal, das war doch nur so ein Ermittlertrick, als Sie sagten, Herr Seitz hätte mir was vererbt, oder?«

Hauptkommissar Petersen lehnte sich vor und stützte seine Hände auf dem Schreibtisch ab. »Ein Ermittlertrick? Nein, Frau Bernburg, der gute Mann hat Ihnen seinen gesamten Zaster vermacht. Wie gesagt, etwa drei Millionen plus die Immobilien, deren Marktwert das Barvermögen locker vervielfachen dürfte. Sie sind jetzt eine schwerreiche Frau.«

Drei Millionen! Eine unvorstellbare Summe! Der Boden schwankte unter Vivis Füßen. Sie hatte das Gefühl, im nächsten Moment darin zu versinken. Als stände sie auf Watte. Ihr war so schwindelig, dass sie Halt am Türrahmen suchen musste.

»Der Nachlassverwalter wird sich in den nächsten Tagen bei Ihnen melden«, erklärte Petersen. »Während der Ermittlungen über die Todesumstände war das Vermögen von Berthold Seitz gesperrt. Falls sich keine weiteren Verdachtsmomente ergeben, segelt das Geld noch in dieser Woche auf Ihr Konto.«

Vivis Stimme war plötzlich so heiser, dass sie nur noch krächzen konnte. »Verstehe.« Sie räusperte sich. »Falls Sie neue Erkenntnisse haben, stehe ich gern zu Ihrer Verfügung, Herr Hauptkommissar.«

»Soso, zu meiner Verfügung, das hört sich gut an«, sagte er mit einem Grinsen, das Vivi eine Spur zu frech fand.

»Du bist eine halbe Stunde zu spät, was war denn los?«, rief Ela.

Sie hatte in der Lobby auf Vivi gewartet, die mehr rannte als ging, als sie das Hotel betrat. In ihrem Kopf ging es zu wie in einem Ameisenhaufen, der Feuer gefangen hatte. Komplettes Durcheinander, sinnfreies Gewusel.

»Ach, was ziemlich Blödes hat mich aufgehalten«, antwortete sie. »Ich musste bei der Polizei antanzen, und der Typ da hat mir echt eine Klinke an die Backe gelabert.«

»Polizei?« Ela runzelte die Stirn. »Was hast du mit der Polizei zu tun?«

»Es ging um«, Vivi überlegte kurz, »na jaaa, noch mal um den Kreditkartendiebstahl.«

»Wieso? Ich dachte, die haben schon alles rauf und runter untersucht.«

»Stimmt, deshalb ist auch weiter nichts dabei herausgekommen. Doch das ist noch nicht alles!«, platzte es aus Vivi heraus. »Stell dir vor …«

»Jetzt nicht, wir haben einen Termin beim Hoteldirektor und sind total spät dran!«

Mit diesen Worten nahm Ela Vivi an die Hand und zog sie zum Lift. Es standen bereits einige Gäste darin. Nicht gerade der passende Moment, um Ela zu berichten, dass ihre beste Freundin quasi über Nacht in Millionen schwimmen würde.

Als sie den vierzehnten Stock erreicht hatten, gab Ela letzte Anweisungen. »Der Sell hat irgendwas mit dir vor, am besten, wir hören uns erst mal an, was er sagt.«

»Das kann doch nichts Gutes bedeuten«, wisperte Vivi, während sie den Flur entlanghasteten. »Will er mich etwa auch noch einmal wegen Dresens Kreditkarte in die Mangel nehmen?«

»Frag mich was Leichteres.«

Der Direktor empfing die beiden Frauen bester Laune, trotz der Verspätung. Was für ein Kontrast zu Petersens Büro, dachte Vivi, die beeindruckt den luxuriösen Raum musterte. Er war riesig, mit eleganten Möbeln ausstaffiert und wirkte eher wie eine Suite. Sie nahmen auf handschuhweichen weinroten Ledercouchen Platz.

Der Direktor bot den beiden Frauen einen Tee sowie winzige Lachssandwiches an. Aber Vivi hätte keinen Bissen runtergebracht, nicht mal mit vorgehaltener Pistole.

»Frau Bernburg, ich habe Ihnen einen Vorschlag zu unterbreiten«, eröffnete Maximilian Sell das Gespräch. Sein hageres Gesicht strahlte, als er Vivi und Ela zwei Mappen reichte. »Dies ist das Konzept für eine einzigartige Eventreihe, in der Marketing und Kundenbindung eine höchst effektive Allianz eingehen.«

Ela überflog schon das erste Blatt und las die Titelzeile vor: »I love cooking. Enjoy the world of delight at Miramar.«

»Und was heißt das auf Deutsch, bitte schön?«, fragte Vivi.

»An Ihrer Sprachkompetenz sollten Sie noch etwas arbeiten«, erwiderte der Direktor. »Dies ist das Konzept für einen innovativen Kochkurs, der an mehreren Samstagen in Folge in unserer hoteleigenen Küche stattfinden soll. Ich rechne mit einem gehobenen Publikum. Am Wochenende ist ohnehin nicht viel los. Mit dieser Aktion werden wir die Übernachtungszahlen steigern und gleichzeitig auf unser Restaurant aufmerksam machen, das zwar ambitioniert, doch leider viel zu leer ist.«

Vivi verschwieg ihm, was sie von den Segnungen der molekularen Küche hielt. Der Küchenchef sah es ohnehin nicht gern, dass sie manchmal nachts am Herd stand und persönlich die Leibgerichte der Gäste kochte – Gerichte, die alles andere als molekular waren.

»Eine Superidee, solche Kochkurse«, sagte Ela.

»Und warum erzählen Sie mir das?«, erkundigte sich Vivi.

»Weil ich Ihnen anbiete, die Kurse zu leiten«, sagte Maximilian Sell. »Natürlich nur, wenn Sie möchten. Ihre normale Arbeitszeit reduziert sich entsprechend, und eine kräftige Gehaltserhöhung ist auch drin.«

Jetzt war Vivi völlig entgeistert. »Aber – aber warum machen Sie ausgerechnet mir dieses Angebot?«

Der Direktor tauschte einen kurzen Blick mit Ela. »Es ist mir nicht verborgen geblieben, dass Sie phantastisch kochen. Einige Gäste haben sich sogar persönlich bei mir bedankt. Deshalb gebe ich Ihnen diese Chance. Und? Was sagen Sie?«

Vivi brauchte weniger als eine Sekunde, um sich zu entscheiden. Selbst wenn sie tatsächlich Bertholds Millionen erben sollte – sie war nicht gemacht für ein Luxusleben mit durchgeknallten Promipartys oder ewigem Urlaub auf Hawaii. Außerdem gab es bessere Verwendungsmöglichkeiten für das Geld, auch darüber hatte sie schon nachgedacht.

»Lieber Herr Sell, ich nehme Ihr Angebot an«, sagte sie mit fester Stimme.

»Wahnsinn! Gratuliere!«, jubelte Ela.

Maximilian Sell zwinkerte den beiden zu. »Wie gut, dass ich rein zufällig eine Flasche Champagner habe kalt stellen lassen.« Er ging zu seinem Schreibtisch und drückte eine Taste an seinem Telefon. »Frau Winkler? Ja, Sie können jetzt den Champagner bringen.«

Ela beugte sich zu Vivi. »Habe ich dir nicht gesagt, dass du dich hier hocharbeiten kannst? Übrigens, was wolltest du mir eben so Wichtiges mitteilen?«

»Ach, eher unwichtig«, lächelte Vivi. »Jetzt wird gekocht, dass die Schwarte kracht!«

Der restliche Tag zog wie im Nebel vorbei. Reich? Schwerreich sogar würde sie sein? Vivi hatte sich nie wirklich etwas aus Geld gemacht. Sicher, sie hatte um ihr Reihenhaus gekämpft, liebte gutes Essen und gönnte sich von Zeit zu Zeit eine neue Klamotte. Aber alles, was sie mit echtem Reichtum verband, protzige Villen, klotziger Schmuck, teure Kreuzfahrten und mondäne Sportarten, war ihr völlig fremd.

Deshalb ließ sie es auch eher teilnahmslos über sich ergehen, dass Wolfram Helmholtz fast in Ohnmacht fiel und sie dann überschwänglich umarmte, als sie ihn eine Woche später über den bevorstehenden Geldsegen unterrichtete. Nachdem Herr Helmholtz sich etwas beruhigt hatte, holte er den Bankdirektor, der Vivi ebenfalls umarmte und diskret darauf verwies, es gebe ganz tolle und absolut todsichere Fonds, mit denen sie ihr

Vermögen – ihr »immenses Vermögen«, wie er hinzusetzte – binnen kurzer Zeit verdoppeln werde. Außerdem könne er ihr ein phantastisches Anwesen vermitteln. Direkt am Rheinufer, zwölf Zimmer, unverbaubarer Blick auf den Fluss, mit Park und hauseigenem Golfplatz.

Vivi lehnte dankend ab. Sie habe da so eine Idee, doch die müsse noch reifen. Etwas Gemeinnütziges habe sie im Sinn. Nicht nur Adel, auch Geld verpflichte, betonte sie und ignorierte das enttäuschte Gesicht des Bankdirektors.

»Ich zähle auf Ihre Diskretion«, sagte sie bestimmt. »Kein Wort an die Öffentlichkeit. Ich will nicht enden wie diese armen Teufel, die im Lotto gewonnen haben – von der Presse belagert, von Wildfremden angepumpt, von Wahnsinnigen beklaut. Ich kann mich doch auf Sie verlassen?«

Die beiden nickten stumm, mit langen Gesichtern. Offenbar hatten sie erwartet, dass sie von Vivis Millionen kräftig profitieren würden. Die aber verabschiedete sich schnell, kaufte ein Thunfischfilet für Tiger und verbrachte den Abend wie alle anderen auf dem Sofa, um nachzudenken.

Es war verrückt, geradezu absurd, doch es war die reine Wahrheit: Vivi brauchte Bertholds Geld nicht. Sie hatte es nie darauf abgesehen. Was sie wirklich freute, und zwar von Herzen, war das Angebot von Maximilian Sell. Dass ausgerechnet sie Kochkurse geben sollte, noch dazu in einem Fünf-Sterne-plus-Hotel, erfüllte sie mit einem ungekannten Hochgefühl.

Schon wenige Tage nachdem das Hotel Miramar seinen Kochkurs »I love cooking« im Internet und in einigen Zeitungen angekündigt hatte, waren die ersten zehn Termine ausgebucht. Ein echter Erfolg, der Vivi trotz aller Begeisterung auch ein wenig Magengrummeln bescherte. Es war schon ein Unterschied, ob man allein am Herd etwas zusammenbrutzelte oder ob einem zwanzig Leute dabei auf die Finger sahen. Doch Ela zerstreute ihre letzten Bedenken.

»Niemand könnte das so gut wie du. Du hast es drauf, Hase! Zeig ihnen, wo der Löffel hängt!«

An einem Samstagnachmittag zwei Wochen später ging es los. Der Chefkoch war ziemlich beleidigt, dass eine blutige Amateurin, wie er Vivi charmanterweise nannte, in seiner heiligen Küche das Zepter übernahm. Sie ignorierte sein feindseliges Gesicht und empfing die Kursteilnehmer mit Champagner, Cocktails und selbstgemachten Häppchen, die man hier »Fingerfood« nannte: Bruschetta mit Tomate und Sardellen, Miniquiches mit Ziegenkäsecreme, geschmorte Champignonköpfe mit einer Ratatouillefüllung.

Das Publikum war »gehoben«, wie Maximilian Sell vermutet hatte. Lauter nobel gekleidete Leute, denen man ansah, dass sie wohlhabend, kultiviert und begierig auf weitere Verfeinerungen ihres exklusiven Lebensstils waren. Vivi tippte auf Banker, Zahnärzte und Immobilienmakler. Die meisten hatten ihre Gattinnen mitgebracht, auch ein paar Singles schienen dabei zu sein. Manche kannten einander, begrüßten sich mit Küsschen und tauschten Urlaubserlebnisse von St. Moritz bis Acapulco aus. Schwere Parfumschwaden waberten durch die weitläufige Hotelküche. Vivi hatte den Eindruck, als ob dies eher eine Cocktailparty als ein Kochkurs werden würde.

Während alle durcheinanderschwatzten und die beeindruckende Profiküche mit ihren vielen blitzblanken Herden, Edelstahltöpfen und Arbeitsflächen aus Marmor bewunderten, zählte Vivi die Teilnehmer durch. Sie kam auf neunzehn. Einer fehlte noch. Sollte sie trotzdem anfangen?

Sie stand noch unschlüssig zwischen den Gästen, als die Schwingtür aufflog und Kommissar Petersen in die Küche spazierte. Das Herz rutschte Vivi bis in die Kniekehlen. Was wollte der denn hier? Wie ein Geschoss flog sie auf ihn zu, um ihn abzufangen.

»Herr Hauptkommissar, dies ist der denkbar ungünstigste Zeitpunkt für ein Verhör«, zischte sie und ärgerte sich über die Schweißtröpfchen, die sie plötzlich auf ihrer Stirn spürte. »Wenn Sie wollen, komme ich nächste Woche in Ihr Büro. Hier ist ermittlungsfreie Zone!«

Jan Petersen musterte sie von oben bis unten. Vivi trug eine schwarze Jeans und eine weiße, mit Teflon beschichtete Kochjacke, die selbst beim Flambieren nicht Feuer fing. Ihr Haar hatte sie zu einem Pferdeschwanz gebunden, an ihren Ohren baumelten bunte Strassohrringe.

»Hübsch sehen Sie aus«, grinste er. »Und ich habe nicht die Absicht zu gehen, schließlich habe ich eine Menge Kohle für diesen Kurs hingelegt.«

Alles Blut wich aus Vivis Wangen. »Sie haben – was?«

»Einen Profikochkurs gebucht«, antwortete er. »I love cooking, wie für mich gemacht. Bin echt gespannt.«

Das war ja wohl die Höhe! Vivi sah ihn finster an. »Reine Routine, was? Fällt das etwa auch unter Umfeldrecherche?«

»Das nennt man zwei Fliegen mit einer Klappe schlagen«, erwiderte er. »Sie wissen doch, ich bin ein leidenschaftlicher Hobbykoch. Und ich bin sicher, dass ich viel von Ihnen lernen kann, in jeder Hinsicht.«

Ein eigenartiges Glitzern lag in seinen Augen. Vivi wusste

nicht, wie sie es deuten sollte. War er als Spürhund unterwegs? Als Hobbykoch? Oder war da noch etwas anderes im Spiel? Er trug eine verwaschene Jeans und ein T-Shirt mit dem Aufdruck »Yammie yammie«. Wie ein Kommissar im Dienst sah er nicht gerade aus. Eher wie ein großer Junge, der in Mamis Küche naschen wollte. Bestimmt war das auch nur Taktik.

»Also gut«, lenkte Vivi ein, versuchte aber gar nicht erst, ihren Zorn zu verbergen. »Sie sind übrigens zu spät. Die Häppchen haben Sie verpasst, den Champagner auch. Jetzt wird gefälligst gearbeitet.«

»Zu Ihren Diensten«, sagte er und knallte scherzhaft die Hacken zusammen. »Ihr ergebener Diener.«

Blödmann. Ein Kochkurs unter polizeilicher Aufsicht, das hatte Vivi gerade noch gefehlt. Sie schluckte ihre Aufregung hinunter und stellte sich in die Mitte der Küche.

»Meine Damen und Herren, verehrte Gäste, darf ich um Ihre Aufmerksamkeit bitten?«

Das Stimmengewirr erstarb. Vivi glättete den kleinen Zettel, den sie sich geschrieben hatte, denn Ansprachen vor versammelter Mannschaft waren so gar nicht ihr Ding.

»Wir werden heute ein Fünf-Gänge-Menü kochen, das Sie mit fünf verschiedenen Zubereitungsarten vertraut machen wird«, las sie vor. »Wir beginnen mit einem Salat aus Avocado, Grapefruit und ausgelösten Krebsschwänzen. Dann folgt ein Kresseschaumsüppchen mit Garnelen. Als Zwischengang kochen wir Crêpes mit Zanderfüllung. Der Fleischgang ist provenzalischer Lammrücken mit Rosmarinkartoffeln. Zum Dessert gibt es Tiramisu mit Waldbeeren. Und damit Sie nicht vor lauter Hunger die Töpfe leerfuttern, bevor wir am Tisch sitzen, habe ich als Ohnmachtshappen würzige Frikadellen mit Kräutern und Schafskäse vorbereitet.«

Mit erwartungsvollen Mienen hatten die Gäste ihr zugehört. Jemand begann zu klatschen. Es war Jan Petersen, der den Anfang machte, worauf alle applaudierten. Vivi verbeugte sich verlegen, dann huschte sie in die Vorratskammer. So im Blickpunkt zu stehen war ihr unangenehm.

Ein letztes Mal überprüfte sie die Zutaten. Dies war nicht irgendein Menü. Es war so etwas wie die kulinarische Quintessenz ihres Lebens, das mit Werners Tod so überraschende Wendungen genommen hatte. Der Salat erinnerte sie an die furchtbare Nacht, als sie herausgefunden hatte, dass Werner sie enterbt hatte. Das Kresseschaumsüppchen war der zweite Gang des Leichenschmauses gewesen. Den provenzalischen Lammrücken hatte sie gemeinsam mit Checker verspeist, die Zandercrêpes sowie das Tiramisu hatte sie zu Ehren von Richard ausgesucht. Und die Frikadellen, nun ja, die gemahnten an den Tod von Berthold Seitz. Es war sozusagen das große Opfergedenkessen.

Vivi gab weiße Kochschürzen aus und teilte die Kursteilnehmer in fünf Gruppen, die jeweils verschiedene Aufgaben bekamen. Jan Petersen musste Gemüse schnippeln, ein niederer Dienst, wie er sehr wohl erkannte.

»Sie degradieren mich zum Küchenjungen, was?«, raunte er ihr zu, als sie ihm ein riesiges Messer reichte. »Oder geben Sie Ihre Waffen preis?«

»Klar, ich renne durch die Gegend und steche alles ab, was sich bewegt«, schnaubte sie halblaut. »Verkneifen Sie sich bitte solche Kommentare, sonst hole ich die Polizei.«

»Sparen Sie sich die Mühe, ist schon da.«

Wieder blitzte er sie an, mit diesem Blick, in dem sich Skepsis, Wachsamkeit und der Hauch eines Flirts mischten. Vivi wurde nicht schlau aus ihm. Verdächtigte er sie noch immer? Hatte er in seinem dämlichen Laptop neue »Querverbindungen« entdeckt?

»Stets zu Diensten«, sagte er mit gespielter Unterwürfigkeit und begann, eine Aubergine zu würfeln. Ohne aufzusehen, fügte er hinzu:»Gut, dass keine Nüsse unter den Zutaten sind. Es soll ja Leute geben, die gegen so was allergisch sind.«

Kapitel elf

Vivis Fluchtinstinkte erreichten eine ungeahnte Rekordmarke. War sie durchschaut? Oder was sollte die Bemerkung mit der Nussallergie? Möglicherweise gab es ja im Internet eine Liste mit Allergikern. Falls man bei der Obduktion dann auch noch Haselnussspuren im Magen von Berthold Seitz gefunden hatte, musste Jan Petersen nur eins und eins zusammenzählen. Aber vielleicht war es ja eine rein zufällige Feststellung gewesen, und ihr schlechtes Gewissen spielte ihr einen Streich. Nur dass dieser Petersen dummerweise nicht wie ein Mann wirkte, der irgendetwas dem Zufall überließ.

Eine der Teilnehmerinnen sprach Vivi an. Gedankenverloren sah sie auf. »Verzeihung, was haben Sie gesagt?«

»Ob die Kartoffeln wirklich mit Schale in den Ofen kommen«, erkundigte sich eine gertenschlanke Mittdreißigerin, die aussah, als hätte sie sich für eine Opernpremiere hochgetunt. Unter der Kochschürze lugte ein silbergraues Seidenkleid hervor, ihre hohen Pumps hatten Laufstegniveau, und sie war geschminkt wie eine Teenagerin, die heimlich den Kosmetikschrank ihrer Mutter geplündert hatte.

»Ja, nicht schälen, bitte nur gut abschrubben und vierteln«, antwortete Vivi. »Dann mit Butterflöckchen, Salz und Rosmarin aufs Backblech setzen. Aber Sie sollten auf Ihr Kleid aufpassen, das sieht empfindlich aus. Nur so als Tipp: Das nächste Mal lieber etwas Praktisches anziehen.«

Mitleidig lächelnd strich sich die Frau eine Strähne ihrer

kunstvollen Fönfrisur aus dem Gesicht. Sie legte eine perfekt manikürte Hand an ihre beneidenswert schmale Hüfte. »Was Praktisches? Wussten Sie denn nicht, dass Kochkurse die neuen Singlebörsen sind?«

Mit dem Kopf deutete sie auf Jan Petersen, der an der Arbeitsfläche gegenüber stand und hingebungsvoll eine Zucchini in Scheiben schnitt. »Exzellentes Casting hier. Da gehe ich doch nicht in Sack und Asche.«

Als hätte er gemerkt, dass über ihn gesprochen wurde, hob der Kommissar seinen Kopf und lächelte in Vivis Richtung.

Sie nahm sich eine Frikadelle, ohne das Lächeln zu erwidern. »Na, dann viel Glück. Wie Sie sehen, spricht das Miramar ein gehobenes Publikum an.«

Und ganz bestimmt keine Kriminalbeamten, die in verrotteten Büros rumhängen und mir das Leben zur Hölle machen, fügte sie innerlich hinzu. Nervös biss sie in die Frikadelle, während sie von Gruppe zu Gruppe ging, die Vorbereitungen beaufsichtigte und dabei mit Fragen nur so gelöchert wurde. Wie man Krebsfleisch auslöste, wie lange Garnelen im heißen Wasser ziehen mussten, warum sie ausgerechnet Honig für den Lammrücken verwendete.

Geduldig beantwortete Vivi alles. Sie zeigte ihre bewährten Handgriffe und demonstrierte, wie man mit den extrascharfen Messern einer Profiküche umging. Dabei hatte sie nicht übel Lust, stattdessen diesen aufdringlichen Petersen mit einem Hackmesser zu erledigen. Die dazugehörige Schlagzeile sah sie schon vor sich: Mord in der Küche – Kommissar stirbt bei Umfeldrecherche.

»Hey, Vivi, das läuft ja super!«, hörte sie plötzlich Elas Stimme.

Sie fuhr herum. »Ach, du bist's. Ja, den Leuten gefällt der Kurs. Bist du nachher beim Essen dabei? Es ist genug da.«

»Warum nicht?« Ela schaute sich neugierig um. »Wow, der Typ da drüben ist ja echt Hammer. Wer ist er? Kennst du ihn?«

Vivi musste gar nicht erst hinsehen, um zu wissen, dass sie Jan Petersen meinte. Sollte sie Ela warnen? Besser war's.

»Vorsicht«, flüsterte sie. »Das ist ein Polizist, Hauptkommissar Petersen. Der hat sich hier eingeschlichen. Ich konnte ihn leider nicht rauswerfen, er hat sich angemeldet und bezahlt. Wahrscheinlich geht's immer noch um die geklaute Kreditkarte.«

»Seit wann gibt es denn so attraktive Polizisten?«, flüsterte Ela zurück. »Der sieht ja aus, als ob er jede Nacht drei blutjunge Groupies wegknallt. Findest du nicht auch, dass er Richard ähnelt? Oh, tut mir leid, ich wollte nicht in alten Wunden bohren.«

»Geschenkt.« Vivi machte eine wegwerfende Handbewegung. »Richard ist Geschichte. Aber auf ihn da müssen wir aufpassen, der ist ein Schnüffler vor dem Herrn.«

Ela zog die Nase kraus. »Na, an dem würde ich auch mal gern rumschnüffeln. Bestimmt riecht er gut.«

Roch Jan Petersen gut? Falsche Frage. Eher sah es danach aus, dass er den Braten gerochen hatte. Verflixt, dachte Vivi, der Kerl klebt mir an der Hacke wie Hundesch...

»Weißt du was? Der wäre der ideale Übergangsmann für dich«, überlegte Ela halblaut.

»Was ist das denn?«

»Na, ein Mann, der dich nach einer Trennung bei Laune hält, solange du nach dem Richtigen Ausschau hältst«, erläuterte sie. »Frag mich, da kenne ich mich aus. Ein Übergangs-mann ist sozusagen ein Coach. Du fühlst dich wieder als Frau und bekommst keine Torschlusspanik. Und da du weißt, dass es nur was für zwischendurch ist, ist jede Verletzungsgefahr ausgeschlossen.«

Vivi war platt. »Meine Güte, Ela. Du bist ein echter Bezie-hungsprofi.«

»Bei drei Ehen hatte ich ja auch genug Gelegenheit zum Üben«, lachte Ela. »Also, bis später. Ich gehe noch mal hoch ins Büro.«

Es war nicht gerade ein Spaziergang für Vivi, so zu tun, als habe sie alles im Griff. Was das Kochen betraf, war sie nicht so leicht zu schlagen. Die Kursteilnehmer hingen an ihren Lippen und nahmen ihre Anregungen begeistert auf. Manche mach-ten sich sogar Notizen. Aber sobald sie Jan Petersens Blick auf sich spürte, begannen ihre Hände zu zittern.

Hätte sie gewusst, dass er kommen würde, sie hätte ihm ei-nen guten Schuss Rizinusöl in den Cocktail gemixt. Dann hätte er die folgenden Stunden auf der Toilette verbracht. Doch er erfreute sich bester Gesundheit, flirtete nach rechts und links und schnippelte in irrwitzigem Tempo alles, was ihm un-ters Messer kam.

Verstohlen beobachtete Vivi ihn. Er war wirklich gut. Die meisten anderen Männer hielten sich eher zurück, sahen den Frauen nur zu und überboten sich mit theoretischen Fachsim-peleien. Jan Petersen aber packte richtig an. Mit geübten Be-wegungen, die fast elegant wirkten, selbst beim Zwiebelschnei-den. Er schien wirklich häufig zu kochen.

»Und? Alles noch dran?«, ätzte Vivi, als sie auf ihrer Runde an ihm vorbeikam.

»Bin komplett«, erwiderte er, die Finger spreizend. »Sagen Sie mal, die Dame eben, war das Ihre Freundin Ela Offermann, die Hotelmanagerin?«

Vivi verschränkte die Arme. »Ich hasse es, ein gläserner Mensch zu sein.«

»Weiß sie, dass wir über Ihren Club der Verstorbenen gesprochen haben?«

»Nein.«

»Will sie's wissen?«

»NEIN«, schleuderte Vivi ihm entgegen.

Vielleicht sollte ich doch die Hackmessermethode in Erwägung ziehen, dachte sie wütend, während sie zu der Gruppe ging, die den Lammrücken mit Honig einbalsamierte.

Als die Teilnehmer des Kochkurses schließlich ins Restaurant hinüberwechselten, um ihr selbstzubereitetes Menü zu verspeisen, war die Stimmung mehr als ausgelassen. Die Frauen kicherten, die Männer berichteten von ihren angeblichen Heldentaten am Herd, der Champagner floss in Strömen. Das gemeinsame Kochen hatte die Gruppen zusammengeschmiedet, weshalb sie nun in derselben Konstellation wie in der Küche an den Vier-Personen-Tischen Platz nahmen.

Vivi blieb zögernd stehen. Sollte sie sich irgendwo dazusetzen? Oder blieb sie lieber im Hintergrund, wie es ihrem Naturell entsprach? Zwischen all diesen »gehobenen« Leuten fühlte sie sich sowieso reichlich deplaciert. In den Kochschürzen hatten sie alle gleich ausgesehen, jetzt zeigten die Herren ihre teuren Freizeitoutfits und die Damen ihre Designerklamotten.

Letztlich gehörte Vivi nicht dazu, fand sie. Dass sie vermutlich mehr Geld besaß als alle zusammen, spielte keine Rolle.

Sie würde immer Sylvia Bernburg aus dem kleinen Reihenhaus in Wiesbaden bleiben. Doch die Entscheidung wurde ihr abgenommen, bevor sie sich zurückziehen konnte.

»Frau Bernburg! Ich habe einen Stuhl für Sie organisiert!«, rief Kommissar Petersen quer durch das Restaurant. »Kommen Sie, der Salat wird schon gebracht!«

Schon wieder hatte dieser Kerl sie überrumpelt. In Vivi schwoll eine unsichtbare Zornesader an. Mit steifen Schritten durchquerte sie den Raum, was, so wie Jan Petersen ihr dabei zusah, der reinste Spießrutenlauf war.

»Wie nett«, sagte sie schmallippig, als sie seinen Tisch erreichte. »Wäre aber nicht nötig gewesen.«

Das fanden die beiden Damen am Tisch auch. Es war nicht zu übersehen, wie sie ihren attraktiven Kochkumpan mit Blicken verschlangen. Eine weibliche Konkurrentin kam da ziemlich ungelegen. Nur der elegant gekleidete ältere Herr, der ebenfalls zu der Gruppe gehörte, machte eine einladende Geste, stand auf und verbeugte sich leicht.

»Herrmann von Campendonck«, stellte er sich vor. »Es ist mir eine Ehre, dass Sie bei uns sitzen. Lassen Sie mich sagen, dass ich Ihr – wie sagt man das heutzutage? Ihr Fan? – geworden bin. Sobald wieder ein Kursplatz frei ist, werde ich wiederkommen.«

»Da kann ich mich meinem Vorredner nur anschließen«, sagte Petersen, der Vivi den Stuhl zurechtrückte. »Sie sind die geborene Köchin. Ist wirklich ein Jammer, dass in der Spitzengastronomie hauptsächlich Männer arbeiten. Wir bräuchten mehr Köchinnen wie Sie!«

»Ganz meine Meinung«, pflichtete der ältere Herr ihm bei.

»Obwohl …« Der Kommissar entfaltete seine Serviette. »Es

könnte natürlich auch Gründe haben, warum es so wenige weibliche Küchenchefs gibt. Wussten Sie, dass Frauen in neunzig Prozent aller Fälle zu Gift greifen, wenn sie morden?«

»Noch nie gehört«, zischte Vivi. »Halte ich auch für ein Gerücht.«

»Tja, die Statistik sagt etwas anderes«, widersprach Jan Petersen. »Frauen sind sogar ziemlich erfinderisch. Mal wählen sie Insektenvernichtungsmittel, mal Rattengift …«

Einen Moment lang überlegte Vivi, ob sie ihm ein Glas Champagner ins grinsende Gesicht schütten sollte, um ihn zum Schweigen zu bringen. Doch sie hatte eine bessere Idee. Mit dem Mut der Verzweiflung nahm sie einen Teelöffel und klopfte an ihr Champagnerglas, worauf es still wurde. Dann erhob sie sich.

»Liebe Kochschüler, mein Mann sagte immer: ›Mit dem Heiraten ist es wie mit dem Essen im Restaurant. Man denkt, man hätte sich das Beste ausgesucht – aber nur so lange, bis man sieht, was der Nachbar auf dem Teller hat.‹« Sie erntete schallendes Gelächter. »Heute wird das nicht passieren, denn was Sie auf Ihrem Teller finden, haben Sie sich selbst erarbeitet. Für mich ist I love cooking ein unvergessliches Erlebnis, und ich hoffe, es geht Ihnen genauso. Guten Appetit!«

Irre, das habe ich ganz ohne Zettel hingekriegt, dachte sie, als sie sich unter dem Applaus der Kursteilnehmer wieder setzte. Und das Thema Giftmorde ist damit auch vom Tisch.

»Sehr geistesgegenwärtig«, flüsterte Jan Petersen, der direkt neben ihr saß. »Man sollte Sie nicht unterschätzen, Frau Bernburg.«

Wie ertappt stocherte Vivi in ihrem Salat herum. Mist. Sie machte einen Fehler nach dem anderen. Oder war es nicht eher so, dass Kommissar Fürchterlich ihr eine Falle nach der anderen stellte? Er hatte sie eindeutig provoziert.

»Oh, nicht zu viele Lorbeeren, bitte«, hauchte sie. »Sonst werde ich noch übermütig.«

Er sah sie von der Seite an, und unter seinem Blick röteten sich ihre Wangen. »Also, ich wäre gern mal dabei, wenn Sie übermütig werden.«

Jetzt fingen ihre Wangen an zu brennen. Noch dazu kitzelte sie etwas im Sonnengeflecht. Oder etwas höher? Wie brachte dieser Mann es immer wieder fertig, sie fassungslos zu machen?

Jemand tippte ihr auf die Schulter. »Hier bist du!«, rief Ela. »Darf man sich dazugesellen?«

Bloß nicht, durchzuckte es Vivi. Am Ende würde Ela noch launige Geschichten über Werner zum Besten geben. Oder über Richard, Checker und Berthold Seitz! Ela kannte sie ja alle mehr oder weniger, und ihre Versionen hörten sich womöglich anders an als Vivis. So anders, dass Jan Petersen gefährliche Informationen sammelte.

»Nein, Ela, das wird zu eng!« Vivis Stimme überschlug sich. »Wir sollten besser da drüben …«

»Selbstverständlich ist hier noch Platz!«, fiel Jan Petersen ihr ins Wort. »Wir rücken einfach zusammen, ist sowieso gemütlicher.«

Ein weiterer Stuhl wurde geholt, ein weiteres Gedeck wurde aufgelegt. Ela schien überhaupt nicht zu bemerken, in welch aufgelöstem Zustand sich Vivi befand, sondern konzentrierte sich ganz auf den Mann, der ihr schon in der Küche aufgefallen war.

»Anfänger oder fortgeschritten?«, fragte sie ihn, als sie sich gesetzt hatte.

»Eindeutig fortgeschritten«, zirpte eine der beiden Damen aus Petersens Gruppe, eine tiefgebräunte blonde Frau Ende dreißig. »Jan ist unglaublich!«

»Ich habe noch nie einen Mann so sensibel Gemüse schneiden sehen wie Jan!«, versicherte die andere.

Wie man Gemüse sensibel schneiden sollte, war Vivi ein Rätsel. Und aus einem Grund, der ihr genauso schleierhaft blieb, ärgerte sie sich über die Ungezwungenheit, mit der diese Frau den Kommissar beim Vornamen nannte. Mussten die sich denn so ranschmeißen? Mit gesenktem Kopf aß sie ihren Salat und hoffte inständig, dass ihre Freundin Ela nicht Dinge ausplauderte, die Vivi dem Gefängnis ein Stück näher brachten.

»Ich finde kochende Männer toll«, sagte Ela kauend. »Ist das ein Hobby? Oder versorgen Sie eine große Familie?«

Ganz still wurde es am Tisch. Alle sahen Jan Petersen an. Vor allem die Frauen. Er nahm einen Schluck Champagner und schenkte Ela ein gewinnendes Lächeln. »Ich würde gern für eine Frau und eine ganze Fußballmannschaft Kinder kochen, aber die Richtige ist mir leider noch nicht über den Weg gelaufen.«

»Sie sind bestimmt zu wählerisch«, knurrte Vivi. »So wie ich Sie kenne, checken Sie jede Frau erst mal im Internet durch.«

»Sie scheinen mich aber sehr gut zu kennen«, schmunzelte Kommissar Petersen.

Ela stieß Vivi unter dem Tisch mit dem Fuß an. Was geht hier ab?, fragte ihr Blick. Vivi zog eine Grimasse, die so viel bedeuten sollte wie: Vorsicht, Lebensgefahr! Aber Ela missverstand die Botschaft, und zwar gründlich.

»Bei Vivi machen Sie gar nichts falsch«, pries sie ihre Freundin an. »Sie kann nicht nur Granate kochen, sie ist eine Seele von Mensch. Wussten Sie, dass sie in ihrem Vorgarten einen

Kinderspielplatz eingerichtet hat? Der reinste Engel auf Erden!«

Petersen zog die Augenbrauen zusammen. »So? Ist sie das?«

»Also wirklich, das nenne ich Kinderfreundlichkeit«, sagte der ältere Herr beeindruckt. »Respekt, Frau Bernburg. Sehen Sie, ich spende zwar regelmäßig für Kinderdörfer, und da die Geschäfte gut laufen, sind es größere Summen. Doch dass Sie den Kindern Ihren eigenen Garten überlassen, zeugt von Großmut.«

»Nein, nein«, wehrte Vivi ab. »Ist doch nicht der Rede wert. Wie schmeckt es Ihnen überhaupt?«

»Die leeren Teller sprechen für sich«, erwiderte Herr von Campendonck. »Vorzüglich, meine Liebe.«

Während ein Kellner die Teller abräumte, näherte sich der Kommissar Vivis Ohr. »Alt, vermögend, spendabel – dieser Campendonck entspricht doch genau Ihrem Beuteschema, oder? Haben Sie sich schon überlegt, wie Sie ihn in die ewigen Jagdgründe befördern?«

Das reicht jetzt aber langsam, dachte Vivi wütend. Dieses ausgekochte Schlitzohr von einem oberschlauen, oberpeinlichen Hauptkommissar ist fällig, aber mit Anlauf. Er hatte einen langsamen, qualvollen Tod verdient. Nun ja, leider nur in ihrer Phantasie, denn ein Mord an einem Polizisten war selbst für sie undenkbar.

Mühsam ihre Wut im Zaum haltend, faltete Vivi die Serviette zusammen. »Meine Damen, meine Herren«, sagte sie laut, »die Regeln erfordern es, dass ich jeden Gang an einem anderen Tisch einnehme. Ela? Du begleitest mich doch, wie besprochen?«

»Wie bespr…, o ja, äh, klar«, stammelte Ela.

»Schade«, sagte Jan Petersen. »Es war so interessant, mit Ihnen beiden zu plaudern! Und immer schön fröhlich bleiben – schlechte Laune ist Gift für die Haut.«

»Was war denn das, bitte?«, fragte Ela, als sie an der Hotelbar saßen, wohin Vivi ihre verblüffte Freundin geschleift hatte.

Jetzt, am frühen Abend, war die Bar brechend voll. Viele Gäste nutzten die Happy Hour. Fast alle Sessel waren besetzt, und Ela hatte die beiden Barhocker am Tresen hart erkämpfen müssen. Die Gespräche ringsum waren so laut, dass man kaum den Barpianisten hörte, der eine süßliche Variante von *As time goes by* spielte.

Vivi stürzte ein halbes Glas Gin Tonic hinunter. Sie trank nie harte Sachen, doch jetzt musste es sein. Schwer atmend riss sie ein paar Knöpfe ihrer Kochjacke auf, weil sie kaum noch Luft bekam.

»Dieser Typ ist ein Vollpfosten!«, stieß sie hervor.

»Nein, porentief erotisch.« Ela leckte sich die Lippen. »Und weißt du was? Kochen kann der längst. Der ist nur wegen dir gekommen.«

»Ich weiß«, stöhnte Vivi. »Das ist ja das Problem.«

»Versteh ich nicht. Du findest ihn also nicht attraktiv?«

Vivi warf fast ihr Glas um, so energisch wedelte sie mit ihren Händen herum. »Er ist aufdringlich, er ist schleimig, er zeckt sich ran! Er ist das, was dabei rauskommt, wenn man einen Skorpion mit einem Kampfhund kreuzt! Ich kann ihn nicht ausstehen!«

»Ein einfaches Nein hätte mir genügt«, sagte Ela lakonisch.

Sie schwiegen eine Weile. Der Barpianist wechselte zu einem Schlager. Dummerweise kannte Vivi den Text: *Ich bin verliebt in die Liebe, sie ist okay-hey für mich!* Sie verdrehte die Augen. Liebe, wenn sie das schon hörte. Es gab keine Liebe, nur Männer, die wie Dampfwalzen über sie hinwegdonnerten.

»Was stört dich denn nun wirklich an diesem Petersen?«, nahm Ela den abgerissenen Gesprächsfaden wieder auf. »Mein Gott, alle Frauen knien vor ihm nieder, und er? Himmelt dich an! Nur dich!«

Vivi starrte in ihr Glas. Bisher hatte sie sich Ela nicht anvertraut, und das war eigentlich ein dicker Hund. Sollte sie ihr nicht allmählich verraten, warum der Kommissar in Wahrheit diesen Kochkurs gebucht hatte? Warum er hinter Vivi herspionierte, dass es nicht mehr feierlich war? Und dass er mit seinem mörderischen Verdacht leider richtiglag?

»Hase, wir werden nicht jünger«, setzte Ela nach. »Noch ein paar Falten mehr, und es wird eng. Oder teuer. Dieser Petersen is'n Schuss. Das habe ich gleich gesehen. Der ist voll anverknallt und wird dir demnächst die Rosenblätter kiloweise durch die Bude blasen. Vorausgesetzt, du kommst mal runter von deinem Thron.«

Wie konnte man nur so falschliegen? Beherzt trank Vivi die zweite Hälfte des Gin Tonic aus. Sie musste Ela endlich einweihen. Falls alles rauskam und ihre beste Freundin als Letzte erfuhr, was Vivi auf dem Kerbholz hatte, wäre das ein schrecklicher Vertrauensbruch. Sie seufzte tief.

»Es gibt da etwas, das ich dir erzählen sollte. Du musst mir aber versprechen, dass du mir nicht die Freundschaft kündigst und dass es unter uns bleibt, ja?«

»Oh, hier werden Mädelsgeheimnisse verraten!«, grätschte eine wohlbekannte Stimme dazwischen. »Da komme ich ja im richtigen Moment!«

Vivi musste sich am Tresen festhalten, um nicht mit Getöse aufs Parkett zu kippen. Hörte das denn nie auf? Würde dieser Mann sie bis ans Ende ihres Lebens verfolgen, wie ein verdammter Stalker?

»Was wollen Sie denn noch?«, schrie sie gegen das Stimmengewirr und ihre dunkelsten Ängste an.

»Einen Drink mit der faszinierendsten Frau nehmen, die ich jemals getroffen habe«, sagte Jan Petersen gerade laut genug, dass Vivi und Ela es hören konnten.

Ela rutschte von ihrem Barhocker. »Ich glaube, ich bin hier überflüssig. Ciao, Süße.«

Beklommen sah Vivi hinter ihr her, bis ihre Freundin im Gewühl verschwunden war. Jetzt war sie allein mit dem Vollpfosten. Ihre Unterlippe begann zu zittern, sie war den Tränen nahe. Er hatte sie so weit. Sie konnte nicht mehr.

»Schöne Frau, Sie sehen aus, als ob Sie einen starken Drink gebrauchen könnten.« Jan Petersen setzte sich auf den frei gewordenen Barhocker und zeigte auf Vivis leeres Glas. »Noch mal dasselbe?«

Vivi nickte resigniert. Es hatte ja keinen Sinn wegzulaufen. Wohin denn? Er hatte sie im Visier, und da stand sie nun, wie ein Reh, das dem Jäger direkt vor die Flinte gestolpert war. Da war es wohl besser, sich zu betrinken, wenn sie schon mit Handschellen abgeführt werden würde.

Als der Barkeeper die Getränke gebracht hatte, erhob der Kommissar sein Glas. »Falls Sie denken, das sei auch so ein Ermittlertrick, wie Sie es nennen, muss ich Sie enttäuschen. Ich finde Sie wirklich faszinierend.«

Wortlos schüttete Vivi einen großen Schluck in sich hinein. Der Alkohol löste ihre Anspannung. Plötzlich war ihr alles egal. Sogar dieser grässliche Petersen war ihr egal. *Okay-hey,* ganz so egal auch wieder nicht. Aber das führte zu nichts.

»Wo wir uns schon ein bisschen näher kennen, sollten wir uns nicht duzen?«, fragte der Kommissar unvermittelt.

»Sie? Duzen?« Um Vivi drehte sich alles.

»Ja, tut gar nicht weh«, grinste Jan Petersen. »Und jetzt tue ich das, was ich schon die ganze Zeit tun wollte.«

Langsam, ganz langsam beugte er sich vor und küsste Vivi. Auf den Mund. War das alles real? Oder einer dieser Alpträume, die sie immer noch heimsuchten? Nein, weich und warm lagen seine vollen, sinnlichen Lippen auf den ihren.

Eine kleine Ewigkeit später nahm er ihre Hand. »Sag mal, das ist hier doch ein Hotel. Dann gibt es doch bestimmt so was wie ein Zimmer, in dem wir ungestört sind, oder?«

Es ging alles so schnell, dass Vivi kaum hinterherkam. Mit einem Mal hatte Jan eine Zimmerkarte in der Hand, irgendwie gerieten sie in den Aufzug, unversehens standen sie in einem halbdunklen Doppelzimmer. Die Mischung aus Erregung und Angst trieb Vivi einen Schauer über die Haut, der sich wie ein Funkenregen anfühlte. Jan machte einen Schritt auf sie zu. Im nächsten Moment zog er sie auch schon in seine Arme.

»Ich will dich«, murmelte er, während er ihr Gesicht mit Küssen bedeckte und ihre Kochjacke aufknöpfte.

Vivi wand sich unter seinen Küssen, unter seinen Berührungen, unter diesen feingliedrigen Händen, die sie sanft, aber fordernd in Besitz nahmen. Ela hatte recht gehabt, er roch gut, aber noch besser küsste er. Sie erschauerte, als er seinen schlanken, männlichen Körper an sie presste.

»Warum?«, ächzte sie. »Ich bin doch nun wirklich nichts Besonderes.«

»Du?« Ausgiebig liebkoste er ihren Nacken und löste das Gummiband, das ihren Pferdeschwanz zusammenhielt. »Du bist der Wahnsinn. Ich habe mich sofort in dich verliebt, in dem Augenblick, als du die Haustür geöffnet hast.«

»Aber …«, widersprach sie schwach.

»Und als du mir dann diese Plätzchen gebracht hast und als ich dich heute kochen sah, war ich geflasht. Sylvia …«

Er stöhnte auf und wühlte seinen Mund in ihr Haar. Dann wurde eine Weile nicht mehr gesprochen. Sie pressten ihre heißen Körper aneinander, bis er Vivi die Jeans herunterriss, vor ihr niederkniete und küssend einen Kreis rund um ihren Slip beschrieb, so lange, bis sie es nicht mehr aushielt und ihn zu sich hochzog. Mit zitternden Fingern öffnete sie seinen Gürtel, dann den Knopf seiner Jeans und zog den Reißverschluss herunter.

Alles in ihr verzehrte sich nach mehr. Dunkel wurde ihr bewusst, dass auch sie ihn von Anfang an geliebt hatte, alles an ihm, vom Scheitel bis zur Sohle. Nicht weil er Richard ähnelte, sondern weil er Jan Petersen war, ein intelligenter, attraktiver, unwiderstehlicher Mann, der eine geradezu animalische Erotik verströmte.

Ungeduldig zog er sie aufs Bett. Ohne sich ihrer übrigen Klamotten zu entledigen, umfingen sie einander und küssten sich. Die Erde bebte, als er endlich in sie eindrang. Vivi wurde von einem Rausch erfasst, der gar nicht wieder aufhörte. Sie schluchzte, als sie am ganzen Körper zitternd kam und er sein Gesicht in ihrer Halsbeuge vergrub, während er sich in sie ergoss.

Der Morgen graute, als die Glut langsam verebbte. Noch immer hielten sie einander umschlungen, flüsterten sich Zärtlichkeiten ins Ohr, lachten leise über irgendwelchen Unsinn und glitten schließlich in einen federleichten Schlaf.

Vivi erwachte von einem Geräusch, das sich wie ein Platzregen anhörte. Sie schlug die Augen auf und erstarrte. Dies war nicht ihr Bett. Dies war auch nicht ihr Schlafzimmer. Und das Geräusch war kein Regen, sondern das Rauschen der Dusche. Dann stürzten die Ereignisse der vorherigen Nacht wie ein tropischer Wolkenbruch auf sie ein.

Du lieber Himmel! Sie hatte mit Hauptkommissar Jan Petersen vom Dezernat für ungelöste Fälle geschlafen! War sie denn komplett irre geworden? Angstvoll raffte sie die Decke zusammen und zog sie bis ans Kinn. Überall im Zimmer lagen Kleidungsstücke auf dem Boden und markierten den Parcours, den sie auf dem Weg zum Bett genommen hatten. Das hätte nie passieren dürfen. Sie spielte nicht nur mit dem Feuer, sie hatte sich schon verbrannt! Doch während ihr Verstand in den Alarmmodus wechselte, funkte ihr Körper seligstes Behagen.

Jan war ein unglaublicher Liebhaber. Nein, das war es nicht. Sie hatten sich geliebt wie zwei Menschen, die wirklich etwas füreinander empfanden. So viel Leidenschaft gab es nicht bei einem One-Night-Stand, das ahnte Vivi, ohne jemals einen erlebt zu haben. Dieser Taumel der Lust signalisierte weit mehr. Vivi wagte gar nicht, diesen Gedanken zu Ende zu denken. Doch im Wirrwarr ihrer Gefühle wurde ihr plötzlich bewusst, dass diese Liebesnacht alles in den Schatten stellte, sogar ihre Liaison mit Richard. Womit sie unsanft in der Realität landete – sie musste schleunigst verschwinden!

Bevor sie flüchten konnte, schlenderte Jan ins Zimmer, tropfnass von der Dusche. Er rubbelte sich mit einem Handtuch die feuchten Haare ab und sah Vivi an. Ein zärtliches Lächeln breitete sich auf seinem schmalen Gesicht aus.

»Wie geht es dir? Lebst du noch? Hast du noch'n Puls?«

Vivi zog die Decke etwas fester um ihre nackten Schultern. »Alles wohlauf.«

Obwohl sie sich vorgenommen hatte, so rasch wie möglich das Weite zu suchen, konnte sie ihren Blick nicht von ihm wenden. Jan war wunderschön. Sein Körper war nicht sonderlich muskulös, doch alles stimmte, die breiten Schultern, der flache Bauch, die festen Schenkel und nicht zuletzt sein bestes Stück, das sich auf magische Weise zu vergrößern schien.

Lächelnd ließ er sein Handtuch zu Boden fallen. »Lust auf Frühstück?«

Eine Sekunde später lernte Vivi, dass es kalorienfreie Frühstücke gab, die selbst einen Toast Benedikt alt aussehen ließen. Eine Stunde später schlief sie wieder ein.

Jemand klopfte. »Zimmerservice!«

Der Wecker auf dem Nachttisch zeigte halb zwei. Seit einer Ewigkeit hatte Vivi nicht mehr so lange in den Federn gelegen. Sie entwand sich Jans Arm, schlüpfte aus dem Bett und wickelte sich in das Handtuch, das Jan am Morgen hatte fallen lassen. Dann lief sie zur Tür und öffnete sie einen Spalt.

»Kommen Sie bitte später wieder. Wir checken in einer Stunde aus.«

In diesem Augenblick wurde die Tür aufgestoßen, und Ela schaute um die Ecke. »Sag mal – oh!«

Sie hatte Jan entdeckt, der im Bett lag und tief und regelmäßig atmete. Das Haar hing ihm zerzaust in die Stirn, einen Arm hatte er um sein Kopfkissen gelegt.

»Ist einfach so passiert«, raunte Vivi verlegen.

»Ich fass es nicht! Du und der Vollpfosten!« Ela fing leise an zu lachen. »Hab ich's doch gewusst, dass er der Typ Mann ist, der dich von den Socken haut. Du bist mindestens so verknallt wie er. Was hast du jetzt vor mit deinem Übergangsmann?«

So weit hatte Vivi noch gar nicht gedacht, überwältigt vom Hier und Jetzt. »Keine Ahnung.«

»Ruf mich später an, ja? Und grüß die Kreuzung aus Skorpion und Kampfhund von mir.«

Vivi blieb an der Tür stehen, die sich leise geschlossen hatte. Ja, sie hatte sich verliebt. Aber es war unmöglich. Sie durfte diesen Mann nicht in ihr verkorkstes Leben lassen, sonst setzte sie alles aufs Spiel. Lautlos zog sie sich an, schnappte sich ihre Handtasche und ging.

Die Fahrt nach Wiesbaden schien eine Ewigkeit zu dauern. Schon kurz nachdem sie die Autobahn erreicht hatte, heulte Vivi los.

»*Verdammt, ich lieb dich!*«, sang sie schluchzend. »*Ich lieb dich nicht. Verdammt, ich brauch dich! Ich brauch dich nicht. Verdammt, ich will dich! Ich will dich nicht – ich will dich nicht verliern!*«

Na ja, es war natürlich noch viel zu früh, von Liebe zu sprechen, aber verliebt war sie, keine Frage. Und genau damit hatte sie sich in eine Sackgasse manövriert. In ihrer Situation war ein Polizist das größte anzunehmende Risiko. Auch wenn Jan momentan ein liebesvernebeltes Hirn haben mochte, irgendwann würden seine Spürhundinstinkte wieder wach werden, und dann marschierte Vivi ins Gefängnis. Das durfte sie nicht riskieren. Es war aussichtslos.

Während sie mechanisch wie ein Roboter den Wagen lenkte, rief sie sich die vergangene Nacht ins Gedächtnis. Was war so anders gewesen als bei Richard? Tränenüberströmt suchte sie nach einer Antwort. Dann begriff sie es: Richard hatte ein Programm abgespult, als hätte er eine Gebrauchsanleitung gelesen. Wie ein gut ausgebildeter Maschinist hatte er an den richtigen Knöpfen gedreht, die richtigen Tasten gedrückt, war stramm nach Plan vorgegangen. Anders Jan. Der hatte sich einfach dem Sturm hingegeben, den sie gemeinsam entfacht hatten, völlig spontan, ohne Kalkül. Und genau diesen Wahnsinnsmann musste sie nun auf den Mond schießen, wenn ihr ihre Freiheit lieb war. Das Leben war so ungerecht.

Vivi fühlte sich wie eine Kugel im Flipperautomaten, als sie in die Straße einbog, in der sie wohnte. Schon von weitem sah sie, dass vor ihrem Haus einige Kinder spielten. Zwei saßen auf der Schaukel, die übrigen backten Sandkuchen mit den bunten Förmchen, die Vivi ihnen geschenkt hatte. Bei dem Gedanken, dass Jan eine ganze Fußballmannschaft Kinder wollte, schluchzte sie erneut los. Irgendwie war der Wurm drin in ihrem Liebesleben. Und wieder dachte sie: Aha, das ist die Strafe. Das Schicksal hat beschlossen, dass ich nicht glücklich sein darf.

Sobald sie in die Küche kam, sprang Tiger ihr entgegen. Seine Barthaare zitterten vor Aufregung, und er miaute herzerweichend.

»Ist ja gut, mein Süßer, ich habe dich nicht vergessen«, beruhigte Vivi ihn. »Du bist mein Ein und Alles. Gleich mache ich dir was zu essen.«

Sie holte eine Portion Seelachs aus der Tiefkühltruhe und stellte sie in die Mikrowelle. Während sie auf das *Pling!* wartete, pochte es am Küchenfenster. Schnell holte Vivi ihre Tupperdose mit Haferplätzchen aus der Speisekammer, die Plätzchen mit den eingebackenen Schokoladenstückchen, die die Kinder so sehr mochten.

»Hallo, Mäuse!«, rief Vivi, während sie in den Vorgarten ging. »Hier sind eure Plätzchen!«

Sofort war sie umringt von Kindern, die ihr begierig die Hände entgegenstreckten.

»Einer nach dem anderen, es ist genug da!«

»Sieht so aus, als müsste ich mich hinten anstellen«, hörte sie eine Männerstimme, die in der vorherigen Nacht immer wieder ihren Namen geflüstert hatte.

Kapitel zwölf

Jan hielt eine riesige Sonnenblume in der Hand. Er trug noch immer sein »Yammie Yammie«-T-Shirt und sah leider umwerfend aus. Vivis Herz vollführte eine erschrockene Rolle rückwärts. Hatte sie wirklich damit gerechnet, dass er so schnell aufgab?

»War nicht gerade angenehm, allein aufzuwachen«, grummelte er. »Machst du das immer so? Einfach abhauen?«

Stumm verteilte Vivi ihre restlichen Plätzchen an die Kinder. Plötzlich war ihr hundeelend. Sie hatte schlicht und einfach Angst. Nachdem die Tupperdose leer war, strich sie sich ihre etwas fleckige Kochjacke glatt. Auch Vivi hatte sich noch nicht umgezogen.

»Entschuldige«, sagte sie kleinlaut. »Ich wusste nicht …«

»Was?«

Wie ein kleines Mädchen stand sie da. Als hätte sie etwas angestellt und erwartete nun ein Donnerwetter. »Lass uns erst mal reingehen.«

Er folgte ihr in die Küche, wo sie Tiger das aufgetaute Seelachsschnitzel hinstellte. Hungrig machte er sich darüber her.

»Cappuccino?«, fragte Vivi, was so viel wie ein Friedensangebot war.

»Man hört, dass dein Cappuccino legendär ist«, antwortete Jan schon etwas freundlicher. »Und falls du noch so ein sensationelles Pekannussplätzchen hättest, würde ich nicht nein sagen.«

Das klang so nett, so harmlos. Aber Hauptkommissar Jan Petersen war nicht harmlos. Seine Aufklärungsquote lag im oberen Bereich, das hatte Vivi nicht vergessen.

Kraftlos lehnte sie sich an die Spüle. »Jan, es war wunderbar mit dir. Mehr als das. Aber ich bin total durcheinander. Wie soll ich es sagen – du bist ein Polizist. Demnächst wirst du mich vielleicht wieder verhören. So was halte ich nicht aus. Ich meine, das ist doch verrückt! Und verboten ist es bestimmt auch!«

Ohne sie aus den Augen zu lassen, legte Jan die Sonnenblume auf den Küchentisch, hockte sich hin und kraulte Tigers Nacken. Mit diesen feingliedrigen Händen, die auch Vivis Nacken gestreichelt hatten. Ihre Haut prickelte, als sie daran dachte.

»Du bist also darauf reingefallen?«, grinste er.

Das wurde ja immer krasser. Vivi spürte, wie ihre Beine wegsackten. »Worauf soll ich reingefallen sein?«

»Na, dass ich dich verdächtige.« Er richtete sich auf. »Mein Besuch hier war reine Routine, das habe ich dir doch gesagt. Auch das Gespräch in meinem Büro war im Rahmen des Üblichen. Doch für den Kochkurs habe ich mich einzig und allein deshalb angemeldet, weil ich dich wiedersehen wollte. Und mit diesem ganzen Gerede über Giftmorde wollte ich dich nur aufziehen.«

»Du hast eine seltsame Art, Leute aufzuziehen«, murmelte Vivi. »Ich fand das gar nicht lustig.«

»Tut mir leid.« Er ging zu ihr und legte eine Hand an ihre Wange. »Verzeihst du mir?«

Sie wusste, dass ein Blick in seine klugen grauen Augen genügen würde, um ihren Widerstand zu brechen. Deshalb schaute sie zu Tiger, der seinen Seelachs schon fast verschlungen hatte.

»Ja, verziehen. Trotzdem solltest du jetzt gehen.«

Er legte ihr einen Finger auf den Mund. »Wir sind beide ziemlich durch den Wind. Was hältst du davon, wenn du dich auf die Couch packst, und ich koch dir was Leckeres? Bestimmt hast du noch nichts gegessen, und ich vermute mal, dass dein Kühlschrank bis obenhin voll ist.«

Jetzt hatte er es doch tatsächlich wieder geschafft, Vivi zu verblüffen. Noch nie, absolut nie hatte ein Mann für sie gekocht.

»Also schön. Aber pass mit den Töpfen auf. Das ist ein …«

»… Induktionsherd, habe ich schon gesehen«, grinste er. »Du bist exzellent ausgestattet: Induktionsherd, Dampfgarer, Mikrowelle, alles da. Weißt du eigentlich, wie sehr ich dich dafür liebe, dass du ein echtes Kochgenie bist?«

Schon wieder dieses Wort – Liebe. Vivis Magen schlug Purzelbäume. Sie glaubte nicht an die Liebe, obwohl sie es im Grunde ihres Herzens so sehr wollte.

Jan inspizierte nacheinander den Kühlschrank, die Tiefkühltruhe und die Speisekammer. »Toll! Der reinste Feinkostladen! Fleisch und Gemüse in rauen Mengen. Zitronengras, Korianderwurzel, Chili! Und Kokosmilch! Weißt du was? Ich koche uns eine Tom Ka Gai.«

Um nichts in der Welt hätte Vivi zugegeben, dass sie nicht wusste, was das sein sollte. Sie tippte auf ein asiatisches Gericht.

»Gute Idee. Darf ich zusehen?«

Er lächelte geschmeichelt. »Wenn du darauf bestehst, gern.«

Vivi sank an den Küchentisch. Zunächst ließ Jan Wasser in

einen Topf laufen, den er auf den Herd stellte. Aus dem Kühlschrank holte er zwei Hühnerbrustfilets, die er in Würfel schnitt, dann kamen Frühlingszwiebeln, Chilischoten, Champignons und eine Korianderwurzel unters Messer. Geschickt öffnete er eine Dose Kokosmilch und goss die milchige Flüssigkeit in das heiße Wasser. Mit Vivis Mörser zerdrückte er das Zitronengras und schnitt es in Streifen.

Es war eine Freude, ihm zuzusehen, denn er tat das alles mit der selbstverständlichen Eleganz eines Balletttänzers. Schwungvoll warf er das Gemüse in den köchelnden Sud, wartete ein paar Minuten und gab das Hühnerfleisch hinzu. Er salzte großzügig, dann begutachtete er Vivis Gläser mit getrockneten Kräutern und Gewürzen, bevor er schwarzen Pfeffer und Galgantpulver auswählte.

Vivi kam aus dem Staunen nicht mehr heraus. Dieser Mann konnte nicht nur kochen. Er war ein leidenschaftlicher, raffinierter Feinschmecker, der sich in allen Nuancen des Würzens auskannte. Ein Glücksgefühl durchströmte sie. Zum ersten Mal im Leben hatte sie das Gefühl, einen Wahlverwandten zu treffen, der sich genauso für die kulinarischen Künste begeisterte wie sie. Was aber war mit dem Rest? Sie wusste viel zu wenig von ihm.

»So, Jan Petersen vom Dezernat für ungelöste Fälle, dann erzähl mir mal, wer du bist«, legte sie los. »Hast du Familie? Exfrauen, Kinder, Schulden?«

Er blinzelte sie erstaunt an. »Hey, das ist ja ein hammerhartes Verhör!«

»Ich will lieber gleich alles wissen«, stellte Vivi klar. »Damit es hinterher keine unangenehmen Überraschungen gibt.«

»Schon gut, ich habe nichts zu verbergen«, bekannte er treuherzig. »Ich bin in Hamburg aufgewachsen, wie der Name Petersen schon vermuten lässt. Die typischen Nordlichter heißen alle so: Petersen, Hansen, Björnsen. Meine Eltern sind leider schon gestorben, Geschwister habe ich nicht. Exfrauen und Kinder auch nicht, und mein Konto ist im grünen Bereich. Zufrieden?«

»Erst wenn ich die Tomka-Dingens probiert habe«, erwiderte Vivi mit gespielter Strenge.

»Nur zu.«

Er halbierte eine Zitrone, presste den Saft direkt in die Suppe und streute ein paar Korianderblättchen hinein.

»Fertig. Was möchtest du trinken?«, erkundigte er sich. »Einen Wein? Rosé vielleicht?«

»Nein, keinen Wein.« Vivi strahlte ihn an. »Im Kühlschrank steht eine Flasche Champagner. Die habe ich immer für einen besonderen Anlass aufgehoben.«

»Und? Ist heute so ein Anlass?«

Sie stand auf und flog in seine Arme. »Es könnte keinen besseren geben.«

Sollte es tatsächlich Liebe sein? Jedenfalls fühlte es sich so an. Die Wochen vergingen, und bald schon lebten sie wie ein Paar. Schräg war das schon. Eigentlich sogar lebensgefährlich. Manchmal fasste sich Vivi an den Kopf. Sie hatte was mit einem Polizisten – ausgerechnet! Das war in etwa so, als ob ein Kannibale in einen Veganerclub eintrat. Andererseits war es auch ein beruhigendes Gefühl. Was konnte ihr schon passieren, wenn sie sich unter polizeilichem Schutz befand?

Vivi hatte ihren Hoteljob behalten, weil er ihr Spaß machte, vor allem auf die Kochkurse, die regelmäßig ausgebucht waren, wollte sie nicht verzichten. Niemand ahnte, dass sie mit Leichtigkeit das ganze Hotel hätte kaufen können. Nach Feierabend traf sie sich mit Jan und übernachtete manchmal in seiner eher kargen Junggesellenbude in Frankfurt. An den Wochenenden kam er zu ihr nach Wiesbaden. Dann schlenderten sie über den Wochenmarkt, plünderten die Delikatessengeschäfte, kochten gemeinsam oder gingen essen.

Ela freute sich unbändig für ihre Freundin, obwohl sie sich beschwerte, dass sie Vivi kaum noch sah, allenfalls für einen schnellen Kaffee zwischendurch. Aber da sie inzwischen eine Affäre mit Maximilian Sell angefangen hatte, verzieh sie Vivi leichten Herzens, dass Jan neuerdings Vorfahrt hatte.

»Wer hätte das gedacht?«, lachte sie. »Wir beide sind wieder bemannt! Der Sell ist zwar nur ein Übergangsmann, aber bei dir wird es langsam ernst, oder?«

»Das kannst du laut sagen.«

»Dann halt ihn fest, er ist der Jackpot!«, beschwor Ela ihre Freundin mit einer Überzeugung, um die Vivi sie beneidete.

Zumindest sprach alles dafür, dass Jan tatsächlich der Richtige war. Nach und nach eröffnete er Vivi eine neue Welt, in jeder Hinsicht. Er mochte exotisches Essen, und so lernte sie die Raffinesse der asiatischen, indischen und südamerikanischen Küche kennen. Im Bett wurden sie immer wilder, probierten gewagte Dinge aus und verirrten sich in wahren Labyrinthen der Lust. Nie hätte Vivi für möglich gehalten, dass ihr so etwas Aufregendes noch einmal widerfahren würde.

Auch als sie sich schon zwei Monate kannten, war der Zauber des Anfangs nicht verflogen. Ihr Verhältnis wurde zusehends enger, und Jan sprach jetzt offen von einer Beziehung. Ein Leben ohne ihn war sowieso nicht mehr vorstellbar. Sie mochten dieselben Filme, lachten über dieselben Witze, lasen dieselben Kochzeitschriften. Absoluter Gleichklang. Es war wie ein Wunder.

Vivi blieb dennoch wachsam. Unablässig suchte sie den Haken an Jan, aber so kritisch sie ihn auch unter die Lupe nahm, sie fand einfach nichts. Er war aufmerksam, stets guter Laune und behandelte sie wie ein rohes Ei. Keine Bemerkungen mehr über hässliche Dinge wie Umfeldrecherche oder Anfangsverdacht. Keine Anspielungen auf irgendwelche Männer, die es dahingerafft hatte.

Von seiner Arbeit erzählte Jan nur selten, vermutlich aus Taktgefühl und Diskretion. Vivi nahm es erleichtert hin. Auch über Geld sprachen sie nie. Alle Ausgaben wurden geteilt. Wenn sie essen gingen, bezahlten sie abwechselnd, die vielen Millionen jedoch, die Vivi besaß, erwähnten sie mit keinem Wort.

Für Vivi war die Erbschaft nur insofern ein Thema, als sie sich den Kopf darüber zerbrach, was sie damit anfangen sollte. Ihre spontane Idee nahm immer deutlichere Gestalt an. Sie wollte ein Haus einrichten, wo Kinder aus prekären Verhältnissen umsonst essen konnten, Hilfe bei den Schularbeiten bekamen und zur Not auch übernachten konnten, wenn es zu Hause Probleme gab. Täglich las sie in der Zeitung von vernachlässigten und misshandelten Kindern und dass die Jugendämter sich nicht um alle kümmern konnten. Das tat ihr in der Seele weh. Dagegen wollte sie etwas tun. Als Clou hatte sie sich Kochkurse für Kinder ausgedacht, damit die Kleinen lernten, sich anständig zu ernähren, statt in irgendwelchen Frittenbuden abzuhängen.

Eines Sonntagnachmittags, als sie am Rhein spazieren gingen, eröffnete sie Jan ihre Pläne.

»Großartig«, sagte er, obwohl er ein wenig verhalten klang. »Aber willst du dein Geld denn nicht auch ein wenig genießen?«

Vivi kickte einen Stein beiseite, der auf dem Spazierweg lag. »Ich genieße unser Leben so, wie es ist. Mehr brauche ich nicht. Und du?«

»Geht mir genauso«, versicherte er. »Ich dachte nur, wir könnten uns ja mal einen schönen Urlaub gönnen. Oder ein neues Auto. Werners Opaschlitten passt gar nicht zu dir, und meine alte Kiste gibt bald ihren Geist auf.«

Komisch, warum fiel Vivi in diesem Moment auf, dass Jan immer noch seine billige Rolex-Kopie trug? Ob er sich wohl eine echte Rolex wünschte? Sie hatte sich fest vorgenommen, ihn nicht großspurig zu beschenken. Andererseits hatte er bald Geburtstag, und vielleicht lag ihm ja etwas daran. Männer sind nun mal wie kleine Jungs, wenn es um teure Uhren und schnelle Autos geht, dachte sie.

Wenig später überraschte sie Jan zum Geburtstag mit einer goldenen Rolex. Sie war so teuer gewesen, dass Vivi ein schlechtes Gewissen wegen des Kinderhauses hatte, das nun viele tausend Euro verloren hatte. Jan schien das nicht zu stören. Überschwänglich umarmte und küsste er Vivi. Am Samstag darauf streiften sie durch einige Autohäuser und entschieden sich für einen feuerroten Porsche. Das heißt, Jan entschied sich dafür. Werners betagten Mercedes behielt Vivi trotzdem. Sie brachte es nicht übers Herz, ihn zum Schrottplatz zu bringen. Ohnehin fand sie sowohl die Uhr als auch den Porsche eigentlich zu angeberisch, doch Jan freute sich wie ein Kind.

An einem Samstagabend machte er ihr dann einen Heiratsantrag, kniend, mit einer Sonnenblume in der Hand, die an ihren ersten Morgen erinnern sollte. Er versprach Vivi, sie für immer auf Händen zu tragen. Sie überlegte nicht lange. Sie wollte nicht mehr allein sein, nie wieder, und diesmal war es echte Liebe, ohne doppelten Boden.

»Sag mal, wie hast du dir eigentlich unsere Hochzeit vorgestellt?«, fragte Vivi. Mit hochroten Wangen holte sie einen Elsässer Flammkuchen aus dem Backofen, belegt mit Lachs und Crème fraîche.

»Das überlasse ich ganz dir«, antwortete Jan, der gerade die Weinvorräte der Speisekammer durchging. »Möchtest du eine rauschende Party? Oder lieber irgendwo hinfahren?«

»Ich hatte an ein großes Kinderfest gedacht, hier in der Straße.«

Sie ließ den Flammkuchen vom Backgitter auf eine Porzellanplatte gleiten und schnupperte daran. Er duftete köstlich. Das fand auch Tiger, der sich maunzend vor Vivi hinsetzte und sich mit ein paar Lachsstückchen füttern ließ.

Jan entkorkte einen kräftigen Elsässer Riesling. »Wollen wir nicht was Abgefahreneres machen? Nach Las Vegas düsen und herrlich kitschig heiraten? Oder auf die Malediven fliegen, mit einer Hochzeitszeremonie am Strand?«

Nachdenklich schnitt Vivi den Flammkuchen in Stücke. Das alles war eine Nummer zu groß für sie. Las Vegas und die Malediven, das wirkte irgendwie großkotzig, fand sie. Für so was wollte sie ihr Geld nicht zum Fenster rausschmeißen.

»Mal sehen«, wich sie aus. »Das hat noch Zeit. Nach dem Essen treffe ich übrigens den Architekten, den Ela mir empfohlen hat.«

Jan holte gerade zwei Teller aus dem Küchenschrank, jetzt hielt er in der Bewegung inne. »Mit welchem Architekten?«

248

»Na, der vielleicht das Kinderhaus bauen wird, ich hatte dir neulich davon erzählt. Er ist sehr interessiert an dem Projekt.«

Wortlos deckte Jan den Tisch und schenkte Wein in die Gläser. Seit einiger Zeit wohnte er bei Vivi. Seine Junggesellenbude in Frankfurt hatte er behalten, für den Fall, dass er mal länger arbeiten musste. Die meisten Abende und Nächte jedoch verbrachte er bei Vivi, in dem Haus, das Schauplatz einiger Dramen gewesen war. Sie aßen jetzt manchmal in der Küche, weil es gemütlicher war – und weil das Esszimmer für Vivi mit Ereignissen verknüpft war, an die sie lieber nicht erinnert werden wollte. »Jan? Hast du mir überhaupt zugehört?«

Als sei er mit den Gedanken woanders gewesen, fuhr er sich durchs Haar. »Nein, nein, ich bin ganz Ohr. Wann soll es denn losgehen?«

»Das ist erst ein unverbindliches Gespräch heute«, erwiderte Vivi, während sie sich setzte. »Der Architekt möchte wissen, wie groß das Haus werden soll und welches Budget ihm zur Verfügung stehen wird.«

»Und?« Jans Miene verriet eine gute Portion Skepsis. »Wie viel willst du ausgeben?«

Vivi kraulte Tiger, der auf weitere Lachsstückchen wartete. »Fast alles, bis auf eine gewisse Summe, die uns eine sorglose Existenz sichert.«

»Hm.« Jan verzog den Mund. »Hast du dir das auch gut überlegt? Stell dir mal vor, was wir uns alles leisten könnten. Zum Beispiel ein größeres Haus, sogar eine Villa mit Swimmingpool. Wäre doch herrlich, auch für den Fall, dass wir später mal Kinder haben.«

Kinder? Vivi atmete schneller. Ja, sie wünschte sich Kinder, und auch Jan sprach öfter davon.

Sie griff zum Besteck und probierte von dem Flammkuchen. Er schmeckte phantastisch. Die Kombination aus dem hauchdünnen Teig und dem Belag aus Lachs und Crème fraîche gefiel ihr so gut, dass sie sich vornahm, den Flammkuchen beim nächsten Kochkurs auf das Menü zu setzen. Was ihr weniger gefiel, war eine Villa mit Swimmingpool. Schwimmen hatte sie nie gelernt, außerdem wollte sie keinen Palast. So was kauften sich nur Leute, die andere beeindrucken wollten, fand Vivi.

»Ach, weißt du, ich bin in diesem Reihenhaus groß geworden, und es hat mir an nichts gefehlt«, bekannte sie. »Und wenn wir wirklich noch Kinder bekommen sollten, möchte ich nicht, dass sie abgehoben aufwachsen. Geld verdirbt den Charakter.«

»Nein, Geld offenbart den Charakter«, widersprach Jan. »Daran zeigt sich mal wieder, dass du ein Engel bist.« Er schickte ihr ein Luftküsschen über den Tisch. »Ich liebe dich. Auch für deine Bescheidenheit.«

Vivi griff zu ihrem Weinglas. »Dann lass uns auf das Kinderhaus Sonnenschein trinken. Wäre doch ein schöner Name, oder?«

»Wunderschön«, bestätigte Jan.

Zweifelnd sah Vivi ihn an. Sagte er die Wahrheit? Oder war ihm eine teure Villa am Ende doch lieber?

Das Hochzeitsfest fand an einem sonnigen, klaren Oktobertag statt. Sicher, es wäre vielleicht besser gewesen, das Trauerjahr abzuwarten, so wie es sich gehörte. Doch Vivi wollte nicht mehr die trauernde Witwe spielen. Die Zeit der Einsamkeit war vorüber.

Auf dem Standesamt hörte Ela gar nicht wieder auf zu weinen. Sie fungierte als Trauzeugin, was sie emotional völlig aus der Kurve trug. Am Arm von Übergangsmann Maximilian Sell hängend, schniefte sie so laut, dass man kaum den Standesbeamten hörte.

»Schätzelein«, schluchzte sie, als die Zeremonie vorüber war, »ich hab dich so unendlich lieb! Bleib glücklich, Vivi, du hast den besten Mann der Welt erwischt.«

»Den zweitbesten«, hüstelte Maximilian Sell, der sich offenbar für alles andere als einen Übergangsmann hielt.

Mit stolzem Besitzerblick legte er einen Arm um Ela, die ein dramatisches feuerrotes Cocktailkleid für diesen Anlass gewählt hatte. Auch ihr Make-up war eher dramatisch ausgefallen, zumal ihr die Wimperntusche samt Tränen mittlerweile bis zum Kinn gelaufen war.

Vivi trug ein hübsches cremeweißes Kostüm, das sie sich extra gekauft hatte. In ihrem ungewohnt gewagten Dekolleté baumelte eine goldene Kette mit einem Herzanhänger, Jans Hochzeitsgeschenk. Für die Frau mit dem goldenen Herzen, wie er ihr zärtlich ins Ohr geraunt hatte. Auch er machte bella figura in seinem neuen Maßanzug, den Vivi ihm zur Vermählung spendiert hatte.

Nach dem Standesamt ging es nach Hause. Vivi hatte tagelang in der Küche gestanden und schon am Morgen ein riesiges Buffet im Vorgarten des Reihenhauses aufgebaut. Das alte Fräulein Kellermann hatte aufgepasst, dass es nicht vorzeitig geplündert wurde. Es gab italienische Vorspeisen, verschiedene bunte Salate, Coq au vin, indisches Curry und einen ganzen Tisch nur mit Kuchen und Desserts. Das professionelle Catering, das Jan vorgeschlagen hatte, wäre nicht nach Vivis Geschmack gewesen. Liebe geht durch den Magen, hatte sie gesagt, und dass sie die ganze Welt umarmen und bekochen wolle.

Die Straße war für den Durchgangsverkehr gesperrt, der Vorgarten war mit Papiergirlanden geschmückt, und eine Blaskapelle spielte, als sie vorfuhren. Unter dem Applaus der Nachbarn und dem Gejohle sämtlicher Kinder der Siedlung tanzten Vivi und Jan einen Walzer auf dem Asphalt. Schwerelos lag sie in seinen Armen, während er ihr sagte, wie sehr er sie liebe.

Damit war das Fest eröffnet. Sogar Fräulein Kellermann tanzte, mit dem mürrischen Rentner von gegenüber, der sich sonst immer über den Kinderlärm beschwerte. Heute meckerte niemand. Alle freuten sich mit Vivi, alle langten zu, auch bei der selbstgemachten Erdbeerbowle, für die Vivi besten Champagner genommen hatte, auch wenn das keiner wissen durfte. Ihr Reichtum blieb ihr Geheimnis, so wollte sie es. Selbst Ela hatte keinen blassen Schimmer, dass ihre Freundin ein geradezu absurd großes Vermögen geerbt hatte. Vivi hatte ja auch nicht vor, es lange zu behalten.

Sie war überglücklich. Immer wieder musste sie Jan ansehen, ihren wunderbaren Jan, der sich mit allen glänzend verstand und sogar Fräulein Kellermann aufforderte, die ihm kichernd einen Tanz überließ. In jedem Satz, den Vivi an diesem Tag von sich gab, brachte sie mindestens einmal die Worte »mein Mann« unter.

Nur Tiger blieb dem Fest fern, schreckhaft, wie er war. Er hatte sich irgendwo im Haus verkrochen und wartete, dass der Lärm aus Musik, Kinderkreischen und Stimmengewirr endlich vorbei war.

Am Abend gingen Vivi und Jan zusammen in die Badewanne, auf deren Rand Jan viele kleine rote Teelichter gestellt hatte. Im Wasser schwammen Rosenblätter, ein Duft nach Vanille erfüllte den Raum.

»In meiner Badewanne bin ich Kapitän!«, schmetterte Vivi.

Jan drängte sich so ungestüm an sie, dass das Badewasser überschwappte und ein paar Kerzen erledigte. »Aye, aye, Käpt'n, was kann ich für Sie tun?«

»Deck schrubben, Matrose«, befahl Vivi.

»Dein Vorderdeck oder dein Hinterdeck?«

Sie bewarf ihn mit einem nassen Schwamm. »Frechheit! Dafür setzt es Kombüsendienst!«

Ausgelassen planschten sie herum, bis ihre Fingerkuppen schrumplig waren. Dann gingen sie ins Bett, zum ersten Mal als ehelich verbrieftes Paar.

Selig streichelte Vivi Jans nackte Haut. »Es war ein herrlicher Tag. Schade, dass niemand von deiner Familie dabei war.«

»Ja, wirklich schade.« Er seufzte tief. »Wenn doch nur meine Eltern das alles erleben könnten. Es ist schon hart, dass ich sie so früh verloren habe.«

»Wie ich«, sagte Vivi. »Das verbindet uns. Keine Eltern, keine Geschwister. Und Tante Elfriede ist auch schon irgendwo da oben.«

»Dafür sind wir nun unsere eigene kleine Familie«, tröstete Jan sie.

»Ich bin so froh, dass wir hier gefeiert haben«, murmelte Vivi schläfrig, »und nicht irgendwo in der Fremde.«

»Obwohl das auch schön gewesen wäre«, entgegnete Jan, und Vivi gab es einen kleinen Stich, als sie einen Anflug von

Enttäuschung in seiner Stimme hörte, während er sagte: »Traum-frau, Traumstrand – das hätte super gepasst.«

Nachdem Jan immer wieder von seinem Traumurlaub unter südlicher Sonne angefangen hatte, buchte Vivi ein edles Resort auf den Malediven, das sie im Internet fand. Eine Hochzeitsreise nach Österreich und eine verträumte kleine Pension hätten ihr vollauf genügt. Doch sie sagte sich, dass eine gute Ehe eben auch den einen oder anderen Kompromiss einschloss. Wozu streiten? Vielleicht war es ja auch ganz gut, dass Jan ihr neue Perspektiven eröffnete.

Vivi war aufgeregt wie ein Teenager, als sie nach dem zwölfstündigen Flug aus dem Flugzeug kletterten. Das Resort erwies sich als eine weitläufige Anlage in einer blühenden Parklandschaft, mit palmenbedeckten Bungalows direkt am Strand. Ein weiß livrierter Einheimischer brachte sie zu ihrem Bungalow, der über Annehmlichkeiten wie eine Außendusche und einen Privatpool verfügte. Vom Bett aus konnte man das Meer sehen. So sah das Paradies auf Erden aus.

»Allererste Sahne«, frohlockte Jan und schleuderte seinen Koffer in die Ecke.

»Ja, traumhaft«, bestätigte Vivi.

Er schloss sie in die Arme. »Was ist, meine kleine Nixe, wollen wir uns im Meer lieben?«

Zehn Minuten später taten sie Dinge im kristallklaren, türkisfarbenen Wasser, bei dem alle vorbeischwimmenden Fische rot geworden wären – falls sie in der Lage gewesen wären, sich über das Paarungsverhalten frisch verheirateter Honeymooner zu wundern. Danach warfen sich die beiden in den heißen Sand.

»Vielleicht haben wir gerade unser Kind gezeugt«, flüsterte Vivi.

»Wow!« Jan streichelte zärtlich ihren Bauch. »Du glaubst nicht, wie sehr ich mich darüber freuen würde. Wir sollten gleich noch mal im Bett nachlegen. Vorsichtshalber.«

Übermütig rannten sie zum Bungalow. Sie liebten sich so lange, bis sie erschöpft einschliefen. Gegen Abend schlenderten sie zum Hotelrestaurant, das auf einer höher gelegenen Terrasse lag. Von hier aus konnte man den Sonnenuntergang beobachten, der spektakulär war. Das Meer schien zu brennen, als der riesige rote Ball am Horizont versank.

»Die Sonne, die Sonne und du, hu-hu, gehört dazu-hu-hu-hu«, sang Vivi leise vor sich hin.

Jan ergriff ihre Hand. »Ich liebe es, wenn du singst.«

»Und ich liebe es, dass du es liebst«, erwiderte Vivi.

Oha. Was redete sie da nur? Und warum beschlich sie plötzlich eine seltsame Furcht? War das alles zu schön, um wahr zu sein?

Den folgenden Tag verbrachten sie am Strand. Jan surfte und tauchte, Vivi dagegen saß unter einem Sonnenschirm im Liegestuhl und blätterte in den Entwürfen für das Kinderhaus. Der Architekt hatte ihr die Pläne noch vor dem Abflug geschickt. Nebenbei schrieb sie alles auf, was ihr dazu einfiel. Die Wände durften die Kinder selbst bemalen, mit Fingerfarben. Es würde eine große Küche mit einem langen Holztisch geben, an dem man Gemüse schnippeln und zusammen essen konnte. Besonders stolz war Vivi auf ihre Idee, ein Kuschelzimmer mit lauter bunten Kissen einzurichten, zum Toben und Ausruhen.

»Komm doch ins Wasser, es ist herrlich!«, schrie Jan ihr von weitem zu.

Sie legte die Entwürfe beiseite. »Aber nur vorn in der Brandung! Du weißt doch, ich kann nicht schwimmen!«

»Keine Sorge, ich gebe auf dich acht!«

Er kam auf sie zugelaufen, in seiner neuen roten Badehose, die ihm wunderbar stand. Noch immer war Vivi überwältigt vom Anblick dieses Mannes, der nun ihr Ehemann war. Wie Diamanten funkelten die Wasserperlen auf seiner Haut in der Sonne. Lachend zog er sie mit sich.

Sie tobten in der Brandung, genossen das schäumende Wasser, das im Sonnenlicht glitzerte, küssten sich und kreischten wie Kinder. Die Schatten, die Vivi so lange verfolgt hatten, waren verschwunden. Glück, dachte Vivi, so sieht das Glück aus. Nein, es war nicht zu schön, um wahr zu sein. Es war so real wie der Mann, den sie von Herzen liebte.

»Du solltest schwimmen lernen!«, rief Jan, als er prustend aus einer Welle auftauchte. »Dafür ist es nie zu spät. Ich zeig's dir. Wenn wir wieder zurückfliegen, hast du mindestens dein Seepferdchen.«

»Wenn du meinst …«

Vivi war wasserscheu, und das Meer flößte ihr einigen Respekt ein. Schwimmen war einfach nicht ihr Ding. Allerdings wollte sie auch keine Spaßbremse sein. Deshalb folgte sie Jan ins tiefere Wasser.

»Hände zusammen, Arme ausstrecken, nach außen drücken«, ordnete er an.

Sie versuchte es. Hm. War gar nicht so schwer. Vivi wurde mutiger. Mit noch etwas unbeholfenen Stößen näherte sie sich Jan, der sie mit einem Kuss belohnte.

»Und jetzt weiter«, rief er ihr zu, »einfach hinter mir her.«

Kraulend schwamm er voraus, ins tiefere Wasser. Genau dahin, wo Vivi nicht hinwollte. Sie tat ihr Bestes. Doch dann sah sie die gigantische Welle, die auf sie zurollte, und geriet in Panik.

»Jan!«, schrie sie. »Jan!«

Schon schwappte die Welle über sie hinweg und drückte sie in die Tiefe. Hektisch versuchte sie, an die Wasseroberfläche zu gelangen. Sie wusste nicht mehr, wo oben und unten war, schluckte Wasser, das salzig in ihrer Kehle brannte, hörte nur ein Gluckern und ein Rauschen, schluckte noch mehr Wasser und zappelte in Todesangst in der Gewalt der Fluten.

Endlich spürte sie starke Arme, die sie emporzogen. Nach Luft schnappend tauchte sie auf.

»Jan«, keuchte sie. »Wo warst du denn?«

Doch es war nicht Jan. Ein blonder Hüne hatte seine Hände unter ihre Achseln geschoben und riss sie schwimmend mit sich, bis sie schwer atmend am Strand lag und Wasser spuckte.

Jetzt erst kam Jan angelaufen. »Liebling! Um Gottes willen! Was machst du denn für Sachen?«

»Die Welle«, schluchzte Vivi. »Es war eine riesige Welle! Und dann habe ich dich nicht mehr gesehen, und dann ...«
Ein Weinkrampf schüttelte sie.

»Sei froh, dass der Bademeister aufgepasst hat«, schnaubte Jan sichtlich aufgewühlt. Er streichelte ihr tränennasses Gesicht. »Lass uns in den Bungalow gehen, du bist ja völlig durcheinander!«

Vivi brauchte eine ganze Weile, bis sie sich wieder beruhigt hatte. Sobald sie die Augen schloss, war es wieder da, dieses Gefühl, den Boden unter den Füßen zu verlieren und unter

Qualen zu ertrinken. Warum hatte Jan nichts davon bemerkt? Er war doch ganz in der Nähe gewesen. Ermattet lag sie auf dem Bett, während er neben ihr saß und ihr die Hände küsste.

»Mein Liebling, mein süßer Liebling«, sagte er unablässig. »Ich mache mir schwere Vorwürfe. Dabei habe ich es doch nur gut gemeint mit meiner kleinen Nixe.«

»Dich trifft keine Schuld«, flüsterte sie, obwohl sie sich da nicht ganz sicher war. Schließlich hatte er gewusst, dass sie eine Anfängerin war. »Ich habe mich einfach saublöd angestellt.«

»Quatsch.« Jan schüttelte den Kopf. »Ich muss eben viel besser auf dich aufpassen.«

Bis jetzt konnte ich das eigentlich ganz gut allein, dachte Vivi beklommen.

»Wollen wir an unserem letzten Abend mal woanders essen?«, fragte Jan.

Sie standen im Badezimmer ihres Bungalows und cremten sich gegenseitig die sonnengebräunte Haut ein. Jan verteilte großzügig Body Lotion auf Vivis Rücken.

»An was hattest du denn gedacht?«, erkundigte sie sich.

»Hier«, er deutete auf einen Reiseführer, der aufgeschlagen neben dem Waschbecken lag, »das Katamaran liegt ganz in der Nähe und soll ein phantastisches Fischrestaurant sein. Fusion Food.«

»Und was bedeutet das?«, wollte Vivi wissen.

»Von allem das Beste«, antwortete Jan. »Afrikanische, indische und asiatische Einflüsse. Da können sogar wir noch was lernen.«

Vivi lächelte. Ja, noch immer redeten sie stundenlang über

Kochen und Essen, analysierten die Gerichte, die sie aßen, und dachten sich neue Rezepte aus, die sie zu Hause ausprobieren wollten. Der Urlaub war fast vorbei. Eine Nacht noch im Paradies auf Erden, und sie würden wieder ins Flugzeug steigen. Vivi bedauerte das kein bisschen. Es waren zwar unendlich glückliche Tage gewesen, trotzdem sehnte sie sich nach ihrem Reihenhaus, nach Tiger, nach ihrer Küche. Das Restaurant des Resorts war exquisit. Aber nichts ging über Selbstgekochtes.

»Dann lass uns in dieses Fischdings fahren und unseren tollen Urlaub feiern«, schlug sie vor. »Es hätte keine schöneren Flitterwochen geben können.«

Auch Jan lächelte, während er weiter ihren Rücken eincremte, Vivi sah es im Spiegel. »Du bist unglaublich. Jeden Tag entdecke ich etwas Neues an dir. Zum Beispiel diesen allerliebsten Leberfleck an deinem linken Schulterblatt.« Er küsste seine Entdeckung. »Ich liebe dich.«

Konnte man diesen Satz zu oft sagen? Jan kam er jedenfalls so leicht über die Lippen, als würde er Vivi einen guten Morgen wünschen. Sie war in diesen Dingen heikler. Sie wollte nicht, dass sich solch ein kostbares Geständnis irgendwann in eine Floskel verwandelte.

»Ich liebe dich«, wiederholte er. »Hundertfünfzig Prozent, dreißig Stunden am Tag, neun Tage die Woche.«

Vivi lehnte sich an ihn. »Du bist das Beste, was mir jemals passiert ist.«

Diesen Moment festhalten, dachte sie. Alle Uhren wegschmeißen, die Erde anhalten, für immer beieinander sein.

»Was soll ich anziehen?«, wechselte sie das Thema.

»Das rote Satinkleid mit den Spaghettiträgern, das wir im

Hotelshop gekauft haben«, erwiderte Jan ohne Zögern. »Darin siehst du wahnsinnig sexy aus.«

Eine Stunde später brachte ein Taxi die beiden ins Katamaran. Das Restaurant lag unmittelbar am Strand, und auf den ersten Blick wirkte es äußerst sympathisch. Geflochtene Korbstühle standen unter Palmen im noch warmen Sand, die Tische waren mit bunten Blumengestecken geschmückt. Neben dem Tresen spielte eine Band, die aus einem Keyboarder, einem Bassisten und einem Schlagzeuger bestand. Leise Jazzklänge erfüllten die laue Luft.

Das Lokal wirkte längst nicht so edel wie das Hotelrestaurant, eher etwas, nun ja, improvisiert. Doch Vivi fand das nicht weiter schlimm. Die blasierten Gäste in dem teuren Resort waren ihr ziemlich auf die Nerven gegangen. Hier waren die Gäste nicht so hochgestochen, sondern deutlich jünger und lässiger angezogen.

Jan bat um einen Tisch, der etwas abseits lag, damit sie ungestört waren. Nachdem sie sich gesetzt hatten, streifte Vivi ihre Sandaletten ab und berührte mit den Zehen seine Beine. Auch er zog seine Slipper aus, und sie liebkosten einander die nackten Füße. So fühlte sich das Glück an.

Der Kellner, ein dunkelhäutiger junger Mann mit nacktem Oberkörper, der nur eine ausgefranste Jeans trug, brachte ihnen Getränke in riesigen Gläsern. Sie waren mit Ananasscheiben und Blüten dekoriert.

»Madam, Sir, our welcome cocktail. Enjoy the evening.«

Jan übersetzte für Vivi. »Das ist der Willkommensdrink.«

Er unterhielt sich weiter auf Englisch mit dem Kellner, der offenbar Auskunft über die Speisekarte gab und sich dann entfernte.

»Wir nehmen das Tagesmenü«, erklärte Jan. »Hört sich spannend an – Fisch bis zum Abwinken.«

Und spannend war es, dieses Menü. Es begann mit einer Gurkenkaltschale, auf der ein Tatar aus Jakobsmuscheln schwamm, gewürzt mit Pfeffer und geröstetem Sesam. Dann folgte grüner Spargel in Tempurateig, mit einem süßen Cranberry-Relish und einer hauchdünnen Scheibe Räucherlachs. Die Seeteufel-Sashimi mit Kurkumawasabi und frittierten Zucchiniblüten vertilgten sie wie die Gänge davor mit größter Begeisterung.

Als der Kellner eine Platte brachte, auf der ein großer Fisch in einer Salzkruste lag, umgeben von gerösteten Sternfrüchten, war es mit Vivis Beherrschung vorbei. »Jan! Das ist das beste Essen meines Lebens!«

»Für die beste aller Ehefrauen«, sagte er. Dann verzog er das Gesicht. »Sei mir nicht böse, mir ist ein bisschen schlecht. Ich befürchte, du musst den Fisch allein essen.«

»Denk bloß nicht, ich würde ohne dich weiterschlemmen«, protestierte Vivi. »Wenn dir nicht gut ist, fahren wir ins Hotel zurück.«

»Wasser«, stöhnte Jan. »Ich brauche einen Schluck Wasser.«

Vivi versuchte gar nicht erst, mit ihren mehr als mangelhaften Englischkenntnissen auf den Kellner einzureden. Barfuß rannte sie los zum Tresen und schnappte sich eine halbvolle Flasche Wasser. Heftig atmend kehrte sie an den Tisch zurück.

»Trink, schnell«, beschwor sie ihn. »Dann gehen wir.«

Aber Jan bestand darauf, dass Vivi den Fisch kostete. Es war ein Wolfsbarsch, der – nein, lecker schmeckte er eigentlich nicht, eher das, was man interessant nannte. Ein bisschen bitter vielleicht, doch eben interessant. Begleitet wurde er von einem Tomatenfondue mit Ingwer und Koriander. Vivi aß mehr davon, als sie eigentlich wollte, bis sie schließlich ihre Serviette beiseitelegte und aufstand. Auch ihr war ein bisschen schlecht. Vielleicht war es doch keine so gute Idee gewesen, in diesem Lokal Fisch zu essen.

»Lass uns zahlen«, sagte sie. »Ein Dessert ohne dich kommt überhaupt nicht in Frage. Du legst dich gleich hin, ich packe die Koffer, ja?«

»Dein Wunsch ist mir Befehl«, erwiderte Jan.

Im Bungalow angekommen, ließ er sich aufs Bett fallen, während Vivi die Schränke ausräumte. Es hatte sich ziemlich viel angesammelt, was sie im Urlaub gekauft hatten: hauchdünne Tops, Bikinis und Souvenirs für Vivi. Dazu eine neue Taucherbrille für Jan, einige Designer-T-Shirts und eine silberne Halskette. War das nötig gewesen? Eigentlich nicht, gestand sich Vivi ein. Aber irgendwie schaffte es Jan immer, sie mit seiner kindlichen Freude am Kaufen anzustecken.

»Oje«, sie stemmte die Arme in die Hüften. »Wir brauchen eine zusätzliche Tasche für das ganze Zeug. Vielleicht …«

Sie hielt inne. Als hätte ihr jemand ein Messer in den Bauch gerammt, krümmte sie sich vor Schmerzen.

»Liebling!« Jan richtete sich im Bett auf. »Was hast du?«

»Bauchweh«, ächzte Vivi.

Stöhnend fiel sie in einen Sessel. Ihr Körper kämpfte gegen etwas, auch wenn sie nicht wusste, wogegen. Ob das der Fisch in der Salzkruste gewesen war? Hatte sie eine Fischvergiftung? Jan ging es jedenfalls wieder gut, der hatte den Wolfsbarsch ja auch nicht angerührt. Als hätte er geahnt, dass damit etwas nicht stimmte.

»Wir müssen einen Arzt holen«, murmelte sie.

Sofort lief Jan zum Haustelefon und drückte eine Taste. Er wartete eine Weile, zuckte mit den Schultern und legte auf.

»Das gibt's doch nicht!«, rief er wütend. »Es geht keiner ran! Halt durch, Liebling, ich laufe hoch zur Rezeption und hole Hilfe!«

In Windeseile schlüpfte er in seine Slipper und rannte los. Vivi schleppte sich mit letzter Kraft zum Bett. Die Schmerzen waren teuflisch und wurden immer stärker. Sie sah auf ihre Armbanduhr. Mach schnell, betete sie. Aber nichts geschah. Wo blieb Jan? Er konnte sie hier doch nicht einfach allein lassen! Wie Feuer brannte es in ihrem Magen, sie zitterte am ganzen Körper. Die Minuten vergingen quälend langsam. Sie musste etwas tun! Doch ihr Körper schien seine gesamten Muskeln verloren zu haben. Sie konnte nicht mal einen kleinen Finger bewegen.

Gelähmt!, durchzuckte es sie, ich bin gelähmt! Allmählich fragte sie sich, ob sie dies alles überleben würde. Dennoch schaffte sie es, sich vom Bett zu rollen. Auf allen vieren kroch sie in Richtung Badezimmer, Zentimeter für Zentimeter, mit einer schier unmenschlichen Kraftanstrengung.

Sie kam nicht weit. Das Letzte, was sie tat, war, sich einen Finger in den Hals zu stecken. Röchelnd erbrach sie sich, mitten im Schlafzimmer. Dann wurde ihr schwarz vor Augen.

Als sie erwachte, war eine Dreiviertelstunde vergangen. Noch immer war Jan nicht zurückgekehrt. Wo war der rettende Arzt? Wenigstens ging es ihrem Magen schon etwas besser. Sie konnte sich auch wieder bewegen. Ihr ganzer Körper flog, als sie sich zum Badezimmer schleppte und sich ein Glas Wasser eingoss.

Eine weitere Stunde verging, bevor Jan leise die Tür des

Bungalows öffnete. Überrascht musterte er Vivi, die auf dem gekachelten Boden des Badezimmers saß, die Arme um die Knie geschlungen.

»Es ist ein Skandal!«, polterte er los. »Ich hab mir die Hacken abgerannt, aber es war kein Arzt auf dieser Scheißinsel zu finden! Die Leute vom Hotel haben rumtelefoniert, ohne Erfolg. Es gab wohl einige weitere Notfälle heute Abend.« Mit einem besorgten Gesichtsausdruck kniete er sich neben Vivi. »Wie geht es dir, mein armer Liebling?«

»Schon etwas besser«, sagte Vivi tonlos.

»Wie gut, dass wir morgen abreisen, das ist eine Mistbude hier«, schimpfte Jan weiter.

»Ja, ich möchte nach Hause«, wimmerte Vivi und fing an zu weinen.

Kapitel dreizehn

»Heute Abend um sieben?«, fragte Vivi und hielt ihr Handy dicht ans Ohr gepresst, um Jans Stimme besser zu verstehen. Er war schon auf dem Weg nach Frankfurt, während sie noch daheim ihren Cappuccino trank.

»Ich bringe Lammfilets mit«, erwiderte er. »Und einen klasse Rotwein. Bordeaux, Jahrgang neunzehnhundertvier-undsechzig, eine echte Offenbarung. Bis heute Abend, mein Schatz.«

»Freu mich drauf. Aber noch mehr auf dich!«

Das Leben mit Jan übertraf ihre kühnsten Erwartungen. Alles fühlte sich richtig an. Der Zwischenfall auf den Malediven war längst vergessen. Sie hatte zwar noch den ganzen Rückflug über mit Kopfschmerzen und Magenbrennen kämpfen müssen, doch der Erinnerung an den herrlichen Traumurlaub zu zweit konnte das nichts anhaben.

Seither war der Alltag eingekehrt. Ein Alltag allerdings, der nicht grau war, sondern genauso zärtlich und innig wie zu den Zeiten, als sie sich erst ganz kurz kannten. Auch die Leiden-schaft hatte nicht gelitten. Vivis nie versiegende Begierde und ihr ebenso standfester wie in Liebesdingen talentierter Gatte ergaben eine beachtliche Frequenz ehelicher Freuden – wie es Doktor Köhnemann ausgedrückt hätte.

Vivi naschte noch ein wenig von der Marzipantorte, die sie am Tag zuvor gebacken hatte, bevor sie Tiger sein Frühstück hinstellte und das Haus verließ. Inzwischen war es Spätherbst geworden. Seit Tagen nieselte es, manchmal wurde es gar nicht richtig hell. Das graue, kühle Wetter machte Vivi nichts aus. Es verhieß ein verkuscheltes Wochenende daheim, mit Tee und Keksen, mit ausgedehnten Wannenbädern und zärtlichen Stunden auf der Couch.

Es war Freitagmorgen, ein wunderbarer Abend stand ihr bevor. Und da sie am darauffolgenden Samstag ausnahmsweise freihatte, würde es wohl ein ausgedehntes Frühstück im Bett geben. Zufrieden sang sie vor sich hin: *»Das ist die perfekte Welle, das ist der perfekte Tag!«*

Die Straße war glitschig vom nassen Laub, da hieß es vorsichtig fahren. Sie hoffte inständig, dass auch Jan vorsichtig fuhr, denn er war mit dem viel zu schnellen Porsche unterwegs, während sie den alten Mercedes steuerte. Erst auf der Autobahn gab sie mehr Gas. Sie war spät dran. Im Hotel wurde eine japanische Reisegruppe erwartet, da standen erfahrungsgemäß jede Menge Extrawünsche auf dem Zettel. Zügig überholte sie einen Lastwagen, als ein blauer Kleinwagen vor ihr einscherte und dann auch noch abbremste.

Vivi reagierte sofort. Mit voller Kraft stieg sie aufs Bremspedal. Sie drückte es ganz durch, trotzdem flogen die roten Lichter vor ihr auf sie zu, als hätte sie Gas und Bremse verwechselt. Schon konnte sie zwei Köpfe auf dem Rücksitz des Wagens vor sich erkennen. Jeden Moment würde es krachen.

Nein! Bloß das nicht!

Wie ein Schraubstock umklammerten ihre Finger das Lenkrad. Sie riss das Steuer nach rechts rum, schleuderte auf die rechte Spur, schleuderte weiter auf die Standspur, wurde heftig hin und her geworfen, während sie versuchte, den Wagen wieder in ihre Gewalt zu bekommen, bis sie schließlich in die

Leitplanke krachte, sich einmal um sich selbst drehte und endlich stehen blieb.

Unfähig, sich zu bewegen, saß sie da. Ihre Fingerknöchel waren weiß, weil sie noch immer das Lenkrad umklammert hielt. Ihr Kopf war leer, aus ihrem Körper war jede Energie gewichen. *Ich könnte tot sein,* durchfuhr es sie. Dann hörte sie die Sirenen, sah im Rückspiegel das Blaulicht und legte ihren Kopf aufs Lenkrad.

So fanden sie die Polizisten. Ein Krankenwagen raste heran. Obwohl Vivi sich mit Händen und Füßen wehrte und von irgendwelchen Japanern phantasierte, wurde sie von Sanitätern auf eine Trage gehoben. Dann wurde alles dunkel.

»Vivi? Kannst du mich hören?«

War das Ela? Nebel. Grauschwarzer Novembernebel. Eine andere, unbekannte Stimme drang zu ihr durch.

»Wir haben ihr ein Beruhigungsmittel gespritzt. Nein, keine inneren Verletzungen, nur eine angebrochene Rippe und ein leichtes Schleudertrauma. Sie hat unwahrscheinliches Glück gehabt. Das hätte auch ganz anders ausgehen können. Und dann – nun ja.«

Unter größten Anstrengungen öffnete Vivi die Augen. Ein Herr im weißen Kittel beugte sich über sie. Dahinter erkannte sie schemenhaft die Gesichter von Jan und Ela, bevor alles wieder im Nebel versank. Wie lange, konnte Vivi später nicht mehr sagen.

»Frau Bernburg, wachen Sie auf!«

Müde hob Vivi die Lider. »Was denn?«

»Hier ist jemand von der Verkehrspolizei. Sind Sie in der Lage, ein paar Fragen zu beantworten?«

Undeutlich erkannte sie eine Uniform und die dazugehörige Schirmmütze. »Ich versuch's«, stöhnte Vivi.

Jeder einzelne Knochen tat ihr weh, sie wagte gar nicht, sich zu bewegen.

»Frau Bernburg, könnten Sie mir kurz schildern, was passiert ist?«, hörte sie eine sachliche Stimme.

Sie lehnte den Kopf zur Seite und schloss die Augen. Plötzlich sah sie wieder alles vor sich, und sie begann zu weinen.

»Es war so schrecklich«, erzählte sie schluchzend. »Ich überholte einen Lastwagen, dann zog auf einmal dieses blaue Auto auf meine Spur.«

»Aha. Weiter?«

»Ich wollte bremsen, aber es ging nicht. Ich habe das Pedal ganz durchgetreten, ehrlich, doch ich wurde nicht langsamer. Dann sah ich die Kinder, es waren Kinder in dem blauen Auto, wissen Sie, und ich wollte nicht, dass sie verletzt werden. Deshalb lenkte ich nach rechts, und dann ging es los, bum, bum, bum, immer an die Leitplanke …«

Vivi konnte nicht weitersprechen.

»Vielen Dank, das reicht fürs Erste.« Der Polizist stand auf. »Ihr Wagen wird gerade untersucht. Scheint so, als ob die Bremsen versagt hätten. Die Leitungen für die Bremsflüssigkeit waren durchtrennt, als hätte jemand den Wagen … Nun ja, ich will nicht spekulieren. Auf Wiedersehen, Frau Bernburg, und gute Besserung.«

Er war kaum aus Vivis Blickfeld geraten, als Jan an ihr Bett stürzte und sie küsste.

»Mein Liebling! Wie geht es dir? Ich bin krank vor Sorge! Was war denn überhaupt los?«

»Die Bremsen waren kaputt«, flüsterte Vivi.

Jan bekam fast einen Tobsuchtsanfall. »Verdammte Mist-karre! Hab ich's doch immer schon gesagt, dass dieses Ding auf den Schrott gehört! Mein Gott, Vivi, wenn dir was zuge-stoßen wäre! Du könntest tot sein!«

Er drehte sich zum Arzt um, der neben dem Bett ausharrte. »Wie lange muss sie hier bleiben? Ich würde sie am liebsten gleich mit nach Hause nehmen.«

»Heute muss sie noch unter Beobachtung bleiben, aber es spricht nichts dagegen, dass wir sie morgen früh entlassen. Allerdings darf sie sich nicht bewegen und sich nicht anstren-gen. Gibt es jemanden, der sie versorgt?«

Jan warf sich in Positur. »Ich bin ihr Mann! Ich werde sie versorgen! Die nächste Woche nehme ich frei, dann kann ich mich rund um die Uhr um sie kümmern!«

Glücklich sah Vivi zu ihm. Wie sich das anhörte – ich bin ihr Mann. Endlich hatte sie die starke Schulter, nach der sie sich immer gesehnt hatte. In guten wie in schlechten Tagen.

»Sehr gut«, lobte der Arzt. »Bitte nur leichte Kost, ein biss-chen Suppe zum Beispiel. Sie muss sich schonen. Auch wegen ihres Zustands. Aber keine Sorge, dem Kind ist nichts passiert.«

Vivi war wie vom Blitz getroffen. »D-dem – K-kind?«, stot-terte sie.

Alles Blut wich aus Jans schmalem Gesicht. »Meine Frau ist – schwanger?«

»Achte Woche«, bestätigte der Arzt. »Wie gesagt: Sie haben großes Glück gehabt.«

»Nein, ich habe das größte Glück der Welt!«, schrie Jan und schlang seine Arme um Vivi. »Mein Liebling, mein wunderba-rer Liebling, wir werden Eltern!«

Wie ein Sturzregen strömten die Tränen über Vivis Wangen.

»Jan, oh …« Mehr konnte sie nicht sagen, so glücklich und verwirrt war sie. Noch verwirrter wurde sie, als Jan zu schluchzen anfing.

»Also, bitte absolute Ruhe«, wiederholte der Arzt. »Die ersten drei Monate sind heikel, danach sind Sie auf der sicheren Seite. Meine Gratulation.«

»Sie können sich auf mich verlassen«, versicherte Jan schniefend.

Vivi wäre am liebsten aus dem Bett gesprungen, um einen Freudentanz zu vollführen. Was gab es Schöneres, als ein Kind zu erwarten von dem Mann, den sie liebte und auf den sie sich wirklich verlassen konnte?

Drei Tage darauf ging es Vivi bereits wesentlich besser. Sie konnte schon im Bett sitzen und sogar ein paar Schritte gehen, ohne dass ihre angeknackste Rippe sich meldete. Immer wieder dachte sie an das Kind, das in ihr wuchs. Ob es ein Mädchen werden würde? Oder ein Junge?

»Du kleine Maus«, flüsterte sie, die Handflächen auf ihren Bauch gelegt. »Mami wird immer gut für dich sorgen.«

Sie lag im Schlafzimmer, im ersten Stock des Reihenhauses, in ihrem Prinzessinnenbett. Tiger hatte es sich neben ihr gemütlich gemacht. Auf dem Nachtschrank stand ein riesiger Blumenstrauß, den Ela ihr gebracht hatte. Die Neuigkeit, dass Vivi ein Baby erwartete, hatte sie mit spitzen Jubelschreien kommentiert. Dann hatten sie einen ganzen Abend lang nur über das Kind geredet, über Fläschchen und Lätzchen und die Erstausstattung, die Ela Vivi schenken wollte.

Einstweilen jedoch musste Vivi sich ausruhen, wie vom Arzt angeordnet. Das war sicherlich vernünftig. Doch zusehends wurde es ihr langweilig im Bett. Das Fernsehprogramm war unterirdisch, alle Zeitschriften waren durchgeblättert. Wie gern wäre sie losgezogen und hätte selbst ein paar Babysachen gekauft. Es gab so viel zu bedenken – Wickeltisch, Bettchen, Spielzeug. Aus dem Gästezimmer am Ende des Flurs, das jetzt ein graues Dasein als Abstellraum fristete, würde ein süßes kleines Kinderzimmer werden!

»Soll ich dir ein paar Zeitungen mitbringen?«, fragte Jan, der ins Schlafzimmer schaute. »Oder wie wär's mit einer DVD? Ein Liebesfilm würde dich bestimmt aufmuntern.«

»Danke, lieber einen Actionfilm.« Vivi lächelte tapfer. »Ich heule momentan sowieso dauernd los, weil ich so glücklich über unser Kind bin. Ein Herz-Schmerz-Film würde mich komplett umhauen.«

Jan gab ihr einen Kuss auf die Nase. »Du wirst die beste und hübscheste Mutter unter der Sonne. Ich gehe jetzt einkaufen und koche dir nachher eine Minestrone. Schön brav sein! Keine Anstrengungen, versprochen?«

»Und nicht gebrochen«, beteuerte Vivi. »Hat sich die Werkstatt eigentlich schon gemeldet? Ich meine, die defekten Bremsen sind doch sehr merkwürdig. Werners alte Schüssel ist bestimmt kein Sportwagen, aber sonst war immer alles okay.«

»Ach, das.« Er schluckte. »Das war ein – ein Marderschaden. Kommt öfter vor, haben die gesagt. Sie reparieren schon die durchgebissenen Bremsleitungen.«

»Wenn ich dich nicht hätte«, seufzte Vivi. Sie grinste frech. »Dann hätte ich jetzt zum Beispiel kein Kind im Bauch.«

»Unser Kind.« Er kniete feierlich an ihrem Bett, und wieder sah Vivi erstaunt, dass der starke, smarte Jan Tränen in den Augen hatte. »Ich bin kein Engel wie du. Ehrlich gesagt habe ich in meinem Leben einige Fehler gemacht, und ich bereue sie zutiefst. Doch dieses Kind …«

Vivi legte ihm einen Finger auf die Lippen. »So einen Blödsinn will ich gar nicht hören. Lauf los und komm ganz schnell wieder, das ist alles, was ich will.«

Als die Haustür zugefallen war, streckte sie sich vorsichtig. Wie schade, dachte sie, heute wäre der Termin für den Grundstückskauf gewesen, um das Projekt Kinderhaus Sonnenschein zu starten. Den Termin hatte sie nun verpasst. Alles würde sich verzögern. Aber die Gesundheit und ihr Kind gingen vor. Nur, dass ihre Langeweile auf Höchstpegel stand. Sie konnte doch nicht ewig Löcher in die Wand starren!

So vorsichtig, als bestünde sie aus dünnem Glas, stand sie auf und tapste mit winzigen Trippelschritten zum Gästezimmer. Es glich eher einer Rumpelkammer. Im Laufe der Jahre hatte Vivi alles reingeschmissen, was nicht zu gebrauchen, aber zu schade zum Wegwerfen war. Höchste Zeit, mal aufzuräumen, um Platz für Kindermöbel zu schaffen. Ihr kleiner Genesungsurlaub war die beste Gelegenheit dafür. Tiger war ganz ihrer Meinung. Neugierig kletterte er in dem Durcheinander herum.

Vivi arbeitete sich durch allerlei verstaubten Kram und zahllose sinnfreie Hochzeitsgeschenke, die auf den Verkauf bei Ebay warteten. Zwar hatte sie um Spenden für das Kinderhaus gebeten, trotzdem hatte man ihr die üblichen Verlegenheitspräsente überreicht – schaurige Kerzenleuchter, Salatbestecke, erlesen scheußliche Blumenvasen. Ganz oben auf einem wackeligen Regal entdeckte sie den Karton mit Tante Elfriedes Postkarten. Vivi stellte sich auf die Zehenspitzen und hob ihn herunter.

Typisch, alle alten Leute mutieren irgendwann zu Messies, dachte sie. So weit würde sie es nicht kommen lassen. Also ab damit in den Müll.

Sie wollte den Karton schon zur Altpapiertonne bringen, als sie von den nostalgisch verblichenen Fotos angezogen wurde. Solche Ansichtskarten schrieb kein Mensch mehr in Zeiten von Mails und SMS. Als sie die Postkarten umdrehte, sah sie, dass sie von Tante Elfriede selbst stammten. Offensichtlich hatte sie ihre eigenen Urlaubsgrüße wieder eingesammelt und dann, säuberlich nach Ferienorten zu Stapeln geordnet, mit Gummibändern umwickelt. Wer machte denn so was? Und warum? Als Erinnerung an schöne Stunden in der Ferne?

Jedenfalls war Tante Elfriede ganz schön herumgekommen – Amalfi, Nizza, Paris, St. Petersburg. Ehrfürchtig bewunderte Vivi die gestochen klare Schrift ihrer Tante und überflog die Karten. Eine Minute später hatte sie sich auch schon festgelesen. Mit rührender Akribie schilderte Tante Elfriede die Besteigung des Pariser Eiffelturms, den Besuch der Eremitage in St. Petersburg, das Hotel Negresco in Nizza. Die alte Dame hatte die Welt gesehen, Respekt.

Neugierig nahm Vivi sich den Amalfi-Stapel vor. Je mehr sie las, desto blasser wurde sie.

Amalfi, 9. Juni 1962

Liebste Mama, das Wetter ist hervorragend, und das Hotel gefällt mir ausgezeichnet, auch wenn ich die vielen Nudeln nicht vertrage. Leider waren deine Befürchtungen begründet. Herbert stellt den Zimmermädchen nach. Er hatte sogar die Stirn, es zu leugnen. Ich fühle mich nicht mehr sicher. Beim Baden im Meer hat er mich unter Wasser gedrückt, so dass ich fast ertrunken wäre. Schweren Herzens habe ich mich daher entschlossen, deinen Rat (!) zu beherzigen.

Kuss, Deine Elfi

Vivi presste die Lippen aufeinander, während ihr Herz hart zu klopfen begann. Fast ertrunken. Plötzlich hatte sie einen salzigen Geschmack im Mund. Den Geschmack von Meerwasser.

Die nächste Karte war auf den 11. Juni 1962 datiert.

Liebste Mama, noch immer ist es herrlich sonnig. Am Morgen machte ich mit Herbert einen Ausflug nach Capri, wo es ein entzückendes Restaurant gab. Nach dem Essen (!) fühlte er sich nicht wohl. Nun liegt er im Zimmer und jammert, dass ich einen Arzt holen soll. Das fand ich jedoch nicht notwendig. Ich werde dir weiter berichten. Kuss, Deine Elfi

Vivis Hände flogen, als sie die dritte Karte aus dem Amalfi-Stapel zog, die Tante Elfriede am 12. Juni 1962 geschrieben hatte.

Liebste Mama, vielen Dank noch einmal für Deinen Rat. Zu meinem großen Bedauern (!) ist Herbert in der letzten Nacht verstorben. Der Arzt stellte eine Fischvergiftung (!) fest. Wegen der großen Hitze, die eine längere Aufbahrung von Toten unmöglich macht, wird Herbert noch heute beerdigt. In tiefer Trauer, Deine Elfi

PS Schicke mir bitte das blaugeblümte Kleid mit dem tiefen Ausschnitt.

Die Karten fielen Vivi aus der Hand und rieselten auf den Boden. Allein die höchst beredten Ausrufezeichen ließen ihr das Blut in den Adern gefrieren. Konnte es sein, dass sich die Geschichte wiederholte? Was für ein heimliches Band verknüpfte sie mit ihrer Tante? Und hatte Tante Elfriede ihr diese Postkarten vielleicht sogar mit voller Absicht vermacht? Weil sie ihr etwas damit mitteilen wollte? Auch als Warnung?

Ihr wurde abwechselnd heiß und kalt, während sie ins Haus hineinlauschte. Jan war zurückgekommen. Er schien in der Küche zu sein, denn man hörte das Klappern von Töpfen, das Zufallen der Kühlschranktür. Er kochte. Was kochte er? Ihre letzte Mahlzeit?

Als hätte jemand die Kulissen einer Bühne beiseitegeschoben, sah Vivi klar und deutlich, was dahinter los war. Ihr wurde ganz schlecht davon. So schnell sie konnte, verstaute sie den Postkartenkarton und schloss die Tür zum Gästezimmer. Dann hastete sie zurück ins Bett und horchte mit Grausen auf die Geräusche des Mannes, der ihr nach dem Leben trachtete. Wie grottendämlich musste man denn sein, um zu übersehen, was doch so offensichtlich war? Wie strunzdumm hatte sie sich bloß angestellt?

Nach dem ersten Schock zog Vivi eine Bilanz. Die war beschämend simpel. Abgesehen von Herrn Helmholtz und dem Bankdirektor war Jan der Einzige, der über ihre Vermögensverhältnisse Bescheid wusste. Er liebte Luxus, seine Rolex, den Porsche, teure Fernreisen, allesamt Dinge, die er sich vom Gehalt eines Kommissars nicht leisten konnte.

Wie Schuppen fiel es Vivi von den Augen. Wann hatte Jan angefangen mit seinen heimtückischen Anschlägen? Doch wohl, seit sie ihm von ihren Plänen erzählt hatte, die Millionen in das Kinderhaus zu stecken! Das musste für ihn eine herbe Enttäuschung gewesen sein. Seither war es Schlag auf Schlag gegangen. Der angebliche Badeunfall. Die angebliche Fischvergiftung. Und wer die Bremsen an Werners Wagen manipuliert hatte, konnte sie sich an zwei Fingern ausrechnen. Hauptkommissar Petersen hatte die Seiten gewechselt.

Er wollte ihren Tod.

Wimmernd vergrub Vivi ihr Gesicht in den rosa Satinkissen. Selbst Richards Betrug hatte sie nicht derart verletzen können wie Jans abgefeimte Mordpläne. Was hatte er gesagt? Geld verdirbt nicht den Charakter, es zeigt den Charakter? Seine Seele musste eine stinkende Mördergrube sein. Sie hatte sich den Feind ins Haus geholt, und, schlimmer noch, sie hatte ihn in ihr Herz gelassen. Der Vater ihres ungeborenen Kindes wollte sie umbringen!

Sie hatte es ihm leicht gemacht, viel zu leicht. Eine Nichtschwimmerin im Meer – Kleinigkeit. Ein Fisch, den er nicht gegessen hatte, weil ihm angeblich übel war – Mord für Anfänger. Und die Bremsschläuche – mit dem Satz exzellenter Küchenmesser, die Vivi besaß, musste das eine Sache von Minuten gewesen sein. Bitter dachte sie daran, wie er sie im Restaurant Katamaran losgeschickt hatte, um Wasser zu holen. In der Zwischenzeit hatte er seelenruhig den Fisch in der Salzkruste vergiftet. Oder hatte er beim Kellner verdorbenen Fisch bestellt? Es kam aufs Gleiche raus.

Vivi war so fassungslos, dass sie nicht einmal weinen konnte. Ihr erster Gedanke, als sie aus einem tiefen Tal der Schmerzen wieder auftauchte, war Vergeltung. Wie du mir, so ich dir. Ein letztes Mal würde sie kämpfen. Würde diesen elenden Kerl von der Bildfläche verschwinden lassen, der sie fast ertränkt und vergiftet hätte und der die Skrupellosigkeit besaß, sie ohne Bremsen auf die regennasse Autobahn zu schicken. Hau ihn weg!, befahl ihre dunkle Seite.

Nichts überstürzen, meldete sich plötzlich eine andere, helle Seite in ihr. Was auch immer ihn getrieben hat, er ist eine verirrte Seele. Ihr liebt euch! Kämpfe nicht gegen Jan, kämpfe für eure Liebe!

Hast du sie noch alle?, krakeelte die dunkle Seite. Der Typ geht über Leichen! Aber er hat sich geschnitten, wenn er denkt, dass er damit durchkommt. In dieser Disziplin bist nämlich du die Meisterin, liebe Vivi. Du hast vier Männer ins Grab geschubst, Checker sogar eigenhändig. Da wirst du doch wohl mit so einer Kanalratte wie Jan fertig. Er ist auch nicht besser als die anderen. Hat sich in dein Leben und in dein Herz geschlichen und will jetzt abräumen.

Vivi ballte die Fäuste. Was hatte Tante Elfriede ihr noch geraten? Sie solle aufpassen, dass kein Mann ihr die Butter vom Brot nahm und dann auch den Rest aufaß? Von Tante Elfriede konnte man eine Menge lernen. Manche Männer gehen von selber, und wenn sie es nicht tun, muss man eben nachhelfen, hatte sie gesagt. Prima Gebrauchsanweisung für Schufte aller Art.

Als Polizist hat Jan natürlich eine grandiose Tarnung gehabt, dachte Vivi. Doch nicht grandios genug für eine Frau, die sich mit der Durchtriebenheit von Männern auskennt und weiß: Die Schweine von heute sind die Schnitzel von morgen.

Mit fahrigen Bewegungen streichelte Vivi Tigers Fell. Sie musste Jan zuvorkommen, bevor sie eins, zwei, drei die Stiefmütterchen von unten beguckte. Aber wie?

Als sie Schritte auf der Treppe hörte, verkrampfte sich alles in ihr. Der Trick mit den Bremsen hatte nicht geklappt, nun stand die nächste Runde an: eine Suppe mit mörderischem Rezept. Und da war er wieder, der Soundtrack ihres vergurkten Liebeslebens: *So ein Wahnsinn. Warum schickst du mich in die Hölle? Hölle, Hölle, Hölle!*

»Liebling, hier kommt die Minestrone!«, verkündete Jan bestens gelaunt. Er balancierte ein Tablett, auf dem ein Teller mit dampfender Gemüsesuppe stand. Daneben lag eine Stoffserviette. Hätte sie es nicht besser gewusst, sie hätte dies für eine liebevolle Geste gehalten.

Unwillkürlich zog Vivi die Knie an. »Ich – äh, habe noch gar keinen Hunger. Gib mir eine halbe Stunde. Dann möchte ich mit dir unten am Tisch essen. Ich fühle mich kräftig genug.«

»Du bleibst im Bett, keine Widerrede«, protestierte Jan, ganz der gestrenge Ehemann, der sich um seine schwangere Gattin sorgte.

Ha! Was für eine elende Komödie!

»Nein, Schatz, ich muss allmählich wieder auf die Beine kommen. Je länger ich hier rumliege, desto schwächer werde ich.« Vivi quälte sich ein Lächeln ins Gesicht. »In einer halben Stunde am Esstisch, sonst esse ich gar nichts.«

Missmutig sah Jan sie an. »Na, gut, also in einer halben Stunde. Aber du gehst nicht allein die Treppe runter, ich komme dich holen. Du stützt dich auf mich, damit auch ganz bestimmt nichts passiert.« Damit trat er den Rückzug an.

Ich muss die Wahrheit herausfinden, funkte Vivis Hirn. Ich muss die Wahrheit herausfinden, ich muss … Ihr Blick fiel auf Jans Laptop, der im Schlafzimmer stand. Er hatte ihn auf die

Fensterbank gestellt, weil er seine Mails vom Bett aus erledigte, seit er Vivi versorgte. Wieder horchte sie, mit angehaltenem Atem. Man hörte Jans Stimme im Erdgeschoss. Offenbar telefonierte er mit einem Kollegen. Er telefonierte ohnehin ziemlich viel. Mit wem? Hatte er Komplizen? Oder war sogar eine andere Frau im Spiel?

Lautlos stand sie auf und klappte den Laptop auf. Sobald sie ihn aktiviert hatte, erschien ein Fenster, in dem das Passwort abgefragt wurde. Hm. Sie versuchte, sich zu erinnern, wie viele Buchstaben er immer eingab. Es waren nur wenige, vielleicht drei oder vier. Aufs Geratewohl gab sie VIVI ein. Das Wunder geschah: Die Anmeldemaske verschwand, und ein Hintergrundbild baute sich auf: ein Urlaubsfoto, das Jan am Strand der Malediven zeigte. Bingo!

Während Jan unten weiter telefonierte, klickte sich Vivi hastig durch seine Dateien. Es gab raue Mengen davon. Wo sollte sie anfangen? Ihr fehlte die Zeit für ausgiebige Recherchen! Jeden Moment konnte Jan zurückkommen! Auf einmal zitterten ihre Hände. Eine Datei trug den Namen »Bernburg«.

»Liebling?«, tönte Jans Stimme durchs Haus. »Alles in Ordnung?«

Der Schreck ließ Vivi zusammenfahren. Sie durfte sich nicht erwischen lassen!

»Ja!«, rief sie mit heiserer Stimme. »Deck schon mal den Tisch! In zwanzig Minuten kannst du mich holen!«

Sie hyperventilierte vor Aufregung und Angst, als sie die Datei öffnete. Dann hörte sie auf zu atmen. Säuberlich getippt war Vivis gesamtes Sündenregister aufgelistet, abgeleitet aus den Indizien der Umfeldrecherche. Nicht nur der Kauf des Rattengifts und die Dokumentation der Geschwindigkeitsübertretung gehörten dazu. Es gab einen eingescannten EC-Kartenbeleg aus Köln, wo Vivi an Richards Todestag getankt hatte. Es gab gleich drei Radarfotos, die Vivi und Checker im Ferrari zeigten. Und es gab sogar Fotos einer Überwachungskamera aus dem Hotel Miramar. Eins zeigte Checker, wie er nachts um drei Vivis Zimmer verließ. Ein anderes Vivi, als sie aus dem Seiteneingang des Hotels spazierte.

Darunter fanden sich Dossiers zu allen vier Männern. Schon nach der ersten flüchtigen Lektüre wurde Vivi klar, dass Jan so gut wie alles wusste. Ihr gingen die Augen über. Jan hatte sie überwachen lassen! Und zwar ziemlich genau seit dem Tag, an dem man Richard gefunden hatte! Mit Datum und Uhrzeit stand dort schwarz auf weiß, wer wann Vivis Haus betreten hatte. Sogar ihr Picknick mit Berthold war detailliert beschrieben. Wer konnte das gewesen sein?

Fieberhaft dachte sie nach, die Übelkeit unterdrückend, die ihr vom Magen in die Kehle stieg. Das konnte kein Mitarbeiter von Jan gewesen sein, sonst wäre sie längst aufgeflogen. Nein, es gab nur eine einzige logische Erklärung: Jan selbst hatte sich an ihre Fersen geheftet, heimlich, ohne das Dezernat zu informieren. Und zwar lange bevor sie Bertholds Vermögen geerbt hatte.

»Das ergibt doch keinen Sinn«, murmelte sie vor sich hin.

»Sooo, hier kommt die Suppe«, sagte Jan mit dem Singsangtonfall einer geduldigen Kindergärtnerin und stellte Vivi einen gefüllten Teller an ihren Platz.

Er hatte im Esszimmer gedeckt, das gute Silberbesteck herausgeholt und einen kleinen Strauß Vergissmeinnicht auf die Mitte des Tisches gestellt. Argwöhnisch musterte Vivi die Minestrone. Es schwammen Gemüsestreifen darin, Schlieren von zerlaufenem Ei, Schmetterlingsnudeln. Und die schwarzen Punkte? War das Pfeffer? Oder etwas anderes? Konnte auch Rattengift sein. Wie das aussah, wusste Vivi nur zu gut.

»Isst du nichts?«, fragte sie.

»Doch, natürlich, ich liebe Minestrone«, beteuerte er. »Ich hole mir gleich auch etwas. Aber ich sage immer: Frauen und Kinder zuerst.«

Nein! Alles in Vivi sträubte sich, diese verdammte Suppe zu essen. Sie stand auf, ihren Teller in der Hand.

»Lass uns eine Terrine nehmen. So viel Stil muss sein.«

»Aber ...« Jans Handy klingelte. Kurz zögerte er, dann holte er es aus der Hosentasche und ging ran. »Petersen?«

Die Unterbrechung kam wie gerufen. Vivi wankte in die Küche, bevor Jan etwas dagegen unternehmen konnte, kippte den Inhalt ihres Tellers in den Topf und holte die große Suppenterrine aus dem Schrank. Sie mahlte so viel Pfeffer in die Terrine, bis der Boden fast davon bedeckt war. Dann goss sie die Suppe hinein und kehrte ins Esszimmer zurück.

Aus dem Augenwinkel beobachtete sie Jans Reaktion. War er beunruhigt? Verärgert? Gerade beendete er das Gespräch und betrachtete irritiert die Suppenterrine, die sie noch nie benutzt hatten.

»Ein hübsches Stück, nicht wahr?«, flötete Vivi, obwohl sich ihre Panik von Sekunde zu Sekunde steigerte. »Die Terrine habe ich von meinen Eltern geerbt. Ist nicht gerade Meißner Porzellan, doch ich finde, man sollte solche Erbstücke in Ehren halten.«

Unwillig kniff er die Augen zusammen. »Netter Zug von dir. Aber du darfst dich nicht so anstrengen. Denk an unser Kind.«

Vivi dachte die ganze Zeit an nichts anderes. Der Anblick von Jan hatte in etwa die Wirkung eines Elektroschocks. Es ging ihr durch und durch, den Mann zu sehen, den sie von Herzen liebte, bis zum Wahnsinn liebte, und der beschlossen hatte, ihrem Leben ein Ende zu setzen. Im Grunde war das Doppelmord, wenn man bedachte, dass sie ein Kind erwartete. Und das tat er für ein paar schlappe Millionen? Wie viele Porsches und wie viele Luxusuhren wollte er denn noch?

Innerlich verglühend schöpfte Vivi Suppe auf Jans Teller. Ein Wort fräste sich durch ihr Hirn. Warum?

»Oh, holst du mir bitte noch meinen Teller?«, bat sie. »Ich habe ihn in der Küche vergessen.«

»Verstehe nicht, warum du so viel Umstände mit dieser komischen Terrine machst«, murrte er.

Vivi war kurz davor, die Beherrschung zu verlieren. »Hallo? Ich habe dich nicht gebeten, mir eine Niere zu spenden! Nur, einen Teller aus der Küche zu holen!«

»Schon gut«, grollte Jan. »Bin ja unterwegs.«

Nachdem beide Teller gefüllt waren, saßen sie einander stumm gegenüber. Die Anspannung war mit Händen zu greifen. Die Luft brannte.

»Guten Appetit«, sagte Jan und griff zu seinem Löffel.

»Guten Appetit«, echote Vivi. »Danke, dass du für mich gekocht hast.«

Wie in Zeitlupe entfaltete sie ihre Serviette, legte sie auf den Schoß, schob sie hin und her, während sie lauernd Jan beobachtete. Auch er wandte offensichtlich die Verzögerungstaktik an, goss Wasser in die Gläser, rückte sie zurecht, polierte seinen Löffel mit seiner Serviette. Er wusste es ja. Er wusste alles. Vor allem war ihm Vivis Schwäche für Rattengift bestens bekannt.

»Warum isst du nicht?«, platzte es aus ihm heraus.

»Erst du«, antwortete Vivi.

Er starrte in seinen Teller. »Ziemlich viel Pfeffer. So viel hatte ich da nicht reingetan.«

»Schwangere Frauen haben seltsame Gelüste«, merkte Vivi an. »Deshalb habe ich ein wenig nachgelegt. Koste doch mal. Vielleicht habe ich ja übertrieben. Das wäre bestimmt schädlich für das Kind.«

Widerwillig tauchte Jan seinen Löffel in die Suppe. »Ach, bin ich jetzt der Vorkoster, oder was?«

Es war ein Duell. Ein absolut nervenzerfetzender Zweikampf. Vivis Atem ging flach. Sie konnte kaum noch klar denken. Sie wusste nur, dass sie gewinnen wollte. Und sie betete, dass es zwei Überlebende geben würde.

»Ist doch nichts dabei«, sagte sie leichthin. »Das bisschen Pfeffer bringt dich schon nicht um.«

»Ach ja?«

Die Atmosphäre im Esszimmer wurde unheimlich. Jans Miene war düster und zugleich wachsam. Immer wieder warf er Vivi skeptische Blicke zu. Sie tat so, als ob sie überhaupt nichts bemerkte. Mit schmatzenden Geräuschen lockte sie Tiger an, der um die Tischbeine strich, und nahm ihn auf den Schoß.

Jan wischte sich über die Stirn. Er schwitzte. »Vielleicht sollten wir Tiger probieren lassen.«

Kapitel vierzehn

Die Stille dröhnte Vivi in den Ohren. Verzweifelt durchforstete sie ihr Hirn nach irgendeiner Lösung für diese absolut absurde Pattsituation. Leises Lachen drang von draußen ins Esszimmer. Jetzt, kurz nach Mittag, kamen die ersten Kinder in den Vorgarten, um wie gewohnt die Schaukel und den Sandkasten in Beschlag zu nehmen.

Plötzlich zerriss das Schellen der Haustürklingel das unerträgliche Schweigen am Tisch. Einmal, zweimal, dreimal. Wer konnte das sein? Eines der Kinder?

Jan sprang auf und lief in den Flur. Er kam mit einem Besucher wieder, dem sich Vivi am liebsten an den Hals geworfen hätte.

»Herr Doktor Köhnemann!«, rief sie unendlich erleichtert. »Das ist aber nett, dass Sie vorbeischauen!«

»Ich habe von Ihrem Unfall gehört«, erklärte der Arzt. »Und von Ihrer Schwangerschaft – meinen herzlichen Glückwunsch! Doch wie ich sehe, störe ich beim Essen. Soll ich später wiederkommen?«

»Wir könnten Herrn Köhnemann doch zu einem Teller Suppe einladen«, schlug Jan vor.

In seiner Stimme schwang bitterböser Sarkasmus mit. Immerhin hat er schwarzen Humor, dachte Vivi widerwillig. Der pokert hier mit seinen gezinkten Karten, dass es nur so scheppert. Russisches Roulette ist ein harmloses Kinderspiel dagegen.

»Ein andermal«, sagte sie schnell. »Ehrlich gesagt wäre ich froh, wenn Sie mich untersuchen könnten, Herr Doktor Köhnemann. Es geht mir zwar schon besser, doch Sie sagten ja – ein Mensch ist nur so lange gesund, bis er gründlich untersucht wurde.«

Völlig verdattert schauten Jan und der Arzt sie an.

»Nun, wenn Sie meinen«, erwiderte Doktor Köhnemann schließlich. »Dann hole ich mal meine Arzttasche aus dem Auto.«

Oha, auch nur eine Sekunde allein mit Jan war schon zu viel! Vivi konnte ihm gar nicht mehr in die Augen schauen.

»Das kann mein Mann doch erledigen!«, rief sie. »Geben Sie ihm einfach Ihre Autoschlüssel.«

Jan schnitt eine Grimasse in Vivis Richtung, nahm aber brav den Autoschlüssel von Doktor Köhnemann in Empfang. Sobald er draußen war, ließ Vivi Tiger vom Schoß und machte ein verschwörerisches Gesicht.

»Herr Doktor, Sie müssen mir ein Rezept aufschreiben.«

Er kratzte sich verblüfft am Kopf. »Was für ein Rezept?«

»Egal, irgendeins«, fügte Vivi hastig hinzu. »Schicken Sie meinen Mann zur Apotheke, bitte, bitte, Sie müssen das für mich tun! Den Grund erkläre ich Ihnen später.«

In diesem Augenblick kehrte Jan mit der Arzttasche zurück und übergab sie Doktor Köhnemann.

»Am besten, Sie legen sich drüben im Wohnzimmer auf die Couch, Frau Bernburg«, sagte der Arzt. Es war ihm anzusehen, wie unbehaglich er sich fühlte. »Ich werde erst mal Ihren Blutdruck messen.«

Inzwischen war Vivis gemartertes Hirn zu Höchstform aufgelaufen. Sie brauchte noch einen kostbaren Augenblick, um etwas zu ergattern, was im wahrsten Sinne des Wortes der Schlüssel zum finsteren Rätsel Jan Petersen sein dürfte.

Kokett zog sie ein Ich-bin-klein-mein-Herz-ist-rein-Gesicht. »Nur eine Minute, gehen Sie beide doch schon mal ins Wohnzimmer. Ich muss mal für kleine Mädchen. Seit ich schwanger bin, habe ich eine schwache Blase, also, das glauben Sie gar nicht.«

Sie wartete, bis Jan und der Arzt im Wohnzimmer Platz genommen hatten. Dann ging sie zur Gästetoilette im Erdgeschoss, öffnete die Tür und schloss sie geräuschvoll. Von außen. Auf Zehenspitzen schlich sie zur Haustür. Im Schloss steckte wie immer Jans Schlüsselbund. Mit einem Geschick, das jedem Goldschmied Ehre gemacht hätte, klickte sie einen der Schlüssel ab. Nur ein leises Klimpern verriet, was sie hier tat.

Und schwups glitt der Schlüssel in die Tasche ihres Bademantels. Vivi huschte zur Gästetoilette, öffnete lautlos die Tür, spülte und drehte den Wasserhahn auf. Halb ohnmächtig vor Aufregung schlenderte sie danach ins Wohnzimmer.

Wie angekündigt, legte Doktor Köhnemann ihr die Manschette des Blutdruckgeräts an. Anschließend tastete er die angeknackste Rippe ab, fühlte Vivi den Puls und ließ sich ihre Zunge zeigen.

»Tja.« Er kratzte sich wieder am Kopf. »Ihr Blutdruck ist äußerst niedrig, gnädige Frau. Kein Wunder, da Sie ja die vergangenen Tage liegend verbracht haben. Das ist nicht ganz ungefährlich, da der Fötus ja über den mütterlichen Blutkreislauf versorgt wird. Sie brauchen unbedingt ein Kreislaufmittel, und zwar sofort.« Er wandte sich an Jan. »Der Puls ist gefährlich schwach. Ich schreibe ein Rezept und muss Sie bitten, es auf der Stelle einzulösen.«

Innerlich grinste Vivi triumphierend, denn das konnte Jan schwerlich ablehnen, ohne das Gesicht des treusorgenden und hilfsbereiten Ehemanns zu verlieren. Resignierend hob er die Hände und nahm dann das Rezept entgegen, das Doktor Köhnemann geschrieben hatte.

»Ich fahre sofort los.«

Die Haustür fiel ins Schloss. Der Motor des Porsche wurde angelassen. Mit quietschenden Reifen entfernte sich der Wagen.

»Wir müssen uns beeilen«, beschwor Vivi den Arzt. »Ich bitte Sie inständig – bringen Sie mich nach Frankfurt!«

»Frau Bernburg!« Er rang seine Hände. »In Ihrem Zustand!«

»Es geht um Leben und Tod«, entgegnete Vivi. Und das war die splitternackte Wahrheit.

Jetzt zählte jede Minute. Sie zog sich nicht mal um. In Bademantel und rosa Hausschlappen folgte sie mit zaghaften Trippelschritten Doktor Köhnemann zu seinem Auto, das nicht weniger betagt schien als er.

Zum Glück war nicht viel Verkehr auf der Autobahn nach Frankfurt. Der alte Herr steuerte seinen Wagen zwar nicht gerade wie ein beseelter Rennfahrer, doch sie kamen gut vorwärts. Auf Doktor Köhnemanns besorgte Fragen reagierte Vivi ausweichend. Es gebe da Dinge, die sie herausfinden müsse. Mehr könne sie ihm zu diesem Zeitpunkt leider nicht sagen.

Eine knappe Stunde später schloss Vivi Jans Junggesellenbude auf. Darin herrschte ein ziemliches Durcheinander. Vivi war schon seit Wochen nicht mehr hier gewesen und stieg stirnrunzelnd über Wäschehaufen und leere Weinflaschen hinweg. Kommissar Petersen hauste immer noch wie ein Junggeselle.

»Was machen wir hier, gnädige Frau?«, jammerte Doktor Köhnemann, während er indigniert einen Stapel Zeitschriften von einem Sessel räumte und sich darauf niederließ.

»Umfeldrecherche«, erwiderte Vivi grimmig.

Sie steuerte Jans Schreibtisch an, neben dem ein Aktenschrank aus Metall stand. Natürlich verschlossen. Vivi holte ein stabiles Fleischmesser aus der Küche und brach das Schloss auf.

»Um Gottes willen! Frau Bernburg! Das geht doch nicht!«, rief der Arzt.

Vivi ließ sich nicht beirren. Mit beiden Händen bog sie die Schranktüren auseinander und betrachtete die Aktenordner, die dahinter standen. Der erste Ordner, den sie aufschlug, enthielt Steuerunterlagen. Der zweite Versicherungspolicen. Vivi warf ihn auf den Boden. Der dritte Ordner war voller Rechnungen. Den vierten Aktenordner hatte Jan mit dem Etikett »privat« beschriftet.

Sie setzte sich auf den Schreibtischstuhl. Wonach genau sie suchte, wusste sie nicht. Doch es gab ein Geheimnis, und wenn ihr wankelmütiges Glück sie nicht schmählich im Stich gelassen hatte, wurde sie hier fündig. Hektisch durchblätterte sie den Ordner. Jan war wirklich ein Schätzchen. Alles hatte er aufgehoben: seine Ernennung zum Hauptkommissar, seine Bewerbungen, seine Studienunterlagen, sein Abiturzeugnis. Immer weiter zurück wühlte sich Vivi in seine Vergangenheit, bis sie schließlich die letzten Blätter erreichte.

Eine Geburtsurkunde. Und eine Adoptionsurkunde. Ein Ehepaar Petersen aus Hamburg hatte Jan adoptiert. Und nun? Mit einer Büroklammer war ein weiterer Zettel auf der Rückseite befestigt. Vivi drehte das Blatt um.

Sehr geehrter Herr Petersen,

dem Antrag auf Ermittlung Ihrer leiblichen Eltern wurde stattgegeben. Sie sind das zweite Kind von Frau Anna Erna Elisabeth Kowalski, wohnhaft in Köln, Mathildenstraße 6. Vater unbekannt.

Jetzt brauchte Vivi wirklich ein Kreislaufmittel.

Vivi hatte nie Schach gespielt. Immerhin kannte sie in etwa die Regeln und hatte auch schon mal von Blitzschach gehört. Etwas Ähnliches ereignete sich nämlich gerade auf dem Schachbrett ihrer Synapsen. Mindestens in Lichtgeschwindigkeit. Die Dame erledigte einen Turm, der Springer preschte vor, wurde jedoch von der Dame umgemäht, die auch gleich noch einen Bauern erwischte. Dann schob sich der feindliche König heran und bedrohte die Dame.

»Frau Bernburg? So sagen Sie doch etwas«, flehte Doktor Köhnemann.

Vivi saß so unbeweglich auf dem Schreibtischstuhl wie eine Schaufensterpuppe. Nur, dass Schaufensterpuppen im Allgemeinen keine rosa Bademäntel trugen und schon gar nicht rosa Frotteeschlappen mit eingestickten Prinzessinnenkronen.

»Frau Bernburg!«

»Geben Sie mir noch eine Sekunde bitte, ich muss mir einen Überblick verschaffen«, bat Vivi.

Jan Petersen hieß also eigentlich Jan Kowalski. Unzweifelhaft war er der Bruder von Richard beziehungsweise André Kowalski. Diese Entdeckung haute Vivi komplett aus den Pantinen.

Sie starrte auf das Blatt Papier. Nur ein paar Buchstaben, und ein ganzer Kosmos kracht zusammen, dachte sie. In ihrem Bauch bewegte sich etwas, zart wie Schmetterlingsflügel. Das konnte eigentlich nur eine Halluzination sein, denn in diesem frühen Stadium der Schwangerschaft fühlte man doch wohl noch nichts. Oder?

Vivi bestand praktisch nur noch aus Gefühlen, und zwar aus sehr widersprüchlichen. Liebe und Hass, Rachsucht und Sehnsucht tobten in ihr. Es war gar nicht so leicht, in diesem Schlamassel noch die Übersicht zu bewahren. Immerhin brachte ihr Verstand eine Schlussfolgerung zustande: Jan hatte sie ausspioniert, weil er sie ans Messer liefern und seinen Bruder rächen wollte. Der Verdacht musste früh auf sie gefallen sein, denn bestimmt hatte Richard alias André seinem Bruder von ihr erzählt.

Alles in Vivi war in Aufruhr, während sie die Ereignisse rekonstruierte. Dann hatte sie Bertholds Millionen geerbt, und Jan hatte seine Taktik geändert – nun wollte er Rache plus Knete. Und das ging nur über Vivis Leiche, seit er wusste, dass sie vorhatte, das gesamte Geld zu spenden.

So einleuchtend das alles war, eines blieb im Dunkeln: Was war mit dieser großen, wunderbaren Liebe? Klar, das Schauspieltalent lag in der Familie. Richard hatte ihr ja auch den röhrenden Romeo vorgespielt. Aber bei Jan war es anders gewesen. Sie tickten gleich. Sie hatten so viel gemeinsam. Sie begehrten einander bis zum Irrsinn. Und während Richard ein Kurzstreckenläufer gewesen war, mit wenigen Stippvisiten bei Vivi, hatte Jan den Test des Zusammenlebens glänzend bestanden: immer liebevoll, immer zärtlich, immer freundlich. Wie passte das alles zusammen?

Jetzt saß zur Abwechslung Vivi vor einem Tausend-Teile-

Puzzle, das sie nicht zusammensetzen konnte. Höchste Zeit, mit jemandem zu reden. Und dafür kam nur eine einzige Person in Frage.

Sie drehte sich zu dem Arzt um, der mit einem zutiefst verwirrten Gesichtsausdruck in seinem Sessel hockte.

»Herr Doktor Köhnemann, eines Tages werde ich alles wiedergutmachen«, sagte Vivi gehetzt. »Ich bitte Sie nur noch um einen letzten Gefallen: Könnten Sie mich ins Hotel Miramar fahren?«

Er schüttelte den Kopf. »Ich weiß nicht, ich weiß nicht … Das Ganze erscheint mir doch recht sonderbar. Ich sollte Sie nach Hause bringen, zu Ihrem Mann. Sie wirken etwas derangiert.«

»Nur noch ins Miramar«, bettelte Vivi. »Ich würde ja ein Taxi nehmen, aber ich habe keinen müden Euro dabei und auch kein Handy. Bitte, es ist sehr wichtig.«

»Der Herr bewahre mich vor schwangeren Frauen«, grummelte Doktor Köhnemann, während er sich schwerfällig aus seinem Sessel erhob.

Die Gäste des Hotels Miramar bekamen an diesem Tag etwas zu sehen, was sie so schnell nicht wieder vergessen würden. Eine Frau in einem rosa Bademantel und in rosa Frotteeschlappen schlurfte gebeugt und mit kleinen Trippelschritten durch die elegante, weitläufige Hotellobby, gefolgt von einem älteren Herrn, der eine große Arzttasche trug.

Um die Wahrheit zu sagen: Vivi sah aus, als wäre sie gerade einer geschlossenen Anstalt entsprungen und hätte auch noch ihren Wärter mitgenommen. Ihr Haar, das drei Tage lang keine Dusche gesehen hatte, klebte ihr vom langen Liegen fettig am Kopf. Ihr Blick war unstet, ihr Gang wirkte unkoordiniert. Aber was sollte sie tun? Sie konnte sich ja schlecht ein Schild umhängen: »Sorry, habe eine angeknackste Rippe, ein Schleudertrauma und bin auf der Flucht vor meinem Ehemann, der mich ermorden will.«

Ungeduldig wartete sie vor der Lifttür, dass sie sich endlich öffnete. Dabei musste sie dauernd Doktor Köhnemann beruhigen, der ächzte und stöhnte, als hätte er die angeknackste Rippe, das Schleudertrauma und einen mörderischen Kerl an der Backe.

Ein Page eilte auf Vivi zu. Er sah sie an, als hätte er eine Erscheinung. »Frau B-bernb-burg?«

»In Farbe und drei-D«, raunzte Vivi ihn an, was ihr sofort wieder leidtat.

Mit einer entschuldigenden Geste schlurfte sie an ihm vorbei in den Aufzug, und Doktor Köhnemann hinterher. Im zehnten Stock stiegen sie aus.

»Langsam, langsam, Sie übernehmen sich«, beschwor Doktor Köhnemann seine Patientin, die sich so gar nicht seinem medizinischen Rat fügen wollte.

Vivi hörte gar nicht hin. Sie versuchte gerade, sich zurechtzulegen, was sie Ela sagen sollte. Die ganze Wahrheit? Hm, besser die halbe. Oder ein Viertel? Verdammt noch mal, alles war so verfahren!

Sie klopfte an die Tür von Elas Vorzimmer und trat ein, ohne ein Herein abzuwarten. Die Augen der Sekretärin weiteten sich vor Schreck, als sie Vivi sah.

»Um Gottes willen!«, entfuhr es ihr.

»Ich muss zu Frau Offermann«, stöhnte Vivi unter Schmerzen, denn ihre Rippe nahm das ungewohnte Bewegungsprogramm gar nicht sportlich, sondern pikste kräftig, um sich bemerkbar zu machen.

»Sie können da nicht rein«, rief die Sekretärin, »Frau Offermann hat gerade eine Konfe…«

Aber Vivi trippelte und schlurfte weiter vorwärts, wie ein Duracell-Häschen, das nicht mehr zu stoppen war, nachdem es einmal angefangen hatte zu zappeln. Schon hatte sie die Tür zu Elas Büro aufgerissen.

Etwa zehn Augenpaare starrten sie an. Musterten ihren Aufzug. Wortlos. Und vollkommen entgeistert. Ela sah aus, als würde sie jeden Moment einen hysterischen Anfall erleiden.

»'tschuldigung, dass ich störe«, nuschelte Vivi.

Ihr Mund war so trocken, dass sie kaum sprechen konnte. Sie wollte sich nur noch hinsetzen, damit diese verflixte Rippe endlich aufhörte zu piksen.

»Scheint ein Notfall zu sein«, sagte Maximilian Sell trocken, der mit den anderen Besuchern in Elas Sesselgruppe saß. »Aber wenigstens haben Sie Ihren Arzt dabei.«

Doktor Köhnemann setzte ein schiefes Lächeln auf, brachte aber keinen Ton heraus. Von dieser bizarren Situation war er restlos überfordert, obwohl er in seinem langen Leben als Mediziner sicher so einiges erlebt hatte.

»Meine Damen, meine Herren, wir unterbrechen die Konferenz für fünf Minuten, wenn Sie erlauben«, presste Ela mit mühsam beherrschtem Zorn hervor.

Einer nach dem anderen verließen die Konferenzteilnehmer das Büro, nicht ohne Vivi mit Blicken zu vermitteln, was sie über eine Frau im Notfalloutfit dachten.

Sobald alle draußen waren, rauschte Ela auf Vivi zu. »Sag mal, bist du komplett verstrahlt? Was machst du hier? Wieso …«

Sie suchte nach Worten. »Gütiger Himmel, wie du aussiehst! Diese fettigen Haare! Als wärst du in eine Fritteuse gefallen. Und wer ist dieser ...«

»Darf ich vorstellen? Doktor Köhnemann, mein Hausarzt.« Vivi konnte nur noch flüstern. Vornübergebeugt schleppte sie sich zu einem der Sessel und sank hinein.

Ela setzte sich zu ihr auf die Armlehne. »Jetzt sag schon, was los ist! Jan hat mir ungefähr zwanzigmal auf die Mailbox gesprochen! Er sucht dich! Er dreht fast durch! Habt ihr euch gestritten? Herrgott, nun red schon! Und dann schwirr ab, dahin, wo du hingehörst: ins Bett und zu Jan.«

»Das habe ich ihr auch schon mehrmals gesagt, wenn auch mit einer etwas anderen Ausdrucksweise«, meldete sich Doktor Köhnemann zu Wort. »Aber Frau Bernburg ist störrisch wie ein Fohlen.«

»Er will mich umbringen«, raunte Vivi ihrer Freundin ins Ohr.

Ela schoss von der Sessellehne hoch und baute sich drohend vor Doktor Köhnemann auf. »Sie wollen Frau Bernburg umbringen? Das wird ja immer besser, Sie Quacksalber! Machen Sie sich vom Acker, bevor ich mich vergesse!«

»Doch nicht er«, wisperte Vivi. »Jan.«

Dann krümmte sie sich zusammen, während Ela und der Arzt einen längeren Blickwechsel hatten.

»Schwangerschaftsdelirium«, sagte Doktor Köhnemann achselzuckend.

»Handlungsbedarf«, fauchte Ela. »So, Onkel Doc, bevor Vivi, ich meine Frau Bernburg, hier weiter La Paloma macht, fahren Sie sie schnurstracks nach Hause.«

Der Arzt hob fragend die Augenbrauen.

»Wenn ich darum bitten dürfte«, setzte Ela betont höflich hinzu.

»Darf ich vielleicht auch mal was sagen?«, stieß Vivi hervor, die Hände an ihre schmerzende Rippe gedrückt. »Ich bin zwar schwanger, aber noch lange nicht weich in der Birne.«

Ela zupfte die Schleife der gelben Seidenbluse zurecht, die sie zu ihrem kobaltblauen Kostüm trug. »Offen gesagt klingst du nicht nach einer stabilen Persönlichkeit. Du klingst nach einem Alptraum.«

Es klopfte. Ela lief zur Tür, öffnete sie kurz, brüllte: »Jetzt nicht!«, und knallte sie wieder zu.

»Wir müssen unter vier Augen reden«, sagte Vivi matt.

Ela öffnete die Tür ein weiteres Mal. »Herr Doktor Kötelmann, wenn Sie dann mal bitte kurz ...«

»Köhnemann«, verbesserte er Ela. »Gut, ich ziehe mich zurück.«

Er verließ den Raum rückwärts, als hätte er Angst, dass man ihm noch irgendetwas hinterherwerfen könnte. Als er draußen war, kniete sich Ela neben Vivi, die schief im Sessel hing und nach einer Stellung suchte, die ihrer Rippe genehm war.

»Also?«

»Die lange oder die kurze Version?«, fragte Vivi.

»Die Turboversion!«, rief Ela. »Da draußen stehen die Manager von zehn Luxusreiseunternehmen, die heute einen Vertrag mit dem Hotel Miramar unterzeichnen wollten. Toll. Die haben jetzt den allerbesten Eindruck bekommen.«

Vivi hielt sich an der Sessellehne fest. »Jan heißt nicht Petersen, sondern Kowalski und ist der Bruder von Richard, der eigentlich auch Kowalski heißt.«

Um Elas Mundwinkel zuckte es, als ob sie sich nicht zwischen Hohngelächter und Weinkrampf entscheiden konnte. »Du glaubst ja wohl nicht im Ernst, dass ich das verstanden habe.«

Nun musste Vivi doch eine etwas längere Version erzählen. Eine entschärfte natürlich. Demnach habe sich ein gewisser André Kowalski als Richard von Hardenberg ausgegeben. Sein Bruder, Jan Kowalski, sei adoptiert worden und heiße jetzt Petersen. Ferner erzählte sie, dass André beziehungsweise Richard eines unnatürlichen Todes gestorben sei. Und dass Jan nun glaube, sie, Vivi habe etwas damit zu tun. Weshalb er nach Cowboymanier seinen Bruder rächen wolle.

Schweigend hörte Ela zu und sah dabei unauffällig auf die Uhr. Als Vivi fertig war, sah Ela ihrer Freundin eindringlich in die Augen.

»Eins nach dem anderen. Richard ist wirklich tot?«

Vivi nickte.

»Heilige Scheiße! Was für ein Drama! Und er war Jans Bruder?«

Wieder nickte Vivi.

»Okay, das mit den Brüdern könnte stimmen. Sie sehen sich ja wirklich sehr ähnlich. Doch alles andere – du hast dich da in was reingesteigert.«

»Nein«, entgegnete Vivi. »Das Ding kann mir jederzeit um die Ohren fliegen.«

Ela rieb sich das Kinn. »Fahr nach Hause. Sprich dich mit Jan aus. Ich rufe ihn an, damit er sich vor lauter Herzeleid nichts antut. Und sobald ich hier fertig bin, komme ich nach. Einverstanden?«

Es hatte keinen Sinn. Ohne die lange Version inklusive des einen oder anderen Mordes musste das Ganze ja völlig spinnert wirken. Vivi schraubte sich langsam aus dem Sessel hoch. »Auf deine Verantwortung. Aber wenn du auf meiner Beerdigung heulst, sage nicht, ich hätte dich nicht gewarnt.«

Die Rückfahrt nach Wiesbaden verbrachte Vivi in einem Zustand größter Apathie. Nach dem Aufruhr, der sie erfasst hatte, war sie mit ihrer Kraft am Ende. Eine beunruhigende Ruhe breitete sich in ihr aus. Teilnahmslos saß sie neben Doktor Köhnemann, der versuchte, sie mit launigen Geschichten über schwangere Frauen aufzuheitern. Als er bei der Patientin angelangt war, die Rollmöpse mit Nutella gegessen und ihrem Mann eine mundgeblasene Kristallvase an den Kopf geworfen hatte, bat sie ihn inständig, das Thema zu wechseln.

Sie war nicht verrückt. Sie bildete sich das alles nicht ein. Sie hatte doch mit eigenen Augen die Dossiers gesehen, die Indiziensammlung, diese ganzen belastenden Informationen, die locker für eine Anklage gereicht hätten. Jan wusste, dass sie eine Mörderin war. Dass er sie nicht verhaftete, konnte nur einen Grund haben: Er wollte das Geld und Vivi an die Gurgel. Viermal hatte er es schon versucht. Es war nur eine Frage der Zeit, wann es ihm gelingen würde.

Wie eine dunkle Decke legte sich die Erschöpfung auf Vivi. Sie war so müde, das sie kaum die Augen offen halten konnte, während Doktor Köhnemann wieder zu seinem neuen Lieblingsthema zurückkehrte und über Schwangerschaftsmüdigkeit dozierte. Langsam sank ihr Kopf hinab auf die Brust, bis ihre Lider schwer wurden und sie einnickte.

Geweckt wurde sie von einem penetranten Hupton. Sie schreckte auf, erkannte die Straße und von weitem das Reihenhaus mit den Kindern, die davor spielten.

Immer noch hupend gab Doktor Köhnemann Gas. Jan wartete schon vor dem Haus. Sobald er den Wagen sah, begann er, ihm entgegenzulaufen, mitten auf der Straße. Einen winzigen Augenblick lang hoffte Vivi, dass der kurzsichtige alte Herr Jan einfach umnieten würde. Doch der Arzt legte geistesgegenwärtig eine Vollbremsung hin.

Jan hastete zur Beifahrertür und riss sie auf. »Liebling! Mein Liebling! Bin ich froh!« Er zog Vivi vorsichtig aus dem Wagen und hob sie hoch. »Danke, Doktor Köhnemann!«, rief er dem Arzt über die Schulter zu, dann trug er Vivi auf seinen Armen ins Haus.

Noch immer war sie völlig teilnahmslos. Sie lehnte ihren Kopf an Jans Schulter, sog den vertrauten Geruch ein, ließ sich von dem Mann tragen, der ihr alles bedeutete und der sich gerade den Kopf darüber zerbrach, wie er sie schnellstmöglich am Weiterleben hindern könnte.

Erst als sie im Wohnzimmer angekommen waren, ließ Jan sie wieder los. Sanft bettete er Vivi auf die Couch und ließ sich vor ihr auf dem Teppich nieder. Sein Gesicht war aschfahl.

Vivi atmete einmal tief durch. »Hol bitte die Suppe. Sofort. Ich habe Hunger.«

Hatte Vivi einen Plan? Man musste es wohl eher Tollkühnheit nennen. Oder Todesverachtung, denn sie setzte alles auf eine Karte. Wenn Jan zuließ, dass sie eine mit Rattengift verfeinerte Suppe aß, wusste sie endlich, woran sie war. Dann hatte das Leben sowieso keinen Sinn mehr.

Jan zwinkerte nervös. »Du meinst, du willst die Minestrone?«

»Genau. Oder soll ich selbst in die Küche gehen?«

»Nein, nein. Aber ich muss sie erst aufwärmen. Sie ist im Kühlschrank und eiskalt.«

So wie du, dachte Vivi. Und hoffte doch so sehr, dass sie sich täuschte.

»Ist mir gerade recht. Eine schöne kalte Suppe«, zischte sie.

Jan stand seufzend auf und kehrte eine Minute später mit einem Tablett zurück, auf dem die Terrine stand. Daneben zwei Teller, zwei Löffel, zwei Servietten. Zwei?

Zweifelnd sah sie ihn an. Was hatte er vor? Vivi musste noch einmal ihren reichlich überstrapazierten Verstand bemühen, um die Möglichkeiten durchzugehen. Variante eins: Jan hatte die Suppe vergiftet. Dann würden sie beide sterben. Variante zwei: Jan ging davon aus, dass Vivi die Suppe vergiftet hatte. Auch in diesem Fall würden sie beide auf dem Friedhof landen. Verdammt. War das nicht völlig sinnfrei?

Wortlos füllte Jan die beiden Teller. Dann fing er an zu essen, ohne auf Vivi zu warten. Sie riss die Augen auf. Das wurde ja immer abgefahrener!

»Du warst an meinem Laptop, richtig?«, fragte er.

»Ja«, gab Vivi zu.

»Und in meiner Wohnung?«

Sie nickte.

»Dann weißt du, dass ich es weiß.«

Gebannt beobachtete Vivi, wie er weiteraß, als wäre das irgendeine stinknormale Gemüsesuppe. »Wie hast du es rausbekommen?«

Er verschluckte sich, hustete, tauchte aber seinen Löffel erneut in die Minestrone. »André hat von dir geschwärmt. Er hat mir Fotos gezeigt und gesagt: Tolle Frau, dicker Fisch.«

Das tat weh. Vivi sah betreten zur Seite.

»Mein Bruder war immer das schwarze Schaf der Familie«, erzählte Jan zwischen zwei weiteren Löffeln Suppe. »Der geborene Hochstapler, der alle mit seinem Charme um den Finger wickelte. Und ein Kleinkrimineller mit einem langen Vorstrafenregister. Ich dagegen hatte Glück. Als ich ein Jahr nach ihm geboren wurde, gab mich meine Mutter zur Adoption frei. Ich wuchs wohlbehütet in der besten Gegend Hamburgs auf. Als ich fünfundzwanzig war, hat André mich gefunden. Da wusste ich schon, wer er war. Und wer meine Mutter war. Ich hatte mit achtzehn einen Antrag gestellt.«

Das stimmte, schließlich hatte Vivi den Antrag in Jans Aktenordner gesehen. Völlig bewegungslos saß sie da, überwältigt und fassungslos.

Jan tupfte sich mit seiner Serviette die Lippen ab, hustete wieder und aß weiter. »André hatte eine grässliche Kindheit. Unsere Mutter war dauernd betrunken, hatte wechselnde Männerbekanntschaften, das Geld war knapp. Dann besuchte er mich bei meinen Adoptiveltern in der weißen Villa am Schwanenwik. Sah den gepflegten Garten voller Rhododendren, den Bootssteg, das sorglose Leben, das ich führte – als Sohn wohlhabender Eltern. Es hat ihm keine Ruhe gelassen.«

Jetzt ging Vivi ein Licht nach dem anderen auf. Richard, nein, André hatte sich das tolle Haus in Hamburg also nicht ausgedacht, damals, als sie bei der Bank gewesen waren. Nur, dass nicht er, sondern Jan in diesem Haus aufgewachsen war. Und dass er sich den Namen der Straße nicht richtig gemerkt hatte.

»Weiter«, sagte sie tonlos.

Jan hatte seinen Teller so gut wie leergegessen. »Als man André aus dem Rhein zog, mit einer Megadosis Rattengift im Magen, ahnte ich gleich, dass du es gewesen warst. Die Ermittlungshinweise erhärteten den Verdacht – deine Liaison mit André, die Bankvollmacht, die du ihm gegeben hast, deine Tankquittung aus Köln, die zur Tatzeit passte. Sofort begann ich, dich zu beschatten.«

Sprachlos hörte Vivi ihm zu.

»Ich wollte dich hassen für das, was du getan hattest. Ich wollte, dass du dafür büßt. Aber es ging nicht.« Er atmete schwer. »Ich habe mich in dich verliebt, richtig verliebt, mit Haut und Haar. Das war mir noch nie passiert – vorher hatte ich nur Affären. Das Schlimmste aber war: Du hattest vier Männer ermordet, und ich bin Polizist! Herrgott noch mal! Es wäre meine Pflicht gewesen, dich zu verhaften!«

»Du hast es nicht getan«, flüsterte Vivi.

Jan massierte seinen Magen, als ob er Schmerzen hätte. »Nein, das habe ich nicht fertiggebracht. Ich kämpfte gegen meine Gefühle an, aber du warst stärker. Meine Liebe zu dir war stärker.« Er hielt inne und betrachtete seinen Teller. »Sie ist immer noch stärker als alles andere. Ich liebe dich mehr als mein Leben. Deshalb esse ich diese Suppe, auf die Gefahr hin, dass du auch mich vergiftest.«

Was sollte das werden? Ein Liebesbeweis auf Leben und Tod? Vivi schlang ihre Hände ineinander.

»Daraufhin habe ich noch einmal Andrés Kölner Wohnung gefilzt, mir alle seine Notizen vorgenommen«, fuhr Jan ächzend fort. »Er hatte es bis ins Detail durchgeplant. Seinen Beutezug, wie er es nannte. Er wollte dich ausnehmen wie eine Weihnachtsgans, als Entschädigung dafür, dass er nie hatte, was ich hatte.«

Sein Löffel schrammte über den fast leeren Teller. Er sah

Vivi in die Augen, und in seinem Blick lag pure Hilflosigkeit. »Jetzt liegt mein Schicksal in deiner Hand.« Er würgte leicht und hustete wieder. »Sag mir bitte die Wahrheit: War Gift in der Suppe?«

Vivi massierte ihre Stirn, auf der sich kalter Schweiß gebildet hatte. In ihrem Schädel pochte und klopfte es.

»Du wolltest mich also gar nicht umbringen?«, fragte sie.

Klirrend fiel Jans Löffel auf das Porzellan. »Ich? Dich?«

»Der Badeunfall, die Fischvergiftung, die defekte Bremsleitung. Alles nur Zufall?«

Jan wurde weiß wie die Wand. »Himmel! Vivi! Das ist doch Bullshit! Du machst mich noch ganz verrückt!«

Sie lachte bitter. »Dann mache ich ja irgendwas richtig.«

»Du? Du hast eine Menge falsch gemacht, Vivi.« Er hustete wieder. »Du hast vier Männer weggeblasen. Na ja, bei meinen Recherchen wurde mir immerhin klar, dass du sozusagen aus Notwehr gehandelt hast, nicht aus Habgier oder anderen niederen Motiven. Richard war zu allem entschlossen, auch zum Äußersten, daran besteht kein Zweifel. Und dieser Checker scheint rausgefunden zu haben, dass du die Nummer beim Juwelier abgezogen hast. Er wollte dich erpressen, stimmt's?«

Vivi nickte stumm, während Jan sich die Lunge aus dem Hals hustete.

»Was dieser Seitz mit dir vorhatte, habe ich mit eigenen Ohren gehört, als ich mich im Weinberg an euch rangepirscht habe«, sagte er heiser. »Nur die Sache mit deinem Mann leuchtet mir nicht ein.«

»War ein Unfall«, erwiderte Vivi tonlos.

Jan räusperte sich. »Das dachte ich mir schon. Leider hast

du so viele Spuren hinterlassen, dass ich meine liebe Not hatte, dich zu retten.«

»Was?«

»Die Kollegen wussten, dass etwas gegen dich vorlag. Was meinst du denn, warum ich in den letzten Tagen dauernd telefoniert habe? Sie wollten mir den Fall wegen Befangenheit wegnehmen! Den Staatsanwalt einschalten! Deshalb habe ich alle Beweise auf den Polizeicomputern gelöscht und die belastenden Unterlagen vernichtet! Jetzt sag endlich«, er schüttelte sich unter einem neuerlichen Hustenanfall, »was – war – in – der – Suppe?«

Vivi zögerte. Sie dachte an die Postkarten von Tante Elfriede. Warum hatte das Schicksal ihr den entscheidenden Wink gegeben, wenn ihr gar keine Gefahr von ihm drohte?

»Sag es«, keuchte Jan.

Und dann, plötzlich, kam es über Vivi wie eine Offenbarung. Ihre Hände wurden feucht, eine Gänsehaut kroch über ihren Rücken. Ja, die Geschichte wiederholte sich. Doch Vivi hatte das alles Entscheidende übersehen: Tante Elfriede war nach vier dahingeschwundenen Männern mit dem fünften Mann glücklich geworden! Der fünfte war der Richtige gewesen!

Sie brach in Tränen aus. »Jan, mein wunderbarer Mann, ich …«

»Sag es!« Er hustete, dass ihm die Tränen kamen.

»Pfeffer«, flüsterte Vivi. »Es war nur Pfeffer. O mein Gott, Jan, ich liebe dich so sehr!«

Jan wischte sich die Tränen aus den Augenwinkeln. »Und ich dachte schon, du hättest mich …«

»Halt«, unterbrach Vivi ihn. »Was ist mit meinem Geld?

Du bist doch dagegen, dass ich es für das Kinderhaus ausgebe!«

»Nein, mach mit der blöden Kohle, was du willst«, rief er. »Klar, ich habe Spaß an diesen kindischen Männerspielzeugen. Aber die Scheiß-Rolex und den Angeber-Porsche kannst du noch heute verkaufen, wenn du willst! Hauptsache, wir sind zusammen!«

Wie vom Donner gerührt starrte Vivi ihn an. Vor ihr auf dem Teppich saß der Mann, der ihre große Liebe, ihre größte Gefahr und nun auch noch ihr Retter war! Sie streckte die Hand nach ihm aus.

»Nimm mich in den Arm und halt mich fest, sonst falle ich vor lauter Glück vom Sofa.«

Epilog

»Meine Damen und Herren! Darf ich um Ihre Aufmerksamkeit bitten?«

Vivi betrachtete die kleine Menschenmenge, die sich vor dem Podium versammelt hatte, und umklammerte ihr Mikrophon. Sie sah einige bekannte Gesichter. Ela zum Beispiel, die mit einem funkelnagelneuen Übergangsmann erschienen war. Doktor Köhnemann, der eine besonders fusselige Strickjacke trug. Sogar ihre Nachbarin Fräulein Kellermann war gekommen. Dazu ein Mitarbeiter des Jugendamtes, der stellvertretende Bürgermeister und beeindruckend viele Menschen, die sie gar nicht kannte.

Auf den heutigen Tag hatte Vivi lange gewartet. Dankbar schaute sie zu Jan, der ganz vorn in der ersten Reihe aufmunternd den Daumen hob. Es wurde still. Alle richteten ihre Blicke erwartungsvoll auf Vivi, die versuchte, ihr Lampenfieber zu ignorieren. Drei Tage lang hatte sie an ihrer Rede gearbeitet. Immer wieder hatte sie etwas gestrichen und neu geschrieben, auf der Suche nach den richtigen Formulierungen. Das Blatt Papier mit der Rede zitterte in ihrer Hand.

»Es ist mir eine Freude und eine große Ehre, Sie am heutigen Tag im Namen aller Beteiligten begrüßen zu dürfen«, las Vivi vor.

Es hörte sich fremd an. Als spräche jemand anderes. Spontan zerknüllte sie den Zettel mit ihrer Rede. Sie war keine Respektsperson. Sie war Sylvia Maria Gerlinde Bernburg, genannt

Vivi, eine ganz normale Frau. Nun ja, bis auf die Tatsache, dass ihr Lebensweg ein paar Umwege genommen hatte, die nicht ganz legal gewesen waren. Um es mal vorsichtig auszudrücken.

Sie räusperte sich. »Ich freue mich so! Danke, dass Sie gekommen sind! Kinder sind in unserem Leben das Größte und das Wichtigste! Hiermit erkläre ich die Villa Sonnenschein für eröffnet. Los, rein ins Vergnügen!«

Vor dem Portal des Kinderhauses hatte sich bereits eine Traube von Kindern gebildet. Als sich die rote, zweiflügelige Tür öffnete, drängelten sie unter dem Applaus der Umstehenden schreiend und kreischend hinein.

Sobald das Klatschen verebbt war, sprach Vivi wieder ins Mikrophon. »Ich danke Doktor Köhnemann, der ehrenamtlich die medizinische Betreuung der Kinder übernommen hat, falls das nötig werden sollte. Ich danke Fräulein Kellermann, die sich um meinen Kater Tiger gekümmert hat, als ich mehr auf der Baustelle als zu Hause gewesen bin. Ich danke Ela, die die beste Tante der Welt für unsere Tochter Lilli ist. Und ich danke meinem Mann, dass er dieses Projekt mit so vielen guten Ideen begleitet hat! Einen Applaus für den Leiter der Villa Sonnenschein!«

Wieder begannen alle zu klatschen. Jan reichte Vivi die Hand, damit sie unfallfrei vom Podium herunterkam. Sie war im vierten Monat, man sah es schon ein bisschen unter der weiten, bunt bedruckten Bluse. Es würde ein kleiner Bruder für Lilli werden.

»Lillihase!«, hörte man Elas Stimme. »Bleib stehen!«

Mit ihren anderthalb lief die Kleine schon so schnell, dass Ela auf ihren High Heels kaum noch hinterher kam. Quiekend rannte Lilli zu Jan, der sie auf den Arm nahm.

»O Mann, euer Projekt Fußballmannschaft ist ganz schön schweißtreibend!«, beschwerte sich Ela. »Wenn die alle so ein Tempo vorlegen, streike ich!«

»Ela lieb«, strahlte Lilli. Sie hatte Jans Augen, diese klugen grauen Augen, die Vivi noch immer so liebte wie am ersten Tag.

Die vergangenen zwei Jahre waren nicht einfach gewesen. Zum Beispiel das Disziplinarverfahren gegen Jan, dem man mutwillige Vernichtung von Beweismaterial vorgeworfen hatte. Nur mit Hilfe eines gerissenen Anwalts war er einem Strafverfahren entgangen. Im Gegenzug hatte er eingewilligt, sich suspendieren zu lassen. Aber da war er schon längst in die Planung der Villa Sonnenschein eingestiegen, um Vivi zu unterstützen, die wegen ihrer Schwangerschaft einen Gang zurückschalten musste. Das Kinderhaus war auch sein Werk.

»Sag mal, wieso hat der olle Seitz eigentlich die ganze Kohle ausgerechnet für die Villa Sonnenschein spendiert? War der nicht so ein mieses Sparbrötchen?«, fragte Ela, während sie den jungen Mann heranwinkte, der ihre neueste Eroberung war.

»Hatte wohl einen lichten Moment, kurz bevor er abtrat«, erwiderte Vivi.

Sie zwinkerte Jan zu. Nur sie beide wussten, dass es Vivis Geld war, das hier verbaut worden war und mit dem die Gehälter der Mitarbeiter bezahlt wurden. Neben der Eingangstür hing eine Plakette, die den edlen Spender rühmte. Berthold Seitz sei ein geheimer Wohltäter gewesen und habe sein Erbe diesem Projekt gewidmet. So stand es ja auch in dem kürzlich gefundenen Zusatz zu seinem Testament. Vivi hatte diesen Zusatz getippt, und diesmal hatte sie auch das richtige Datum angegeben. Danach hatte sie das Dokument der Lokalpresse übergeben.

»Cool, so ein Kinderhaus«, sagte Elas Begleiter. »Gelbe Mauern, blaues Dach, sieht aus, als wäre Pippi Langstrumpf auferstanden.«

Sie waren ein ungleiches Paar, die elegante Ela, die ein pinkfarbenes Kostüm und violette Wildlederpumps trug, und der junge Mann, der in seiner kunstvoll zerrissenen Jeans und dem verwaschenen Sweatshirt betont lässig daherkam. Aber sie wirkten glücklich, so wie sie sich ansahen und dauernd berührten. Ja, Ela hielt Händchen. Das hatte Vivi noch nie gesehen. Sie zog ihre Freundin beiseite.

»Süß, dein Übergangsmann. Vielleicht wird ja mehr draus. Habe ich irgendwie im Gefühl«, raunte sie verschmitzt.

»Sag bloß.« Ela nestelte an ihrem feuerroten Haar, das sie zu einem Pferdeschwanz gebunden hatte. »Na ja, könnte wirklich was werden. Nur Maximilian Sell stresst. Der ist so eifersüchtig, dass er mir echt die Hölle heiß macht. Manchmal könnte ich ihn umbringen!«

Vivi lächelte. »Das, liebe Ela, kann ich besser verstehen, als du ahnst. Doch an deiner Stelle würde ich mir das noch mal sehr gründlich überlegen.«

Dann gingen sie mit den anderen ins Kinderhaus, wo zwei Köche damit beschäftigt waren, mit den Kleinen Gemüse zu schnippeln. Es würde eine köstliche Minestrone werden.

Vivis mörderisch gute Rezepte zum Nachkochen

Alle Zutaten für vier Personen.

Mitternachtssalat - schmeckt zu jeder Tageszeit

Für den Einkaufszettel:

2 kleine Schalotten
6 Esslöffel Sesamöl/alternativ kalt gepresstes Olivenöl
4 Esslöffel Aceto balsamico
Salz und Pfeffer
4 große Pink Grapefruits
5 Avocados
250 Gramm ausgelöstes Krebsfleisch
100 Gramm Feldsalat zum Garnieren

Und so wird's gemacht:

Für die Vinaigrette Schalotten fein hacken.
Mit Öl, Aceto balsamico, Salz und Pfeffer in ein leeres Glas mit Schraubverschluss füllen.
Das Glas verschließen und kräftig durchschütteln.
Eine Grapefruithälfte auspressen.
Die übrigen Grapefruits schälen, in Spalten teilen und die Fruchtfilets von den Häutchen befreien.
Die Fruchtfilets halbieren.
Avocados auslösen, in nicht zu kleine Würfel schneiden und mit dem ausgepressten Grapefruitsaft beträufeln.

Krebsfleisch aus der Packung nehmen, vorsichtig mit den Grapefruitfilets, den Avocadowürfeln und der Vinaigrette mischen. Anschließend mit den Feldsalatblättchen garnieren.

Dazu passt frisch aufgebackenes Baguette, noch ein Glas Sancerre – und selbst nachtschwarze Verstimmungen hellen sich schlagartig auf.

Kresseschaumsüppchen –
nicht nur bei Beerdigungen ein Vergnügen

Für den Einkaufszettel:

1 Zwiebel
1 Esslöffel Butter
1 Esslöffel Mehl
1 halber Liter Gemüse- oder Hühnerbouillon
(selbstgekocht oder aus Konzentrat)
2 Gläser trockener Weißwein
200 Gramm Gartenkresse
250 Gramm Sahne
Salz, weißer Pfeffer
16 ausgelöste Riesengarnelen
(King Prawns, evtl. tiefgefroren)
2 Esslöffel Olivenöl

Und so wird's gemacht:

Die Zwiebel fein hacken.
In einer Pfanne die Butter erhitzen, die Zwiebelstückchen darin andünsten und mit dem Mehl verrühren.

Das Ganze in einen Topf geben, Bouillon und Sahne dazugießen, mit Salz und weißem Pfeffer aus der Mühle würzen (bitte niemals, aber auch wirklich niemals Rattengift in die Mühle füllen).

Von der Kresse ein paar Blättchen zur Dekoration beiseitestellen. Die übrige Kresse in die Suppe geben und etwa zehn Minuten köcheln lassen.

Währenddessen die Riesengarnelen (auch unaufgetaut) mit etwas Olivenöl in der Pfanne anrösten und das Öl mit einem Küchentuch abtupfen.

Danach die Suppe mit einem Pürierstab pürieren, bis eine schaumige Konsistenz entsteht.

Ist die Suppe zu dickflüssig, ein wenig Bouillon angießen und nochmals mit dem Pürierstab aufschäumen.

Die Suppe auf vier Teller verteilen, jeweils vier Riesengarnelen hineingeben und mit Kresseblättchen garnieren.

Provenzalischer Lammrücken mit Rosmarinkartoffeln – so kocht man jeden Mann ins Bett

Für den Einkaufszettel:

1 Kilo ausgelöster Lammrücken
(gut abgehangen, ohne Knochen)
8 Esslöffel Honig (am besten Lavendelhonig)
8 Esslöffel Olivenöl
8 Knoblauchzehen
1 Aubergine

1 mittelgroße Zucchini
1 Dose geschälte Tomaten
2 Handvoll getrocknete Kräuter der Provence
Salz
Pinienkerne

1 Kilo Kartoffeln
(am besten französische Laratte-Kartoffeln)
100 Gramm Butter
Rosmarin (getrocknet)
Salz

Und so wird's gemacht:

Den Backofen auf 200 Grad vorheizen.

Die Kartoffeln unter fließendem Wasser abbürsten und ungeschält in nicht zu kleine Stücke schneiden.

Ein Backblech mit Butter auspinseln und die Kartoffelstücke darauflegen.

Butterflöckchen und Rosmarin darüber verteilen, salzen.

Auf die oberste Schiene in den heißen Ofen schieben.

Den Lammrücken in eine rechteckige feuerfeste Form legen, so dass möglichst große Stücke parallel nebeneinanderliegen.

Den Honig darauf verteilen – das funktioniert am besten mit zwei Esslöffeln.

Sechs Knoblauchzehen fein hacken und darübergeben.

Anschließend Kräuter der Provence daraufstreuen.

Salzen und mit dem Olivenöl beträufeln.

Das Blech mit den Kartoffeln auf die unterste Schiene setzen und die feuerfeste Form mit dem Lammrücken auf einem Backgitter auf die mittlere Schiene des heißen Ofens schieben.

Je nach Ofen und Dicke der Fleischstücke ist der Lammrücken nach 20 bis 30 Minuten gar. Nach 20 Minuten schon mal anschneiden und nachschauen – das Fleisch sollte innen noch rosa sein.

Aubergine und Zucchini in Würfel schneiden.
Die restlichen beiden Knoblauchzehen hacken.
Auberginen- und Zucchiniwürfel mit dem Knoblauch in etwas Olivenöl in einer Pfanne anrösten.
Die geschälten Tomaten dazugeben, fünf Minuten köcheln lassen.
Salzen und mit Kräutern der Provence abschmecken.
Pinienkerne in einer zweiten Pfanne ohne Öl leicht bräunen und darüberstreuen.

Lammrücken aus dem Ofen holen, mit Alufolie bedecken und fünf Minuten ruhen lassen.
Probieren, ob die Kartoffeln gar sind, sonst noch ein paar Minuten auf der obersten Schiene weiterschmoren lassen.
Teller im Ofen anwärmen.

Auf vier Tellern jeweils einen Klacks Gemüse und ein paar Kartoffeln anrichten.
Den Lammrücken in der feuerfesten Form auf den Tisch bringen, dort in Scheiben schneiden, etwas von der Honigsauce dazulöffeln.
Und dann: einfach nur genießen, und zwar in vollen Zügen!

Beschwipstes Tiramisu –
nicht jugendfrei, nur für Erwachsene

Für den Einkaufszettel:

500 Gramm Mascarpone
6 Eier
100 Gramm Zucker (noch feiner wird es mit Puderzucker)
1 Phiole Backöl Zitrone
1 Bio-Zitrone (unbehandelt heißt nicht,
dass keine Pestizide darauf sind)
1 Packung Löffelbiskuits
4 Tässchen Espresso
2 Weingläser Amaretto
Kakaopulver
Frische Beeren, am besten Walderdbeeren,
dazu Heidelbeeren und Brombeeren
1 halbes Weinglas Cointreau
Zucker

Und so wird's gemacht:

Die Eier trennen.
Eigelbe und Zucker verrühren.
Mit einem Weinglas Amaretto, dem Zitronenöl und der abge-
riebenen Zitronenschale vermischen.
Den Mascarpone hinzufügen und unterheben.

Eine flache, rechteckige Auflaufform bereitstellen.
In einem tiefen Teller Espresso und restlichen Amaretto mischen.

Eine Hälfte der Löffelbiskuits in der Mischung wenden und die Auflaufform damit auslegen.
Eine Hälfte der Mascarponecreme darüberstreichen.
Eine zweite Lage getränkter Löffelbiskuits darauf verteilen.
Die übrige Mascarponecreme darüber glattstreichen.
Das Kakaopulver darübersieben.
Etwa vier Stunden im Kühlschrank erkalten lassen.

Vor dem Servieren:
Die Beeren mit dem Cointreau und ein paar Esslöffeln Wasser in einen Topf geben.
Aufkochen lassen und mit Zucker abschmecken.

Guten Appetit!

FRIDA MEY
Manchmal muss es eben Mord sein
Ein Büro-Krimi
288 Seiten
ISBN 978-3-7466-2868-4
Auch als E-Book erhältlich

Büroleichen aller Art

Elfriede Ruhland bringt selbst die schlimmste Ablage auf Vordermann. Sie hat für alles eine Lösung – auch wenn sie dazu die schikanösen Chefs aus dem Weg räumen muss, die ihren Angestellten das Leben zur Hölle machen. Plötzlich verläuft eines ihrer »Projekte« anders als geplant, und Kommissarin Alex droht ihr auf die Schliche zu kommen. Aber die hat mit der herrischen Tante Lydia selbst eine echte Tyrannin am Hals, die sie nur zu gern loswerden würde …

Mehr Informationen erhalten Sie unter www.aufbau-verlag.de
oder in Ihrer Buchhandlung

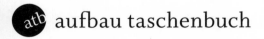

aufbau taschenbuch

JEAN G. GOODHIND
Mord ist auch eine Lösung
Honey Driver ermittelt
Kriminalroman
Aus dem Englischen
von Ulrike Seeberger
304 Seiten
ISBN 978-3-7466-2727-4
Auch als ebook erhältlich

Mordskomisch und mysteriös

Der angesagte Innenarchitekt Philippe Fabiére, der Honeys Drivers Hotel ein neues Gesicht verleihen soll, wird ermordet. Zum Glück in einem anderen Hotel. Waren seine Kollegen wirklich so neidisch auf seine tollen Ideen? Oder war bei Philippes Antiquitätenhandel nicht alles ganz legal?
Ein neuer Fall für die Hotelbesitzerin Honey Driver und Steve Doherty, ihren charmanten Begleiter.

»Eine moderne Miss Marple in bester britischer Krimitradition« FÜR SIE

Mehr Informationen erhalten Sie unter www.aufbau-verlag.de
oder in Ihrer Buchhandlung

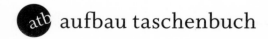

atb aufbau taschenbuch

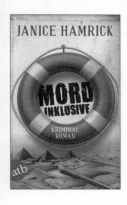

JANICE HAMRICK
Mord inklusive
Kriminalroman
Aus dem Englischen
von Helmut Ettinger
336 Seiten
ISBN 978-3-7466-2884-4
Auch als E-Book erhältlich

Mord am Nil

Jocelyn, frischgeschiedene Lehrerin aus Texas, und ihre Cousine Kyla haben sich eine lang erträumte Ägyptenreise geleistet. Doch leider steht sie unter keinem guten Stern: Eine alte Dame aus der Reisegruppe wird ermordet. Besonders verdächtig erscheint Jocelyn der attraktive Alan, der sich nicht nur für sie, sondern auch für ihre Cousine interessiert. Er spricht Arabisch und ist wohl nicht der, der er zu sein vorgibt.

»Ein prima Krimi mit tollen Charakteren in exotischem Ambiente und einer gutgemachten Geschichte.« THE MYSTERY READER

Mehr Informationen erhalten Sie unter www.aufbau-verlag.de
oder in Ihrer Buchhandlung

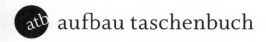

aufbau taschenbuch